dtv

Am Vorabend ihrer Reise nach Afrika warten Laura Maldonada Clapper und ihr Mann Desmond in einem New Yorker Hotelzimmer auf die Ankunft der Gäste für ein kleines, familiäres Abendessen: Lauras Bruder Carlos, Clara, ihre schüchterne Tochter aus erster Ehe, und Peter, ein melancholischer Lektor. Was als freundschaftlicher Abschiedsabend beginnt, entwickelt sich zu einem beklemmenden Schlagabtausch. Laura steuert das Spiel der Andeutungen und Verletzungen mit grausamer Herrschergeste. Sie verschweigt, was sie schon seit Stunden weiß: Ihre Mutter, die dunkle Mitte der Familie, ist am Morgen einem Herzanfall erlegen.

›Lauras Schweigen‹ ist eindringliches Kammerspiel und zugleich bitteres Psychogramm einer aufs schrecklichste verstrickten Familie: eines der erfolgreichsten Bücher von Paula Fox.

Paula Fox, geboren 1923 in New York City – der Vater war irisch-englischer Abstammung, ihre Mutter kam aus Kuba –, hatte schon mit zwölf ein bewegtes Leben hinter sich. Ihr gesamtes Werk, das im dtv erscheint, spiegelt den enormen Reichtum ihrer Lebenserfahrung. Paula Fox ist verheiratet, hat drei Kinder und mehrere Enkelkinder – eines davon ist die Sängerin Courtney Love.

Paula Fox

Lauras Schweigen

Roman

Aus dem Englischen von Susanne Röckel

Deutscher Taschenbuch Verlag

Von Paula Fox
sind im Deutschen Taschenbuch Verlag erschienen:
Was am Ende bleibt (12971)
In fremden Kleidern (13346)
Pech für George (13438)
Luisa (13586)
Der kälteste Winter (13646)
Der Gott der Alpträume (13859)

FSC
www.fsc.org
MIX
Papier aus verantwortungsvollen Quellen
FSC® C019821

2013
Deutscher Taschenbuch Verlag GmbH & Co. KG, München
Titel der amerikanischen Originalausgabe »The Widow's Children«,
erschienen bei Dutton, New York
Für die deutschsprachige Ausgabe:

Umschlagkonzept: Balk & Brumshagen
Umschlagbild: ›Tetuan‹ (1991–1993) von Sean Scully
Satz: Kösel, Krugzell
Druck und Bindung: Druckerei C.H. Beck, Nördlingen
Gedruckt auf säurefreiem, chlorfrei gebleichtem Papier
Printed in Germany · ISBN 978-3-423-14209-0

Für Brewster Board, Marjorie Kellogg
und Gillian Jagger

«Die Kinder stehn ihr leer, des ersten Laubs beraubt,
und scheinen einem Schrecken abzustammen,
dem sie gefiel»

Rainer Maria Rilke, Witwe

1 Drinks

Clara Hansen saß aufrecht und im Gleichgewicht, bis auf die Unterwäsche nackt, auf der Stuhlkante und regte sich nicht. Bald mußte sie Licht machen. Bald mußte sie sich fertig anziehen. Sie würde sich noch drei Minuten in ihrer dunkel werdenden Wohnung erlauben, in diesem Zustand, der dem Schlaf so nahekam. Sie wandte sich zu einem Tisch, auf dem ein kleiner Wecker stand. Plötzlich brachte eine schmerzhafte Gemütsbewegung sie auf die Beine. Sie würde zu spät kommen; auf die Busse war kein Verlaß. Ein Taxi konnte sie sich nicht leisten für die Fahrt zu dem Hotel, wo ihre Mutter, Laura, und Lauras Mann, Desmond Clapper, sie erwarteten; es sollte Drinks geben, und dann wollte man zum Essen gehen. Am Morgen würden die Clappers mit dem Schiff abreisen – diesmal nach Afrika. Sie würden monatelang nicht dasein. Clara hatte es geschafft, das Büro, in dem sie arbeitete, eine halbe Stunde früher zu verlassen, weil sie genug Zeit haben wollte. Aber es war gerade genug Zeit gewesen, um in einen Traum vom Nichts zu versinken.

Clara ging rasch in ihr kleines Schlafzimmer, wo ihr Kleid über dem Bett lag. Es war das Beste, was sie besaß. Ihr war bewußt, daß sie sich gewöhnlich zurückhaltend anzog. Doch für diesen Abend hatte sie das genaue Gegenteil davon ausgewählt. Laura würde sehen, daß das Kleid teuer war. Zum Teufel damit, sagte sie sich, empfand jedoch nur Unentschlossenheit, als die Seide sich an ihre Haut schmiegte.

Einige Regentropfen glitten die Fenster hinab, als sie das Wohnzimmer durchquerte. Sie schaltete das Licht an, um deutlicher zu sehen, und einen kurzen Moment lang schien der Abend schon vorüber, als sei sie zurückgekehrt, getröstet von dem Wissen, daß sie, wenn Laura erst einmal abgereist war, kaum noch an sie zu denken brauchte. Immerhin waren die Gelegenheiten ihrer Zusammenkünfte ziemlich rar.

Es war Anfang April und noch kalt, doch sie zog nur einen leichten Regenmantel über. Er war schäbig und schmutzig, aber er entsprach einer Absicht – der Verleugnung des Kleids –, über die sich Clara nur ganz entfernt im klaren war.

Claras Onkel, Carlos, würde dasein. Und Laura hatte am Telefon gesagt, daß auch ein befreundeter Lektor zu diesem Abschiedsabend kommen werde. Clara hatte ihn vor langer Zeit einmal kennengelernt; sie hatte keine Meinung über ihn. Als sie die Straße entlangging, sah sie einen Bus kommen, und sie beeilte sich, die Haltestelle zu erreichen. Gleich darauf verspürte sie, wie von ihren laufenden Beinen ausgelöst, eine gequälte Erregung, die Stimmung, in der sie stets das Territorium ihrer Mutter betrat.

Ein Dutzend Blocks südlich von Claras Haus, in einem alten Mietshaus in einer Nebenstraße der Lexington Avenue, stand Carlos Maldonada, Lauras Bruder, mit einer verschrumpelten Zitrone in der Hand am Spülstein. Er hatte keine besondere Lust auf den Wodka, den er sich eingeschenkt hatte. Er ließ die Zitrone fallen, die zwischen dem schmutzigen Geschirr im Spülbecken liegenblieb, ging dann weiter zum Wandschrank. Ohne näher hinzusehen, nahm er ein Jackett aus dem muffigen Dunkel und zog es an.

Er ging zum Telefon. Er könnte Laura erzählen, daß er über die Bordsteinkante gestolpert sei und sich den Knöchel verstaucht habe. Es würde eine detaillierte Geschichte sein müssen – worauf er ausgerutscht war, der Passant, der ihm geholfen hatte, das Ausmaß der Schwellung, wie er es geschafft hatte, in die Wohnung zurückzukehren, die Stunden, die er damit verbracht hatte, seinen Knöchel in einer Waschschüssel durchweichen zu lassen – er besaß keine Waschschüssel –, die Schmerzmittel, die er genommen hatte.

«Du verdammter gemeiner alter Lügner!» sagte er, Lauras Stimme genau nachahmend, und lachte über seine Worte in dem staubigen, vollgestopften Zimmer. Er fand seine Baskenmütze und einen Mantel, kippte den Wodka auf dem Weg an der Küchentheke und lief die Treppen hinunter zum Gehsteig, wo gleich, als er den Arm hob, ein Taxi herankam. Doch kaum hatte er sich in den rissigen Kunstledersitz sinken lassen, die Füße zwischen nassen Zigarettenkippen, verließ ihn seine Energie. In mutlosem Ton gab er die Adresse des Hotels der Clappers an und antwortete nicht auf die Bemerkungen des Taxifahrers, obwohl es ein junger Taxifahrer war, der sehr gut aussah.

Der dritte Gast der Clappers, Peter Rice, war noch in seinem Büro. Mit dem Rotstift in der Hand überprüfte er, ob er auf einer Notiz mit einer Liste von Redakteuren, die an einer englischen Zeitschrift angeheftet war, seinen Namen fand. Er hatte die Zeitschrift nicht angesehen; er las überhaupt keine Zeitschriften mehr. Seine Sekretärin brachte ihm mit dem Mantel über der Schulter das Paket Bücher, um das er gebeten hatte. Er unterschrieb einen Zettel, lächelte, dankte ihr, wünschte ihr ein schönes Wochenende, blickte aus dem Fenster und erkannte einen Schleppkahn weit unten auf dem East River, und als er bemerkte, daß es zu regnen begann, bedauerte er, daß er morgens seinen Schirm nicht mitgenommen hatte. Das Bedauern war rein formell; er schenkte dem Wetter in der Stadt keinerlei Aufmerksamkeit.

Er hatte Laura ein Jahr nicht gesehen. Hin und wieder telefonierten sie. Laura hatte ihn von der Farm der Clappers in Pennsylvania aus angerufen. Niemand anders rief ihn spät abends an, so daß ihn, wenn das Telefon klingelte und er den Hörer aufnahm, immer ein freudiger Schauder durchfuhr, weil er wußte, daß sie es war. Im letzten Jahr hatten alle ihre Gespräche mit Verzweiflung und Dramatik begonnen – grausigen Geschichten von Desmonds Trinkerei. Doch nach einer Weile wurde sie dann ruhig, und sie sprachen miteinander, wie sie es immer getan hatten.

Er griff nach seinem Hut. Im Gang lachte eine Frau. Er hörte Schritte, die zum Aufzug gingen. Der Schleppkahn war nicht mehr zu sehen. Er machte seine Schreibtischlampe aus. Das wäßrige Halbdunkel der Dämmerung strömte in sein Büro, doch es dämpfte nicht den Glanz der Umschläge der Bücher, die auf den Regalen aufgereiht waren. Der beunruhigende Gedanke, daß ein Tag vorbeigegangen war, ohne eine Spur zu hinterlassen, hielt ihn fest, und mit einem Gefühl der Leblosigkeit blieb er stehen. Dann dachte er an Laura. Er nahm das Paket mit Büchern und ging.

Im Badezimmer des Hotels starrte Desmond Clapper auf seine sich rötenden Finger, über die das Wasser aus dem Hahn floß. Der Wasserschwall übertönte Lauras Stimme nicht völlig. Gleich würde er zu ihr ins Schlafzimmer gehen müssen. Er drehte die Hähne zu, dann wieder auf.

«Erzähl mir was von der Würde der Leoparden! Der Kakerlaken! Aber erzähl mir nichts von der Würde des Menschen! Wie kann irgend jemand es wagen, jemand anderen davon abzuhalten, irgendwohin zu gehen in der verdammten Welt? Ich war fast schon im Restaurant, als ich dich auf der anderen Seite der Streikpostenkette gesehen habe, und du sahst wirklich albern aus, und dauernd hoppelten diese Kellner zwischen uns hin und her und jammerten und klagten ...»

Desmond knirschte mit den Zähnen. Sie war immer noch verärgert wegen des Mittagessens. Er konnte an dem, was geschehen war, nichts ändern. Die Streikenden hatten ihn jedesmal verflucht, wenn er einen Schritt auf Laura zu machte. Er lauschte. Dann bewegte er sich wieder. Ihre Stimme schien jetzt näher. Konnte es sein, daß sie auf der anderen Seite der Tür stand?

«Desmond? Desmond! Wie *konntest* du dich von diesen Streikposten nur beirren lassen? Weißt du nicht, was Kellner in so einem Lokal verdienen? Und – mein Gott! Wer hat Würde in diesem Leben? Sie wollen doch nur Geld ... Behandeln Sie mich wie einen Menschen ... Werfen Sie mir noch ein paar Münzen zu! Erinnerst du dich an diese Bettler in Madrid, die von ihren Kindern auf Karren in die Kirchen gefahren wurden? Und sie schüttelten ihre Stümpfe gegen uns und lachten? Das war Würde! Desmond? Wir hatten uns so lange auf dieses Mittagessen gefreut, und du hast mich gepackt und weggeführt. Einer von ihnen hatte ein Schild, auf dem ‹Lohn› ohne h geschrieben war. Hast du das bemerkt? Meine Güte! Ich hätte am liebsten einen Teller geholt und vor ihnen gegessen! Diese Frechheit! Diese Dummheit! Und der Buchladen, diese furchtbare Verkäuferin mit ihren schmutzigen Fingernägeln, und der Bügel von ihrem BH stach durch den Stoff ihrer Bluse ... Und sie hat mich tatsächlich *verbessert.* Du mußt es gewußt haben, die ganzen Jahre, in denen ich ‹Kuppel› falsch ausgesprochen habe. Warum hast du es mir nie gesagt? Du weißt, wie schrecklich es für mich ist, englische Wörter falsch auszusprechen. Und sie strengte sich nicht an, uns zu helfen, und tat, als hätten sie keine neuen englischen Krimis vorrätig. Du solltest den Geschäftsführer von diesem Laden anrufen ... daß er es zuläßt, daß solche Leute Kunden schikanieren ... daß sie ihre Frustrationen an anderen abreagieren! Ich fragte sie, ob sie vielleicht mal müsse. Hast du gehört, wie ich sie gefragt habe? Ich habe ganz ruhig gesprochen, was solche Leute ärgert. Wenn ich daran denke, daß ich die ganzen Jahre immer ‹Kuhpel› gesagt habe und keiner ein Wort sagte, bis diese Frau gekommen ist. Ich bin so nervös! Ich glaube, nach diesem Drink wird es besser. Desmond. Ich weiß, ich habe einen kleinen Wutanfall. Hast du das gehört? Ich weiß es. Ich entschuldige mich nicht. Das ist nicht die spanische Art. Ihr Anglos spezialisiert euch auf Mitleid. Ich rechtfertige mich nie. Oder, Desmond? Ich bin schließlich kein Jude. Wie ich Selbstmitleid verachte! Dieser Bruder von mir, dieser Carlos, ist so sentimental, wenn es um seine Schwierigkeiten geht – und ach, wie er uns alle im Stich läßt, sogar meine arme Mutter, die ihn mir und Eugenio vorzieht. Desmond? Wenn wir nur abreisen könnten ohne ein Wort zu irgend jemand. Als ich Clara anrief, sagte sie, sie hätte eine Erkältung, in so einem sterbensmatten Tonfall, und dann zeigte sie, wie *tapfer* sie ist, als sie sagte, natürlich wolle sie uns sehen, bevor wir abreisen. Wenn wir nur einfach losfahren könnten! Jetzt! Im Dunkeln die Gangway hoch, in unsere Kabine schlüpfen. Der Steward würde uns Tee und Kekse bringen, das Schiff würde um Mitternacht ablegen, keine Kapellen, kein Gewinke. Mein Gott! Diese *schrecklichen* Kellner ... Ich nehme an, sie haben ein unangenehm naßkaltes Leben, fahren in den frühen Morgenstunden mit der U-Bahn nach Hause, zu erschöpft, um das Trinkgeld zusammenzuzählen, und tragen noch in ihren Träumen Tabletts herum ... Und diese elende Verkäuferin, keiner hält es für nötig, ihr das mit dem BH zu sagen, keiner, der sich für ihre Brüste interessiert, letzten Endes. Schau, wie spät es ist! Bald werden sie alle hiersein. Peter stört mich nicht. Er weiß, was man bei so einer Gelegenheit macht, armer Kerl. Er und ich, wir hatten über dreißig Jahre unsere Gelegenheiten. Mein ältester Freund ... mein einziger Freund. Gott sei Dank habe ich Eugenio nicht erreichen können. Ich kann mir sehr gut vorstellen, wo er ist, im Haus von irgendeiner alten Frau, da zählt er heimlich die echten Perlen um ihren Hals und bringt sein Blut in Wallung mit dem Wissen darum, wie unsere Familie aus den Fugen gerät ... immer mehr...»

Jetzt begann auf einmal der Regen, wie gegen die Hotelfenster und auf die schwarze Straße acht Stockwerke darunter geschleudert. Als Laura hinuntersah, konnte sie die Bewegungen der Scheibenwischer auf den Frontscheiben der Autos erkennen, die die Straße füllten, und die Farbe der triefend nassen Ampeln und die glänzende Oberfläche des Asphalts, der von der Gewalt des Wolkenbruchs unter Wasser gesetzt worden war. Sie zündete sich eine Zigarette an und nahm dann einen Schluck von ihrem Drink, um ihren trockenen Mund anzufeuchten. Ein Schauder überlief sie, der so stark war, daß sogar ihre Beine zitterten. Darauf fragte sie sich scheinheilig, ob es wohl ein Erdbeben gegeben habe, ob New York einstürze, das Hotel unter ihr zusammenbreche; sie tat so, als ob die unwillkürliche körperliche Bewegung ihr von einer äußeren Macht geschickt worden sei und nicht das war, was sie sein mußte, Indiz einer ungeheuerlichen Tatsache, die sie während ihrer Tirade verborgen gehalten hatte, in deren Verlauf Desmond, wie sie wußte, die Wasserhähne auf- und zugedreht hatte, um ihre Stimme zu übertönen.

Diese Tatsache war die Nachricht, die sie erhalten hatte, als sie nach ihren letzten Reiseeinkäufen zum Hotel zurückgekehrt waren. Die Nachricht war, daß ihre Mutter, Alma, in einem Altersheim, wo sie die letzten zwei Jahre gelebt hatte, am Nachmittag gestorben war. Laura hatte sich Desmond zugewandt und sogar gelächelt, als er sie fragte, wer am Apparat sei, und erwidert, es sei Clara, die frage, wie sie zum Hotel komme, ob er die Flaschen jetzt auspacken wolle? Dann war der offizielle Ernst der Stimme am anderen Ende der Leitung wieder der Fokus ihrer Aufmerksamkeit gewesen – Todesurkunde, sagte diese Stimme, ausgestellt vom Chefarzt, Herzversagen ... ruhiger Tod, und sie fragte nach Anweisungen wegen der Beerdigung –, und Laura hatte Desmond zugerufen: «Hol mir ein Aspirin, Liebling», und hatte hastig in den Hörer hineingesagt: «Morgen? Kann es morgen sein? Wen immer Sie bei Beerdigungen kommen lassen ... ja ... Aber wir haben ein Grab, mein Mann hat das vor zwei Jahren mit Ihnen vereinbart ... auf Long Island», und Desmond war zurückgekommen und hatte ihr zwei Aspirin gegeben, und sie hatte ins Telefon gesagt: «Auf Wiederhören, ich rufe morgen früh an», und Desmond hatte gesagt: «Clara anrufen? Aber sie kommt doch heute abend, oder?»

Sie war nicht in der Lage gewesen zu antworten, aber er drängte sie nicht; sie konnte immer darauf rechnen, daß Desmond nicht fähig war, für irgend etwas längere Zeit Interesse aufzubringen. Ihr Kopf war leer gewesen; sie hatte nur gewußt, daß etwas Unerbittliches sie gepackt hatte. Und sie hatte eine halb wahnsinnige Freude empfunden und den Impuls verspürt herauszuschreien, daß sie diese Sache wußte und besaß, die niemand anders wußte, diese gewichtige Tatsache, hart und real zwischen den weichen Anhäufungen bedeutungsloser Ereignisse, zu denen auch die geplante Reise nach Afrika gehörte, konkret erfahrbar nur durch die dazugehörigen Vorbereitungen, Route, Gepäck, Erwerb von Medikamenten gegen Darmbeschwerden, Bücher zum Lesen, Uhr, Seife, Pässe, diese Hülle aus Taten, die das regungslose Zentrum ihres gemeinsamen Lebens umgab.

Trank Desmond allein im Bad? Nahm er ein paar verstohlene Schlucke, bevor die Aufseherin ihn ertappte? In einer Anwandlung von Zorn wegen seiner Betrügerei, seiner Feigheit, die darin bestand, *sie* zur Aufseherin zu ernennen, setzte sie ihr Glas hart auf die Heizung, wo es in etliche große Stücke zersprang und auf den Teppich fiel. Desmond erschien sofort in der Badezimmertür; mit übertriebener Sorgfalt trocknete er sich die Hände ab. Sie lächelte und spürte dabei leichten Schweiß auf der Oberlippe. «Hast du dem Kellner Trinkgeld gegeben, als er das Eis brachte? Ach, ich habe mein Glas fallen lassen.»

«Ja, Liebling», sagte er. «Das Glas fallen lassen? Ich mache das sauber.» Er bemerkte einen großen Fleck auf ihrer Stirn und strich mit dem Rand des Handtuchs darüber, während er über ihre Schulter hinweg zum Fenster sah, wo sie, wie er vermutete, gelehnt hatte. «Es regnet», sagte er. Sie lachte. «Du hast den Regen nicht hören können bei dem ganzen Krach, den du da drin gemacht hast», sagte sie.

Er lächelte zurück, erleichtert über die Beherrschtheit ihrer Stimme. Und er hatte tatsächlich zugehört, als sie darüber geredet hatte, daß sie heute abend schon auf das Schiff gehen sollten. Sicher hätte ihm das gefallen, es war besser als der lästige und gefahrenreiche Abend, der vor ihnen lag. Scherben gab es schon – auch wenn sie unabsichtlich entstanden waren. Leoparden, Kellner, Juden, sie hätte nicht so darauf herumgehackt, wenn ihre verdammten Verwandten nicht kommen würden. Er beobachtete sie, wie sie das Handtuch, das sie von ihm genommen hatte, zusammenfaltete und dann in den Spiegel an der Wand über der Kommode sah. Sie war an diesem Morgen beim Friseur gewesen; ihr Haar war auf ihrem Kopf aufgetürmt. Es war so grau! Es überraschte ihn immer wieder, dieses Haar einer Frau im mittleren Alter. «Was für widerliche Ringellocken», sagte sie, während ihre Spiegelaugen in die seinen starrten. Ihr Blick interessierte ihn nicht, und er dachte: Ich werde jetzt was trinken. Aber auf dem Weg zum Tisch, wo die Flaschen und Gläser waren, hörte er ein zögerndes Klopfen an der Tür, und er ging hin und öffnete.

«Ich bin die erste?» fragte Clara Hansen und sah genau an Desmond vorbei zu ihrer Mutter. Das nicht gewürdigte Lächeln spielte noch um Desmonds Lippen.

«Hallo», sagte Laura, die den Gruß aus der fernsten Tiefe ihrer Stimme heraufholte und eine schallende, erregende Verkündigung daraus machte, der, wie Clara wußte, keine Erwiderung standhalten würde. Niedergeschlagen empfand sie, daß ihr eigenes «Hallo» weniger wiegen würde als Staub gegenüber dieser schwergewichtigen tonalen Dramatik, und so streckte sie nur die Hand aus. Ihre Mutter umschloß ihre Finger einen Moment mit festem Griff, dann zog sie ihre Hand zurück und nahm eine Zigarette.

«Sieht sie nicht phantastisch aus!» rief Laura. «Fallen die Männer nicht auf der Straße über dich her?»

«Clara, was möchtest du?» fragte Desmond.

«Ach, Scotch», sagte sie, «wenn du hast, mit Soda», und hielt den Blick auf Desmond gerichtet. Wenn sie erst einmal zu reden anfingen, sie und Laura, würde es sich schon einrenken. Es würde schon gehen. Diese ersten Momente waren immer quälend, und sie konnte sich selbst den Schrecken nicht erklären, den sie empfand, die Überzeugung, daß Gefahr drohte.

Sie hatte nicht mit Laura oder ihrem Vater, Ed Hansen, zusammengelebt, hatte seit jener ersten Trennung vor neunundzwanzig Jahren im Kreißsaal nie mit ihrer Mutter unter einem Dach gewohnt. Das war es, sagte sie sich, es ist, weil wir nie angefangen haben und uns deshalb immer mittendrin auf den Weg machen müssen, und direkt hinter uns bildet sich Leere. Doch diese Darstellung ihrer Beziehung zu ihrer Mutter, die eine Stunde, einen Tag lang so anregend sein konnte, war nicht stichhaltig. Zwischen ihr und Laura war keine Leere, sondern Nähe, grausam und blutbefleckt. Laura hatte vier Abtreibungen gehabt, bevor sie zum fünftenmal schwanger geworden war; diese Schwangerschaft war einen Monat zu lange unentdeckt geblieben, und das Resultat war Clara gewesen. Sie hatte sich ins Leben gestohlen, sagte sie sich.

«Wie geht's dir, junges Fräulein?» fragte Laura, die jetzt auf dem Fensterbrett saß. «Ich wünschte, du würdest mit uns kommen. Du nicht, Desmond? Was würden wir für einen Spaß haben! Desmond, sie wollte Wasser, nicht Soda.»

«Sagtest du Soda oder Wasser?» fragte Desmond.

«Ach ... mir ist beides recht», sagt Clara, «was gerade zur Hand ist.»

«Aber ich dachte, du sagtest Wasser», sagte Laura unbeirrt.

«Nein, ich glaube, ich sagte Soda, aber es ist egal. Wirklich.»

«Himmel, bist du sicher, Clara? Meine Güte! Das muß Peter sein. Ich hatte gehofft, wir drei hätten ein bißchen Zeit für uns allein, aber –» Und sie ging, um die Tür zu öffnen.

Es war nicht Peter Rice, sondern Carlos Maldonada.

«Carlos!»

«Hallo, Liebes», sagte Carlos.

«Sieh mal, wer da ist! Clara! Fangt bloß nicht an, ihr zwei», rief Laura fröhlich.

Carlos ging geradewegs zu seiner Nichte, legte seine Hand auf ihren Kopf und drückte die Finger auf ihren Schädel. Sie lachte übertrieben.

«Gibt's neue Witze?» fragte Carlos Clara.

«Ach, Carlos. Mit meinem schlechten Gedächtnis kann ich einfach keine Witze mehr behalten –»

«Sie und ein schlechtes Gedächtnis!» rief Laura aus und lachte. «In ihrem Alter –»

«Der verfluchte Kellner hat den Wermut vergessen ...», brummte Desmond.

«Mein gedankenloser Desmond», murmelte Laura, «keiner von diesen Zigeunern trinkt jemals Wermut.»

«Ich verzeihe dir», sagte Carlos zu Clara. «Der vom letzten Mal! Für den würde ich dir alles verzeihen!» Was er meinte, war ein unanständiger Witz, den sie ihm vor über einem Jahr erzählt haben mußte, als sie ihn zum letztenmal getroffen hatte, bei einem Spaziergang über die Lexington Avenue. Er hatte gelacht, bis ihm die Tränen gekommen waren. Sie hatte den Witz nicht für besonders komisch gehalten. Doch das Lachen, das sie in ihm hervorgerufen hatte – und es war nicht das erste Mal gewesen – hatte sie in freudige Erregung versetzt; durch seine augenblicklich auflodernde Reaktion war ihr warm geworden. Dennoch war ihr nicht klar, wofür Witze standen, mit ihrer erniedrigenden Entstellung sexueller Dinge, ihrer besonderen Sprache, die eher aus Stümpfen als aus Worten bestand. Sie versuchte sich jetzt an eine Geschichte von einer Frau und einem Türknauf zu erinnern, etwas, das derb genug war, um jene Schreie und jenes Gebrüll in ihnen hervorzurufen, das sie selbst ein paar Minuten lang aus der Schlinge ihrer Erwartung befreien würde. Aber dann fing ihre Mutter an zu reden. Clara seufzte vor Erleichterung und trank zuviel Whisky.

Laura sagte: «Gibraltar nur einen Tag ... dann Malaga eine Woche, dann nach Marokko, und wir sind wirklich bereit abzureisen. Wir *waren* bereit –», und sie hielt plötzlich inne und sah wie in äußerster Verwunderung im Zimmer umher, als ob sie das, was sie gerade hatte sagen wollen, als Schrift an der Wand suche oder auf einem Lampenschirm oder einer Schachtel auf dem Tisch. Die anderen drei, die ebenfalls in ihrem Trinken und Rauchen innehielten, hörten das Geräusch des Regens. Er schlug gegen die Hotelfenster. Clara hielt den Atem an. Dann sagte Desmond: «Ich werde für diesen gottverdammten Wermut natürlich nicht bezahlen ...» Und Laura, die auf sie alle den Eindruck von jemandem gemacht hatte, der sich im Traum hin und her bewegt, fuhr fort zu sprechen.

«Wir waren bereit. Dann bekam Desmond einen Brief von seiner Tochter, der kleinen Ellen, Ellie Bellie – du mußt dir diesen Brief ansehen, Clara! Was für eine kleine Heuchlerin sie ist! Sie wolle sich mit ihrem Daddy treffen, schrieb sie, sie wolle über ihre Verlagskarriere sprechen – die noch nicht angefangen hat. Ist sie nicht ein bißchen alt, um anzufangen, Liebling? Aber Desmond, du mußt ihr gesagt haben, daß Peter Rice ihr helfen könnte, einen Job zu bekommen. Das hast du, oder? Du solltest sie in ihren Hoffnungen nicht bestärken, weißt du. Sie schreibt wie eine Zwölfjährige, und sie muß jetzt dreißig sein. Nicht? Sie ist bestimmt älter als Clara.»

«Entschuldigung», sagte Desmond und ging ins Bad.

«Er ist der größte Pipimacher der sieben Kontinente», bemerkte Laura.

«Ich bin sicher, daß es sechs Kontinente sind», sagte Carlos.

«Dem Himmel sei Dank für deine geographischen Kenntnisse, Carlos», lachte Laura. Sie saß jetzt auf einer Seite des Doppelbetts. Carlos stand hinter ihr. Die beiden sahen Clara an. Unter ihrem forschenden Blick schwand allmählich der Schmerz, den sie bei der Erwähnung jenes anderen Mädchens empfunden hatte, das sie nie getroffen hatte, das, wie sie selbst, kein Mädchen mehr war, wie im Schein eines vernichtenden Lichts. Sie dachte an zwei Adler, die sich ihr im Sturzflug näherten. Ach – wenn sie sich doch nur abwenden würden! Sie hatten weder Schnäbel noch sahen sie überhaupt wie Vögel aus, mit ihren massigen nordspanischen Köpfen. Aber sie war gebannt von ihrem Blick, dessen Gewalt sich durch ihre physische Ähnlichkeit verdoppelte, dieselben tiefliegenden Augen unter schweren Lidfalten, dieselben großen Nasen. Obwohl Laura grauhaarig war und Carlos fast kahl, hatten sie etwas Schwarzes, «Spanisches» an sich, etwas nicht eigentlich Menschliches in den Augen über ihren lächelnden Mündern.

«Ihr reist nicht ab?» fragte Clara unsicher, «wegen Ellen . . . ?»

Laura lachte und schüttelte den Kopf, als sei sie erstaunt über eine solche Schlußfolgerung.

«Hübsche Beine», murmelte Carlos mit einem bezaubernden Lächeln, die Beine seiner Nichte betrachtend.

«Und diese Hände», sagte Laura, «wie von einem Renaissancepagen. Ach! Sieh mal! Sie wird rot!» Sie stand vom Bett auf, ging zu Clara hinüber und versetzte ihr einen spielerischen Kinnhaken. Clara lächelte Carlos hilflos an und verfluchte im Stillen ihr hochrot gewordenes Gesicht. Doch sie war nicht aus Bescheidenheit rot geworden, sondern aus Ärger über die Ungerechtigkeit eines Kompliments, das sie verletzen mußte.

Als Heranwachsende hatte ihre Großmutter Alma sie mitgenommen zu einem Schiff, einem Zug, oder sie hatte ein, zwei Stunden in einem Hotelzimmer oder einem Restaurant in Gesellschaft dieser grimmig blickenden fremden Frau verbracht, ihrer Mutter. Damals war sie über ihre eigenen Füße gestolpert, hatte Gläser mit Ginger-ale fallen lassen und hatte hoffnungslos dummes Zeug geplappert, während sie darauf wartete, daß Laura sagte, sie sei groß geworden, fülliger, und könne eines Tages sogar hübsch werden. Statt dessen sagte ihr Laura, ihre Beine seien genau wie die von Josephine Baker, ihr rundes Gesicht wie das eines Jungen auf einem Bild von Reynolds, das sie in London gesehen hatte, oder sie sehe wie eine Bacchantin aus, und während sie die Stücke von dem Glas aufsammelte, das sie zerbrochen hatte – der Kellner kam immer so schnell und sah so unbarmherzig aus! –, und ihre abgebissenen Fingernägel unter der Serviette oder der Speisekarte versteckte und mit aller Kraft versuchte, ihren verdammten Mund zu halten, hatte sie auch diese Beschreibungen ihrer selbst aufgesammelt, diese Lobeshymnen, die ein Gefühl von Beleidigung und Verletzung zurückließen.

Jetzt hatte sie also Renaissancehände. Sie sah verstohlen auf sie hinab. Die eine Hand hielt mit eisernem

Griff ein Glas. Ihr Herz machte einen Satz, als sie sich vorstellte, daß sie aufrecht stand und das Glas gegen das Hotelfenster schleuderte. Doch der Impuls verschwand so schnell, daß sie kaum spürte, daß sie ihn gehabt hatte – sie merkte nur, daß ihre Gedanken abgeschweift waren.

Laura sprach von Ed Hansen, Claras Vater, doch legte sie etwas weniger Verachtung in ihre Sätze als in Desmonds Anwesenheit. Er war immer noch im Bad. «Aber Clara hat mir erzählt – nicht, Clara? –, daß Ed furchtbar krank war, nicht vorgetäuscht dieses Mal, war es Angina, Clara? Und daß Adelaide wieder versucht, ihn hinauszuwerfen. Ist sie es satt, die wunderbare neue Gattin zu sein? Oder kann sie seine *Kunst* nicht leiden? Mein Gott, Carlos! Habe ich euch davon erzählt, wie mich Ed damals vor ein paar Jahren anrief – blau wie ein Veilchen – und sagte, er würde seine Kameras rauswerfen und zum Malen zurückkehren? Natürlich hat er seinen Lebensunterhalt nicht mehr selbst verdienen müssen, seit er eine reiche Erbin geheiratet hat. Na gut ... er erzählte mir von der Sache mit dem Malen, und plötzlich, am Telefon, es war noch dazu ein Ferngespräch, fing er an zu weinen, er sagte, das Herz sei ihm so schwer, versteht ihr, weil er so alt sei und zum Malen zurückfinde nach all diesen beschissenen Jahren, in denen er uns ernähren mußte und die gröbsten Löcher mit dem Fotografieren habe stopfen müssen, sagte er, und er hat wirklich geschluchzt dabei. Aber wißt ihr, so sind alte Männer, man kann ihnen was Tolles schenken oder ihnen etwas über einen Vulkan erzählen, der irgendwo ausbricht, wo sie nie gewesen sind, und sie weinen genauso, wie Ed geweint hat. Er nimmt nichts ernst, das stimmt wirklich. So war er immer. Deshalb war er ein guter Fotograf.»

«Aber er ist eigentlich kein *alter Mann*», sagte Clara.

«Vermutlich nicht», erwiderte Laura und sah Carlos an. «Wann hast du ihn das letzte Mal gesehen?»

«Er – vor ein paar Monaten, aber er trank gerade. Ich versuchte, ihn dazu zu bewegen, daß er etwas ißt –»

Laura brach in Gelächter aus. «Ach, Carlos, *du* versuchst, jemanden dazu zu bewegen, daß er etwas ißt – in diesem Misthaufen von einer Küche ... Mein Lieber! Was hast du ihm serviert? Kaffeesatz und Mäusedreck?»

«Ich habe dir gerade erzählt, daß die Ärzte sagten, er sei in sehr schlechter Verfassung, und wenn er nicht aufhörte zu trinken, würde er nicht mehr lange leben», sagte Clara laut. «Ich weiß nichts über Adelaide», fügte sie hinzu.

«Nicht?» sagte ihre Mutter und sah Clara an, während ihre Augen sich weiter öffneten. «Na gut, wie geht es ihm, abgesehen davon, daß er im Sterben liegt? Wann hast du ihn zum letztenmal gesehen, Clara?»

«Ach, das ist Monate her. Aber ich habe mit ihm telefoniert», erwiderte Clara und fügte schnell hinzu: «Ich habe ihn angerufen, um herauszufinden, wie es ihm geht. Und damals, als ich ihn zum letztenmal sah, war er nicht nüchtern. Er schien nicht zu wissen, was er tat ... Er gab mir eine alte Taschenuhr, die ihm gehörte, und dann, am nächsten Morgen, rief er mich an und verlangte sie zurück.»

«Da war er bei mir», sagte Carlos mit einem Anflug von Trotz. «Er schämte sich wegen der Uhr, Clarita.»

«Guter Gott! Ist das nicht typisch!» sagte Laura. «Und natürlich gab Clara sie zurück. Aber sag mir, wie geht's Adelaide, der Königin des Leidens? Du hast sie nicht gut gekannt, Carlos. Oder? Mein Gott! Es gab nie eine Frau, die so darauf versessen war, Leute zu finden, die sie quälten. Und wenn sie sie fand, wie hat sie den Kopf so hoch getragen! Und dann, eine tapfere Träne, eine schlichte Bemerkung zu ihren Bewunderern – es ist alles meine Schuld –, ist es nicht so, Clara? Clara kennt sie, oder, kleines Fräulein?»

Clara blieb die Peinlichkeit einer Antwort durch Desmonds Auftauchen aus dem Bad erspart. Ed Hansen durfte in Desmonds Gegenwart nicht erwähnt werden. Laura hatte ihrem Bruder und ihrer Tochter berichtet, daß er furchtbare Eifersuchtsanfälle habe; er sei wahnsinnig, wirklich, was das Thema Ed betreffe, und zwar so sehr, behauptete Laura, daß er sich weigere, mit irgend jemand zu sprechen, der Edwin oder Edmund oder Edward hieß.

«Menschenskind, ich frage mich, wo Peter ist», sagte Laura.

Clara ging ins Bad und dachte, Menschenskind, diese Kraftausdrücke, warum benutzten Laura und ihr Bruder sie? Zu wem ließen sie sich da herab? Den Vereinigten Staaten? Wer waren die Maldonadas? Immigranten, zornige Abhängige, auf immer vertrieben durch ihre eigene endlose Bemühung, das Märchen ihrer Distanz, ihrer Überlegenheit über die Einheimischen fortzuspinnen.

Das Bad war überhitzt. Zwischen den zerknitterten Handtüchern, in der zusammengeknüllten Papierhülle einer Seife versteckt, war der mächtige Geruch von Desmonds Urin. Mein Gott! Ein Tropfen davon könnte die Welt verändern! Sie stellte sich seinen schwarzen Schnurrbart vor, darunter Lippen wie alte Gummibänder. Dort drinnen spürte sie, geschützt vor Lauras prüfendem Blick, wie die Anstrengung ihrer künstlichen Munterkeit allmählich nachließ; sie erlaubte es sich, Sehnsucht danach zu empfinden, daß die Stunden dieses Abends vergingen, entschwanden. Bei diesen seltenen Gelegenheiten, wenn sie mit Laura oder auch mit ihren Onkeln Carlos und Eugenio zusammentraf, litt sie unter einer solchen Verwirrung, einer solchen Erschütterung ihres Selbst; sie war, wenn auch nur für ein paar Stunden, herausgerissen aus ihrem eigenen Leben, und es schien ihr, als besitze es keine Geltung mehr, als sei es nur noch ein Traum, an den sie sich kaum erinnerte.

Wie war Desmond in diese Hexenversammlung gestolpert? Sie dachte plötzlich an ihre Großmutter, Alma, die diese schreckliche Brut gewärmt und genährt hatte. Und Scham erfüllte sie, denn welche Entschuldigung konnte sie zur Bemäntelung ihrer Vernachlässigung der alten Frau anführen? Doch die Scham war nur ein Stich, ein kurzer stechender Schmerz. Schon hielt Trägheit sie von einem Vorsatz ab. Vielleicht würde ein Impuls sie retten. Vielleicht würde sie sich eines Nachmittags nach der Arbeit auf dem Weg zum Altersheim finden. Einen Moment lächelte Clara, als sie an Almas Freude dachte, wenn sie dort eintraf. Aber gleich darauf verschwand das Lächeln. Es wurde ihr klar, daß nichts, keine noch so geheimnisvolle, unergründete Kraft in ihr sie veranlassen konnte, sich dorthin auf den Weg zu machen.

«Ich weiß viele Sacken», bekannte ihre Großmutter oft mit ihrem starken Akzent. Ihr Akzent war phänomenal. Fünfundvierzig Jahre lang hatte sie sich dagegen gewehrt, Englisch zu lernen; sie, die die brutalen Veränderungen ihres Lebens hingenommen hatte, ohne sich zu wehren, hatte die Sprache, in die sie hineingeboren worden war, verteidigt, vielleicht, weil es die letzte Verbindung mit jener iberischen Küste war, die sie mit sechzehn auf einem Schiff in Richtung Kuba verlassen hatte. Sie wußte vielleicht viele Sachen, aber Gott weiß, welche! Ihre Kinder fragten sie nie, was sie wußte, doch ihr Satz wurde mit spöttischem Vergnügen unter ihnen wiederholt. Ed Hansen hatte sie gefragt, und er hatte kein Glück gehabt. «Ach, Ed ... viele Sacken ...», hatte sie seufzend gesagt. Ed hatte sie zum Lachen gebracht, eine kokette Fröhlichkeit in ihr ausgelöst. Womöglich hatte es ihn immer wieder erstaunt, daß diese träumerische, einsame Frau Laura und Carlos und Eugenio hervorgebracht hatte.

Ed hatte Alma schon bei jenem ersten Mal bezaubert, als Carlos ihn bei einem Urlaub von dem Trainingslager der Armee, wo sie während des Ersten Weltkriegs stationiert waren, mit nach Hause gebracht hatte. Damals waren sie beide neunzehn gewesen, und als Clara versuchte, sie sich vorzustellen, wie sie es oft tat, erinnerte sie sich an einen unscharfen Schnappschuß, den sie in einer Schuhschachtel in Almas Wohnung in Brooklyn gefunden hatte. Da hatte Carlos lässig an einem Schreibtisch gestanden. Ihr Vater lächelte, seine Hand lag auf Carlos' Schulter. Wie gut sie ausgesehen hatten! Wie unvorstellbar es war, daß die Zeit ihre Anmut zersetzt hatte! Daß Alma eines Tages in einem Altersheim auf nichts mehr wartete.

Sie hielt ihre Hände unter den Wasserhahn und trocknete sie nachlässig ab. Natürlich wußte Laura, daß sie Alma seit fünf Monaten nicht besucht hatte. Und wenn sie ein Jahr lang nicht hinging? Was dann? Sie spürte einen Schauder des Schreckens, aber wovor? Was konnte Laura tun?

Sie betätigte mehrmals die Toilettenspülung. Es würde ihre Abwesenheit entschuldigen, falls jemand sie bemerkt hatte. Sie hatte sich einen Moment von ihnen losmachen wollen, von der unangenehmen Anspannung, die Laura in gleichem Maß hervorzubringen schien, wie sie davon zehrte.

Clara öffnete die Tür. Viel Zigarettenrauch; das Zimmer schien kleiner geworden zu sein. Laura lag auf der einen Seite des Doppelbetts, ihr Kopf war auf eine Hand gestützt, ihre Hüfte aufwärts gewölbt. Ihr Körper war nicht jugendlich, aber auch nicht matronenhaft. Laura war fünfundfünfzig.

Sie hatte gerade die Hand unter den Deckel einer Schachtel geschoben, die sie öffnen wollte. «Ach, Clara. Ich habe Carlos gerade erzählt, daß Desmond mir gestern sechs Kleider gekauft hat, ganz allein. Kann man sich so einen Kerl vorstellen? Desmond ... du bist so gut! Aber er ist so böse! So extravagant!»

Carlos ging zu Clara und legte den Arm um sie. «Und ich habe nicht mal *eins*», flüsterte er ihr ins Ohr. Sie umarmte ihn. Er drückte sein Kinn in ihr Haar. Sie streckte ihre Hände aus. Laura sagte: «Schau dir diese beiden an, Desmond!»

Claras und Carlos' Hände waren außerordentlich ähnlich – es war ein Witz zwischen ihnen. Wenigstens war es etwas zwischen ihnen. Sie lösten sich voneinander, und Carlos lachte leise. Clara fühlte sich unbehaglich. Sie mochte ihn, und diese Scherze, diese Zärtlichkeiten, diese vielsagenden, wortlosen Signale hatten die Wirkung, daß ihr Gefühl für ihn abkühlte. Er war fast immer freundlich zu ihr gewesen. Sie liebte seinen wunderbaren Gang – wie der eines Tigers, hatte Ed gesagt, man würde nie erkennen, daß er ein Päderast sei. Ed hatte es, wie er behauptete, jahrelang nicht gewußt und hatte sie in das Geheimnis eingeweiht, als sie dreizehn war. Sie hatte ruhig genickt und ihre Unkenntnis dessen, wovon er sprach, versteckt, obwohl sie gewußt hatte, daß es schrecklich war, und Angst davor hatte, daß Carlos erfuhr, daß sie es wußte. Sie war damals davon überzeugt, daß die Maldonadas Gedanken lesen konnten, besonders ihre eigenen. Aber wenn Carlos ihre Gedanken gelesen hatte, so hatte es auf sein Verhalten ihr gegenüber keinen Einfluß gehabt. Später hatte sie eine Offenbarung gehabt: Es war nicht seine Verlegenheit, die sie fürchtete, sondern ihre eigene. Bis vor ein paar Jahren hatte Alma oft gesagt: «Ach, Carlos ... Ich hoffe, er wird eines Tages heiraten.» Nur in Carlos war sie vernarrt. Über Eugenio sagte sie nichts. Und in all den Jahren, in denen Clara erwachsen wurde, während Laura und Ed von der Provence nach Devon und nach Ibiza und Mexiko gezogen waren, hatte Alma selten von diesem geisterhaften Paar gesprochen, dessen Existenz von ausländischen Briefmarken bezeugt wurde (wenn ein Brief ankam, waren sie oft schon woanders hingezogen; Laura schrieb nie, ließ Ed Botschaften überbringen), sie hatte nur gesagt: «*Laurita es una viajera, eh?*», mit einer Art von unerbittlicher Nachsicht, oder hatte etwas ähnlich Dürftiges geäußert, so daß das Kind, Clara, seine Fragen bei sich behielt, wo sie, in der fruchtbaren, einsamen Dunkelheit der Jugend, ungeheuerliche Ausmaße annahmen.

Doch als sie in die Welt hinaustrat, lernte sie, was jeder lernt: Familien waren nicht, was sie schienen. Sie entwickelte ein besonderes Gespür für die Risse in häuslichen Fassaden. War nicht jeder geschädigt? fragte sie sich, las die griechischen Klassiker während des einen Jahres, das sie auf dem College verbrachte, und zog den Schluß daraus, daß das Haus der Atriden immer schon voll gewesen war von Bewohnern wie ihr selbst. Dann, vor einem Jahr, war sie eines Morgens mit Angstschweiß bedeckt aufgewacht. Ihr Leben verlief neben einem elektrischen Zaun. Der Weg verengte sich.

«Du brauchst einen Drink, schöne Kleine», sagte Desmond mit belegter Stimme zu ihr. «Hier.»

«Wißt ihr, ich bin so morbide», sagte Laura. «Ich hatte einen Gedanken. Was, wenn Krebs normal wäre und das menschliche Leben wäre die Anomalie? Ist das nicht gräßlich?»

«Um Gottes willen, Laura», sagte Desmond verärgert. Carlos stand auf und streckte sich. «Meine Liebe, du bist zu verdammt pervers», sagte er. «*Ich* bin pervers», sagte Laura und lachte. «Clara, hörst du diesen alten Penner? Der Gedanke kam mir gestern im Kino. In der Dunkelheit mit all diesen Körpern ... Ich habe jemandes schmutzige Füße gerochen –»

«Das müssen meine gewesen sein», sagte Carlos, und Desmond lachte schallend und rief: «Carlos! Ach, Carlos!» und schüttete sich einen Drink in den offenen Mund und schluckte ihn hinunter, während alle in das Lachen einfielen, bis das Zimmer von dem Geräusch widerhallte. Desmonds Revers war naß vom verschütteten Bourbon. Clara nahm an, daß sein Anzug teuer war. Mit knapper Not hatte Desmond ein Familienunternehmen geerbt. Es war Lauras Werk gewesen. Die alte Mrs. Clapper hatte es Desmonds Exfrau und seiner Tochter hinterlassen wollen. Seine Heirat mit Laura hatte sie wütend gemacht.

«Aber ich habe sie für mich gewonnen», hatte Laura Clara einmal erzählt. «Ich habe mich um diese böse alte Frau gekümmert, als sie im Sterben lag», hatte sie gesagt. «Oh, ich weiß, Clara, was du denkst. Daß ich mich nicht mal um einen Floh kümmern könnte», und Clara hatte heftig den Kopf geschüttelt: «Nein, nein, das habe ich überhaupt nicht gedacht», weil Laura sehr betrunken gewesen war, und Gott weiß, was sie gesagt hätte, wenn Clara ihr zugestimmt hätte. «Ich habe dieses reiche Knochengerüst ins Bad getragen und habe ihren Rock hochgehoben und sie aufs Klo gesetzt», war Laura fortgefahren. «Und weißt du, am Ende hat sie mir gesagt, ich hätte einen Mann aus ihrem Sohn gemacht! Und sie hat ihr Testament geändert. Ich konnte es nicht ertragen, den Rest meines Lebens kein Geld mehr zu haben, so, wie es mit Ed gewesen war, abhängig zu sein davon, daß seine Arbeit zufällig mal was einbrachte. Wir waren an so vielen Orten so *pleite*, wie Zigeuner...»

Lauras Geschichten. Sie erzählte sie mit einer sonderbaren Flachheit, einem Anflug von ironischer Ungläubigkeit. «Aber du warst gut zu ihr», hatte Clara voller Verachtung für sich selbst gesagt. «Du hast dich um sie gekümmert.» Und Laura hatte mit einem so wissenden Blick geantwortet: «Nein, nein. Ich wußte, was ich tat» – Claras Versuch, ihren Opportunismus zu entschuldigen, war ihr offenbar gleichgültig gewesen. Warum, hatte sich Clara gefragt, hatte sie es versucht? Warum versuchte sie, ihrer unnachgiebigen Mutter die Absolution anzubieten? Laura gab ihre schrecklichen Geschichten wieder, als ob sie einen Taifun beschreibe, und Clara, die beharrlich versuchte, sie auf die Schlupflöcher hinzuweisen, durch die sich Menschen ihrer moralischen Verantwortung für ihre Taten entzogen, fühlte sich wie eine Närrin.

«Verdammt!» rief Laura. «Jetzt habe ich vergessen, die Schlaftabletten zu verdünnen, die ich Peter mitgebracht habe.»

«Wie machst du das?» fragte Clara.

«Die schwächste Dosis ist zu stark für ihn», erklärte ihre Mutter. «Ich öffne die Kapseln, schütte die Hälfte des Inhalts aus und stecke sie wieder zusammen. Desmond sagt, ich sehe aus wie eine Giftmischerin über ihrem Hexenkessel. Armer alter Peter.»

In diesem Moment klopfte es an der Tür, und Laura kam mit einer entschiedenen Bewegung auf die Beine. Desmond sagte: «Ich gehe schon.» Dann kam von der anderen Seite der Tür ein anhaltender Schrei, der Sekunde um Sekunde lauter wurde, bis er in schrille, vogelartige Kreischlaute zersplitterte. Laura fiel auf das Bett zurück, lachte ausgelassen und rieb sich das Gesicht mit den Händen; dieses grimmige Scheuern von Fleisch war eine Gewohnheit, die sie mit Carlos teilte. «Er hat seinen Möwenschrei perfektioniert», sagte Laura, nach Luft ringend. «Mein Gott!» rief Carlos aus. Desmond öffnete die Tür, und Peter Rice trat ein.

Er war einige Jahre jünger als Laura, obwohl man ihm das nicht ansah. Sein dünnes Haar war grau, sein Gesicht schmal, und die blaßblauen Augen hinter seiner Brille blickten freundlich. Er machte den Eindruck, sauber und trocken zu sein, als ob er zwischen zwei großen Bögen Löschpapier zusammengedrückt worden sei, die all seine Lebenssäfte aufgesaugt hatten.

Er ging direkt auf Laura zu, sie stand auf und legte die Arme um ihn, und er ließ den Kopf einen Augenblick auf ihrer Schulter liegen. Carlos hielt sein Glas in die Höhe und blickte es nachdenklich an. Die Blicke von Clara und Desmond trafen sich, dann wandten sie sich voneinander ab, als seien sie verlegen. Peter Rice und Laura lösten sich taktvoll voneinander.

«Ist sie nicht wunderbar!» sagte Peter mit einer sanften, kultivierten Stimme. «Sie hat mich drei Jahre gekostet. Mein Meisterwerk. Ich glaube, ich treffe sie jetzt genau. Sie fliegt von einer Kaimauer zur nächsten. Meine Möwe verkündet die Ankunft der Dämmerung ... Auf den Yachten im Hafen bereiten die Leute ihr Abendessen zu, trockene Karotten und Erdnüsse und Hamburger. Sie tragen noch ihre Bootskleidung. Einige trinken fertig gemixte Manhattans aus der Flasche. Einige spazieren den Pier entlang auf der Suche nach einer kleinen, fröhlichen Party, bei der sie mitmachen können. Da ist der Geruch von Leckwasser, von bratendem Fleisch, von Salzwasser...» Und noch einmal gab er mit geschlossenen Augen seine Möwe zum besten.

Laura lachte, bis sie Tränen in den Augen hatte. «Reizend», murmelte Carlos einige Male. Er hatte tatsächlich diesen wilden Klageton im Schrei einer Möwe erfaßt, dachte Clara und fühlte sich plötzlich unglücklich. Sie entschloß sich, nichts dazu zu bemerken, ruhig zu bleiben. Die Hauptsache war, diesen Abend hinter sich zu bringen. Die Clappers würden monatelang fort sein. Sie würde nicht gezwungen sein, über Laura nachzudenken, besonders wenn sie ihre Großmutter ein paarmal besuchte. Ihr eigenes Leben war weit weg von diesem Hotelzimmer. Wie sie es als Kind getan hatte, mußte sie auch jetzt vertrauensvoll annehmen, was ihr gegeben wurde. Sie war nicht in die falsche Wiege gelegt worden. Jeder hatte Sorgen. Sie zeigte dem Zimmer eine tapfere Miene.

«Liebster Peter!» sagte Laura und wischte sich mit dem Taschentuch, das Desmond ihr gereicht hatte, über die Augen. «Was willst du trinken?»

«Ach, irgendwas», entgegnete Peter. «Na so was, das ist Clara, oder? Ich habe Sie seit Jahren nicht gesehen. Was für ein hübsches Kleid!»

«Ja, nicht wahr», sagte Laura zustimmend. «Sieh mal, Peter, was Desmond gemacht hat. Er hat mir diese ganzen Kleider gekauft ... ganz allein.»

«Toll», sagte Peter.

«Clara, ist das nicht ein französisches Kleid?» fragte Laura sie unvermittelt.

«Nein», entgegnete Clara sofort. Aber es stimmte. Noch einen Monat, und sie würde es abbezahlt haben. «Ich hab's im Ausverkauf gekauft», sagte sie.

Desmond sagte: «Du siehst in allen Sachen gut aus.»

«Übrigens, hast du unseren Tisch im *Canard Privé* reserviert?» fragte ihn Laura.

Peter nippte an seinem Drink. «Ich habe mich so auf das hier gefreut», sagte er. Dann gab er Laura ein Paket. «Ein paar Dinge, damit du nicht seekrank wirst – oder um dich seekrank zu machen.»

Laura machte aus dem Auspacken einen Spaß, stieß gierige Schreie aus und riß an dem Papier, bis sie ein halbes Dutzend Bücher herausgezogen hatte.

«Ach, Peter, du bist wirklich ein Schatz», sagte sie. «Skandalgeschichten und Krimis! Speise und Trank für mich!»

«Mein Kind, ich habe sogar noch zwei dazugetan, die wir nicht veröffentlicht haben», sagte Peter.

«Ich habe heute morgen schon reserviert, Laura», bemerkte Desmond. «Du standest neben mir.»

Clara hörte Carlos seufzen. Er sah zu ihr. «Laß uns noch etwas trinken, nur wir zwei», flüsterte er und beugte sich über sie. Sie nahm seine Hand, und sie gingen zu dem Tisch am Fenster, wo die Flaschen waren.

«Mein lieber junger Mann, ich hab' nicht zugehört», sagte Laura. «Du sollst nicht streitsüchtig sein. Ich höre nicht zu, wenn du Telefongespräche führst. Ich wollte nur sicher sein, daß du den Tisch bestellt hast.»

Sie hätte auch ein Geschenk mitbringen sollen, dachte Clara. Aber auch Carlos hatte nichts mitgebracht, das tat er nie. Sie hätte ein paar Blumen im Foyer kaufen können.

«Hör auf, deinen armen Mann zu quälen, und hör mir zu», verlangte Peter. Clara blickte sich nach ihnen um. Laura rollte in komischer Übertreibung ihre Augen nach oben. Desmond, ganz leicht schwankend, stand neben ihr. Laura berührte Peters Wange leicht mit einem Finger, und Clara sah ihn erbleichen. Doch Laura schien es nicht zu bemerken. «Na? Vass gibt's Neues?» fragte sie lächelnd.

Carlos drückte Claras Arm und nickte zum Fenster hin. Sie stellten sich dicht davor und atmeten die nach Rost riechende Hitze des Heizkörpers ein. Sie sprachen nicht gleich, starrten nach draußen in den Regen, in den schwarzen Himmel mit seinem fahlen Bauch aus reflektiertem Licht, bis Carlos, vielleicht weil das anhaltende Schwatzen der anderen drei ihn davon überzeugte, daß man ihnen nicht zuhörte, über Ed Hansen zu sprechen begann. Ed war ihr ernstes Thema, das sie von weiteren Zurschaustellungen von Zuneigung befreite und es ihren von leerem Lächeln erschöpften Gesichtsmuskeln erlaubte, einen nüchternen Ausdruck anzunehmen und sich zu entspannen.

«Ed war am Samstag in der Stadt. Gott im Himmel. Ich weiß nicht, was ich machen soll. Er will, daß ich mit ihm nach Norwegen fahre. Er war so verdammt betrunken – nach zwei oder drei Glas Bier –, ich wußte nicht, was ich mit ihm tun sollte. Er sagt, Adelaide haßt ihn – Norwegen! Letztes Jahr waren es die Kanarischen Inseln. Er ist krank. Er sagt, Adelaide findet ihn widerwärtig ... er redet jetzt nur noch von der Vergangenheit ... kommt immer zu mir –»

«Ist er wirklich so krank, im medizinischen Sinn, meine ich?» fragte Clara. «Er hat mir gesagt, es sei Angina, aber ich weiß nie, wann ich ihm glauben soll – hast du Laura nicht erzählt, du hättest ihn seit Monaten nicht gesehen?»

«Meine liebe Clarita, deine Mutter – es ist eine Sache des Takts –, wenn ich ihr erzählt hätte, daß ich ihn erst vor ein paar Tagen gesehen habe, würde sie *gierig* werden und alles wissen wollen. Sie ist ziemlich naiv, was Zeit betrifft. Wenn es Monate her ist, verstehst du, dann ist das etwas, was vielleicht nie passiert ist.»

Der Anflug eines Lächelns hatte seine Worte begleitet. Jetzt verschwand es und hinterließ seinen gewöhnlichen Ausdruck von trauriger Nachdenklichkeit. Sie erkannte, daß ihr Vater verloren war. Er würde nichts von Carlos bekommen, keine Rettung, nicht einmal einen momentanen Trost. «Ich habe versucht, ihn dazu zu bewegen, daß er etwas ißt...», sagte Carlos in melancholischem Ton.

Aber er hatte bestimmt nicht versucht, Ed vom Trinken abzuhalten, vermutete Clara. Sie hatte einige Nachmittage mit den beiden Männern in Carlos' dunkler, übelriechender Wohnung verbracht, hatte mehr getrunken, als sie vertrug, während die Stimmung ihres Vaters von übermütiger Ausgelassenheit zu Verzweiflung wechselte, die Luft beißend wurde vom Rauch und die Atmosphäre aufgeladen war von Carlos' hilflosem Ärger. Sie war hingegangen, weil sie das Angebot, Ed zu treffen, nie ausschlagen konnte, obwohl sie wußte, daß die Stunden mit ihm verstümmelt, verdorben sein würden. Einmal hatte er sich auf die schmutzige Couch fallen lassen, fast bewußtlos, singend, hustend, würgend. «Ich werde einen großen Fisch fangen, einen Lachs, und das sterbende Fleisch wird eisig sein», hatte er mit belegter Stimme gerufen. «Ich werde ihn mitnehmen zu meinem Lager in den Bergen und werde mir die Kette um den Hals legen, die sie mir gelassen hat, und meinen Fisch essen –»

«Verdammt noch mal!» war Carlos explodiert.

«Ach – ihr seid beide gegen mich», hatte Ed gemurmelt. «Ich kann es nicht ändern, meine Lieben, meine Kätzchen, meine Süßen. Ich kenne euch beide, eure

Tricks ...», und dann hatte er angefangen, wie ein Hund zu bellen.

Unter seinem betrunkenen Gewicht schwankend, hatten sie es fertiggebracht, ihn in das Schlafzimmer zu bringen. «Au! Au! Au!» hatte er gekläfft, während er die Augen zusammenkniff und die schmalen Hände auf dem grauen Kissen zu Fäusten ballte.

Aber es hatte andere Male gegeben, als sie ganz im Bann der langen Freundschaft zwischen den zwei Männern gestanden hatte, sich hatte bezaubern lassen von der besonderen Sprache, die sie miteinander sprachen, ihren geheimnisvollen Andeutungen, und davon überzeugt gewesen war – obwohl es sie auch verwirrte –, daß es irgendeinen unbeeinträchtigten Wert gab, den beide einander zumaßen. Ed trank nicht immer, bis er das Bewußtsein verlor. Sie hatte sie einmal im unveränderlichen Zwielicht von Carlos' Wohnzimmer angetroffen, als sie leise miteinander sprachen. «Du mußt Geduld haben, Ed», hatte Carlos freundlich gesagt, immer wieder. «Haushalte mit deinen Kräften ... arbeite bescheiden an deinem Bild, ja? Wäre das nicht das beste, alter Freund?», während ihr Vater – dieses eine Mal – in einer tonlosen, verzweifelnden Schilderung von seiner Unfähigkeit sprach, sein Leben in den Griff zu bekommen, von diesem ziellosen Getriebensein auf die Vernichtung zu, dem er sich nicht entziehen konnte. Es war für alles zu spät. Warum haßten ihn Frauen so? Warum konnte er nicht mehr arbeiten, nicht einmal mit Fotos? Er war zu seiner Zeit als Fotograf besser als nur kompetent gewesen. Er hatte für Laura und sich selbst gesorgt, nicht gut, aber durchaus stilvoll. Warum wurde er nachts auf solch qualvolle Weise von der Vergangenheit heimgesucht, daß er wach wurde und mit den Zähnen knirschte und vor Scham und Bedauern ächzte?

Sie hatten ihre Anwesenheit kaum zur Kenntnis genommen, als sei sie einer von Carlos' jungen Männern, denen sie manchmal dort bei ihnen begegnete, der lässig rauchte, während er ein paar von Carlos' alten Musikzeitschriften durchblätterte oder, wenn er musikalisch war, seinen Fingern erlaubte, ziellos über die Tasten des Klaviers zu wandern. Es war ihr vorgekommen, als ob die beiden vor ihren Augen verschwinden würden, hier ein Stück Fleisch, dort ein Stück Knochen, ersetzt von der sich vertiefenden Dunkelheit des Abends draußen. Tage später, als sie sich an diesen Nachmittag erinnerte, hatte sie erkannt, daß sie Angst gehabt hatten, diese beiden alternden Männer, und unfähig gewesen waren, Licht zu machen.

«Ich weiß nicht, was ich dir sagen soll», sagte Clara jetzt zu ihrem Onkel. «Das letzte Mal, als ich ihn traf – da ging er mit mir zum Mittagessen, was er nie zuvor getan hat – und ich dachte, er sei nüchtern, fast. Aber er war es nicht.»

Ed war mit ihr zu ihrer Bushaltestelle gegangen. Er war redselig gewesen, sogar forsch, aber als der Bus um die Ecke gefahren war, hatte sie zu ihm zurückgeblickt. Er hatte zusammengesackt an der rußgeschwärzten Mauer einer alten Schule gelehnt, den Hut tief in die Stirn gezogen, die Arme hingen leblos an den Seiten herab.

Eine Lachsalve ertönte hinter ihnen. Clara drehte sich um und sah Peter Rice vornübergebeugt, ihre Mutter strahlend in triumphierender Belustigung, Desmond grinsend. Laura mußte einen Witz erzählt haben.

Clara ging auf sie zu. Es gab nichts mehr, was sie Carlos sagen konnte. Sie hatten schon vorher solche Gespräche über Ed geführt. Auf einem Tisch neben dem Bett bemerkte sie einen aus einer Zeitschrift ausgeschnittenen Cartoon. Sie nahm ihn und hielt ihn Laura hin. «Hat Grandma das geschickt?» fragte sie, weil sie Almas Gewohnheit kannte, ihren Kindern Cartoons zu schicken; das hatte sie getan, solange Clara sich erinnern konnte. Als Laura noch mit Ed verheiratet gewesen war und weit weg gelebt hatte, während der Monate, die Carlos im Ausland verbrachte oder wenn Eugenio für sein Reisebüro in Kalifornien oder New Mexico unterwegs war, schickte ihnen ihre Mutter oft per Luftpost Cartoons aus einem Magazin oder einer Zeitung; sie lachte bei sich, wenn sie die Zeichnungen ausschnitt und sie beflügelt an ihre verstreuten Kinder sandte, und vielleicht lächelte sie auch bei dem Gedanken ihres antwortenden Lachens, das das Gefühl der Entfernung erhärtete, sie an ihre, Almas, Existenz erinnerte und ihren Ärger darüber, daß sie sie daran erinnert hatte, beschwichtigte.

«Leg das hin!»

Es war eine solche Schärfe in Lauras Stimme, daß Clara das Stück Papier fallen ließ. Es schwebte direkt unter das Bett, und Carlos, von Lauras Ausruf gebannt, ließ ein Streichholz bis auf die Finger herunterbrennen. In dem Schweigen – jeder schwieg – sah Clara, daß an Carlos' Brille ein Bügel fehlte.

«Tut mir leid», sagte Clara wenig überzeugend. Peter Rice holte den Cartoon zurück und legte ihn sorgfältig auf den Tisch. Dann schüttelte Laura den Kopf, als sei sie verwirrt. «Ach – ich weiß nicht, was mit mir los ist ... Natürlich, sieh es dir an, Clara. Hier, nimm es!» Und dann ergriff sie den Arm ihres Bruders. «Carlos!» Sie war jetzt voll gespielter Strenge. «Laß diese verdammte Brille reparieren! Schäm dich!»

«Sie hält», sagte er sanft.

«Ach was, Carlos, es ist ja nicht deine! Sieh mal, Laura, sie paßt ihm nicht mal», sagte Desmond.

«Jemand hat sie in meiner Wohnung liegengelassen», sagte Carlos reumütig, womit er sie alle an seinen Ruf als faulsten Mann der Welt erinnerte. Er lächelte gewinnend.

Es gab eine Geschichte, die Ed Hansen erzählte, wie Carlos auf einer kurzen Reise nach Mexiko, die sie zusammen gemacht hatten, an ihrem ersten Abend in Taxco gesagt hatte, daß er keine Lust habe, mit dem

Hotelmanager die Vereinbarungen wegen der Zimmer zu treffen. Ob es Ed etwas ausmache, einen Dolmetscher zu engagieren? Und während des anschließenden Verhandelns mit dem Manager, während ein mexikanischer Junge, von der Straße aufgelesen, für Ed übersetzte, hatte Carlos nickend in einem Sessel gesessen, berichtete Ed, voll hingebungsvoller Ermattung, und es war, wie wenn ein junger Schüler einem alten Meister den Text einer oft wiederholten Lektion vorträgt.

Wenn er an einem späten Sonntagmorgen erwachte, faltete Carlos die Hände hinter dem Kopf, im Wissen darum, daß er seine Mutter im Altersheim besuchen sollte, im Wissen darum, daß er es nicht tun würde, während er sich des üblichen Gestanks in seiner Wohnung bewußt wurde, von verdorbenem Essen und Staub und ungewaschenem Bettzeug, und er lag da und Tränen rannen ihm die Wangen hinab, und er dachte an sein aufgebrauchtes Leben, an tote oder fortgegangene Liebhaber, an unkluge Investitionen, an seine brutale Schwester, die ihn jede Minute anrufen konnte und in ihrer raffinierten Killermanier, mit ihrer schönen tiefen Stimme irgend etwas Unerhörtes von ihm verlangen konnte, während sie ihm klarmachte, daß sie nicht nur die offenen Geheimnisse seines Lebens kannte, sondern auch die versteckten, daß sie Bescheid wußte über seine wirkliche Trägheit, die zunehmende Langeweile, die die Jagd nach Sex in ihm erregte, seine unbefriedigte sexuelle Sehnsucht, seine Panik vor dem Alter. «Ich werde langsam ein altes Ferkel», flüsterte er bei sich und versuchte, den Gedanken an seine Mutter auf Distanz zu halten, die in der nach Desinfektion und Linoleum riechenden Stille des Altersheim darauf wartete, daß er zu Besuch kam.

«Ich werde mir wirklich demnächst eine verschreiben lassen», sagte er zu Laura.

«Ach, Carlos ...» Laura schüttelte in gespielter Verzweiflung den Kopf.

«Du könntest dir einen Blindenhund zulegen», schlug Peter vor.

«Ach, Peter, dann müßte er ihn ja füttern und mit ihm rausgehen –»

«Nicht unbedingt», sagte Carlos und lachte, wie alle, und es wurden neue Drinks eingeschenkt. Laura erhob ihr Glas zu der Gruppe hin. «Meine Güte, es ist so verdammt schön, euch alle hier zu haben! Carlos! Clarita! Ihr seid wirklich da. Oder, Desmond? Ist es nicht ein herrliches Gefühl?»

«Aber ja ... es ist wunderbar», erwiderte Desmond. Sein Gesicht glühte, seine Augen waren stumpf.

«In dem Restaurant, das Desmond entdeckt hat, gibt es die köstlichsten Eier *à la Russe*», sagte Laura lebhaft. «Ist das nicht dein Lieblingsgericht, Clara? Bist du nicht die große Liebhaberin von Mayonnaise und Eiern?»

«O Gott! Ich rauche eine Zigarette, und jetzt habe ich mir eine zweite angezündet», rief Peter aus.

«Eine Möwe würde so was Schreckliches nie tun.» Laura lächelte. Peter sah aus wie ein schüchterner Junge, der unerwarteterweise gestreichelt wird. «Ich kenne ein paar sehr proletarische Möwen», sagte er. «Na gut, laß uns jetzt mal deine Kleider sehen, meine Liebe, oder, wie meine Mutter zu sagen pflegte, das Gewand.»

Desmond berührte nach einem raschen Blick zu seiner Frau Claras Arm. «Wie geht's? Wirklich, meine ich», sagte er.

«Ich glaube, ich hole mir noch einen Eiswürfel», sagte sie und dachte: Jetzt ist er an der Reihe. Auf dem Tisch, wo die Flaschen standen, nahm Desmond einen Eiswürfel in seine große Hand, die, wie Clara bemerkte, ungewöhnlich behaart war – wie eine Pfote. «Laura sagte, du hast einen ganz guten Job gefunden.»

«Na ja, es ist ein schrecklich guter Job – aber ... Die Leute dort sind nett.» Sie wollte sich auf keinen Fall beklagen. «Als ich meine erste Spesenrechnung einreichte, kamen alle, die was zu sagen hatten, zu mir. Ich habe ein kleines Büro, und alle sechs drängten sich hinein. Es war komisch. Ich hatte diese Rechnung über sechs Dollar fünfundsiebzig eingereicht, und sie fragten mich, ob ich sie als Gauner hinstellen wollte.»

Desmond schnaubte und schaukelte auf den Hacken auf sie zu; glaubte er, er sehe schlau aus, wenn er einen Schmollmund machte und wichtigtuerisch die Brauen zusammenzog?

«Ich bin sicher, sie haben dir das erklärt», sagte er.

«Na ja, ich hatte nur das Geld für Bus und U-Bahn angegeben, verstehst du –» Aber Desmond war schon wieder fort; mit drei unsicheren Schritten hatte er sich zum Bett hinbewegt, auf dem Laura lag. «Liebling? Möchtest du noch Eis?»

Clara war daran gewöhnt, Sätze nicht zu Ende zu führen. Ihre Gedanken kehrten sofort zu der gereizten, unbehaglichen Grübelei über den Cartoon zurück, den ihre Mutter sie zunächst nicht hatte anfassen lassen, aber das war eine vergebliche Übung. In keiner anderen Gesellschaft war sich Clara der Diskrepanz zwischen dem oberflächlichen Reden und dem, was einen im Inneren beschäftigte, so bewußt wie unter diesen Lateinamerikanern. Sie nahmen mit höchster Geschwindigkeit eine Pose nach der anderen ein, entlockten einander mit entzückten Schreien ihre jeweiligen Neigungen und gaben vor, die seltsamen Vorstellungen, die jeder von ihnen in sich trug, gerade erst zu entdecken; und dabei amüsierten sie sich fast zu Tode! Bis Laura mit einer schroffen Frage ein echtes Schwert durch die papiernen Aufbauten stieß – dann herrschte eine Sekunde, eine Minute lang das bestürzte, peinliche Schweigen von Leuten, die man des Betrugs überführt, für den sie selbst keine Erklärung wissen. Worauf – mit welcher Nachsicht, welcher Zärtlichkeit! – Laura sie rettete, manchmal.

Ich werde diesen Cartoon einfach vom Tisch nehmen, sagte sich Clara, auf eine kleine Wasserlache blickend, die durch das Fenster eingedrungen war. Sie wandte sich zu dem Tisch am Bett. Zwischen ihr und dem Tisch standen Koffer und Taschen, in Farbe und Material zusammenpassend. Sie waren neu und sahen teuer aus. Sie würde um das Bett herum auf die andere Seite müssen, wo Peter Rice und Carlos mit ihren Drinks standen. Doch was zum Teufel ging sie der Cartoon an?

«Komm hierher ... Sei nicht so unnahbar, Fräulein», rief ihre Mutter.

«Wunderschöne Koffer», sagte Clara.

«Unsere neue Kollektion», prahlte Desmond.

Die Gepäckstücke hatten die Clappers nichts gekostet. Das Erbe, das Laura ihnen gesichert hatte, war eine Firma für elegante Lederwaren. Die Verkäufe wurden von Vertretern in allen großen Städten des Landes getätigt. «Sehr führnehm», sagte Laura gern und grinste dabei. In einem gewinnträchtigen Jahr hatten sie eine Farm in Pennsylvania gekauft, und dort lebten sie und reisten gelegentlich nach New York oder, seltener, ins Ausland.

Während Clara auf dem Weg vom Fenster die Gepäckstücke sorgfältig umging und sich dann in einen Sessel setzte, dachte sie, daß Lauras Lächeln von Melancholie gezeichnet sei. Für den Moment schien sie ruhig, in einer Art von gesättigter Ruhe, dachte Clara. Der Raum war so eng; vielleicht ersticken wir langsam – die Luft schien aus dem Stoff des beigen Teppichbodens zu bestehen. Plötzlich stieß der Heizkörper einen anhaltenden, geräuschvoll zischenden Dampfton aus. Ein neuer Vesuv, dachte Clara – später werden wir gefunden werden, wie wir in diesem Augenblick sind, in unseren Ketten erstarrt wie der Hund von Pompeji.

«Dieses Hotel ist auf dem absteigenden Ast», sagte Desmond nörglerisch.

«Nicht um dich zu ärgern, Desmond», bemerkte Laura.

«Ich hab' nicht gesagt –»

«Clara! Paß auf! Er gießt gleich seinen Drink über dich!»

Clara warf sich in ihrem Sessel zurück. Aber Desmond stand ziemlich weit weg von ihr. Er sah verblüfft aus, hob sein Glas vor die Augen, murmelte: «Mein Gott! Es ist fast leer.» Peter Rice begann eilig zu sprechen. «Laura, hör zu. Du mußt das Blaue Volk besuchen.»

«Peter Rice!» rief Laura aus, mit riesigen, glitzernden Augen. «Du bist, um es milde auszudrücken, etwas vergeßlich. Weißt du, wie oft du uns schon von deinen Blauen Leuten erzählt hast? Lieber Gott! Was ist in diesen Berberzelten mit dir passiert?»

«Ich habe dir nie vom Blauen Volk erzählt.»

«Doch!»

«Ich habe nie von ihnen gehört», behauptete Desmond mit unheimlicher Klarheit, im Ton eines schrillen Falsetts, als habe ein nüchterner Bauchredner von seiner Stimme Besitz ergriffen.

«Ich auch nicht», sagte Carlos.

Eine kleinere Verlegenheit, eine unbedeutende Lükke in jemandes Gedächtnis – das geschah oft genug in Gesprächen. Doch dann folgte kein solch kaltes Schweigen. Sie hatten alle unvermittelt aufgehört zu sprechen. Auf Peter Rice' Gesicht sah Clara den Widerschein ihres eigenen Unwohlseins. Carlos' Miene war ausdruckslos. Desmond schwankte, als habe er das Gleichgewicht verloren.

Und doch war es möglich, Laura zu widersprechen. Clara hatte sie im Bann der Diskussion erlebt, hatte gesehen, wie sie sich mit derselben spielerischen Intensität darauf konzentrierte, die sie sonst auf Rätsel und Geduldspiele verwandte. Warum starrte sie jetzt mit einem so tragischen Blick die Wand an? Mit steifen, wie verkrampften Gliedern? Was war passiert?

Die Gäste waren zusammengekommen, um von den Reisenden Abschied zu nehmen. Sie hatten es fertiggebracht, das Ganze in Bewegung zu halten – die Reise, Carlos' Faulheit, das Nachahmen der Vogelstimme, Claras Aussehen –, hatten Wörter aus sich herausgestoßen und herausgezogen, als würden sie ein schwerfälliges wildes Tier in seinen Käfig drängen, und jetzt war es draußen, dieses Tier, und bedrohte sie mit plötzlich erwachtem Appetit. Welche Art von Fleisch würde es zufriedenstellen? Clara stellte sich vor, sie stoße einen murrenden Laut aus, einen lauten Protestruf. Doch ebensowenig wie bei jeder gewöhnlichen gesellschaftlichen Zusammenkunft brach man bei einem Familientreffen in die wahnsinnige, losgelöste, zerstückelte Sprechweise aus, die vielleicht entfernt mit dem übereinstimmte, was man wirklich dachte und fühlte.

Desmond stolperte in Zeitlupe zum Bad. Dann ergriff Peter mit einem unbehaglichen Lächeln das Wort: «Na gut, meine Liebe, wenn du schon alles gehört hast, was hast du noch nicht gehört? Wir alle wiederholen Geschichten darüber, was wir lieben oder hassen –»

Unvermittelt wandte sich Laura ihnen zu. Sie lächelte. Carlos begann, sehr nachdenklich, das Zellophan von einer Zigarre zu entfernen. Clara hörte ihr eigenes Seufzen und hoffte, daß niemand anders es gehört hatte.

«Ich sagte gerade», fuhr Peter fort, «daß ich den lasterhaftesten Tanz, den sich je ein Mensch einfallen ließ, aufgeführt gesehen habe von einem kleinen, dünnen Mädchen von vierzehn Jahren. Auf den Knien, tatsächlich, und es benutzte Arme und Schultern –»

«So eine arme minderjährige Nutte!» unterbrach Clara schrill. «Auf die Knie gezwungen von widerwärtigen, primitiven –», und dann, verwirrt von ihrem eigenen Ausbruch, verstummte sie.

«Na, na, Clara», sagte ihre Mutter nachsichtig, «kein solches Gerede. Niemand zwingt Leute auf die Knie, außer sie selbst...»

Peter sah Clara überrascht an. Er hatte sie für eine stumme, unterdrückte junge Frau gehalten. Was konnte sie, als Lauras Tochter, anderes sein? Doch die Empörung, die er in ihrer Stimme gehört hatte, das schwache Funkeln von Hysterie – diese zurückhaltenden, grüblerischen Menschen neigten zu unbedachten Reaktionen auf alles mögliche. Sie waren wie Einsiedler, die das Geräusch eines Tritts für eine einmarschierende Armee halten.

«Warst du in Rabat?» fragte Carlos höflich.

«Du mußt noch in den Windeln gelegen haben!» rief Laura aus. «Es war kurz vor dem Krieg, nicht, Peter?»

«Ja. Ich war in Rabat. Und ich war zwanzig, Laura, alt genug. Aber primitiv, Clara ... Letztes Jahr fuhr ich im Urlaub nach Quito. Ein Indiomädchen kam regelmäßig, um sich um meine Wäsche zu kümmern. Sie hatte dieses Jivaro-Profil ... Ich beobachtete sie immer, wenn sie meine Hemden bügelte. Ich liebte ihr Gesicht. Stets drehte sie sich unvermittelt um und lächelte mir zu. Das strahlendste Lächeln, das ich je gesehen habe! Genauso hatten die Männer ihres Stammes wahrscheinlich den Missionaren zugelächelt, bevor sie sie mit ihren Macheten in Stükke hackten. Und auch in Haiti und in Marokko habe ich dieses heilige Lächeln gesehen, unbeschreiblich, so, wie wir alle einmal gelächelt haben müssen –»

«Um Gottes willen! Was für ein Scheiß!» unterbrach Desmond böse. Er stand an der Tür zum Bad und starrte zu der Bourbonflasche auf dem Tisch. Hatte er schon die Hälfte davon geleert? Aber keiner beachtete ihn. Sie beobachteten Clara, die aufgestanden war. Sie bemühte sich, ihrer heftigen Erregung Herr zu werden; ihre Lippen bebten, sie zwinkerte mit den Augen, sie hielt eine Hand mit der anderen fest. Carlos versteckte sich in einer großen Wolke von Zigarrenrauch.

«Heilig, unbeschreiblich, dumdideldum», spottete Laura mit lauter Stimme. «Magst du mein Lächeln, Peter? Ich bin eine Primitive.»

Clara sprach mit zitternder Stimme. «Was ist mit diesen Kreaturen, die hier in der Stadt herumschleichen und ohne einen Funken Mitleid Menschen töten? Auch sie lächeln. Ist es das, was Sie meinen?»

«Was weißt du davon, Kleine?» fragte Desmond.

Peter ergriff Claras Hand. Sie war feucht. Ganz langsam schlossen sich die Finger, die er hielt, um die seinen. «Ich meinte nicht unmenschlich», sagte er. «Wirklich, ich habe an etwas anderes gedacht. Unschuld ... vor dem Sündenfall, all das ...»

Er spürte einen ganz leichten Widerwillen gegen ihre Nähe, die ineinander verschlungenen Finger ihrer beider Hände, ihre etwas schweißfeuchten Handflächen, eine an der anderen liegend. Doch wie unbewußt, wie rührend hatte sich ihre Hand um die seine geschlossen! Es war genug. Er ließ sie los und machte einen Schritt von ihr fort. Was hatte er in ihr ausgelöst mit seiner alten Geschichte vom «primitiven Lächeln»? Er war so an diese Geschichten gewöhnt, die er immer wieder zum besten gab, daß er es nicht einmal mehr für nötig befand, sich selbst zuzuhören. Aber diesmal hatte er es getan. Das Mädchen sah aus, als würde es gleich in Tränen ausbrechen. Er hatte nur dafür gesorgt, daß das Gespräch in Gang blieb. Er blickte schnell zu Laura. Und auf einmal kam ihm ganz deutlich zu Bewußtsein, daß sie tatsächlich die Mutter des Mädchens war, daß es da etwas gab, über das er vorher nichts gewußt hatte, sich nie Gedanken gemacht hatte, etwas Einzigartiges.

«Du bist so leidenschaftlich», murmelte Laura Clara zu. Sie schwang die Beine vom Bett, um aufzustehen, und die Schachtel mit Kleidern fiel auf den Boden. Clara hob sie auf, und als sie sie wieder an das Fußende des

Bettes legte, gab ihre Mutter ihr einen deutlichen, ziemlich anzüglichen Wink. Clara lachte und sagte impulsiv, dankbar: «Was für hübsche Kleider!»

Lächelnd spielte ihre Mutter mit ihrem Saphirring, dann schoß plötzlich ihre Hand vor, und sie ergriff den Saum von Claras Kleid und drehte ihn um. Ein kleines weißes Schild war dort eingenäht, auf dem der Name *Christian Dior* gedruckt stand. Clara stand da wie erstarrt, während Lauras Hand den Stoff ihres Kleides langsam wieder losließ. Welche Vernunftgründe würden jemals dem unversöhnlichen Urteil standhalten, das sie auf Lauras Gesicht las, während es sich ganz langsam von ihr zu Peter Rice wandte?

«Noch was zu trinken, ihr alle? Irgend jemand?» Desmond hielt eine Flasche hoch. «Wir haben kein Eis mehr, Liebling. Soll ich anrufen, damit sie neues bringen?» Doch keiner gab ihm Antwort, und er war nicht überrascht. Er lächelte bei sich. Er scherte sich einen Dreck um Eis, um den gelangweilten alten Carlos, der am Fenster schmollte wie ein mottenzerfressener Bär und seine Zigarre gepackt hielt – dieser Sack voll spanischer Eingeweide ... schmutzige, faule alte Tunte! Großer Gott! Wußte er nicht, daß ein Kaugummiklumpen an einem seiner Schuhe klebte? Wenn es wirklich seine Schuhe waren. Man konnte meinen, er würde auf dem Times Square Bleistifte verkaufen. Und das wahnsinnige Gequassel, das zwischen Laura und Peter Rice hin und her ging, scherte Desmond genausowenig.

Er lachte laut bei dem Gedanken daran, was Laura über sie alle sagen würde in dem Moment, wo sie fort waren, sie mit ihm allein war, wenn er sich keine Sorgen mehr machen mußte über das, was sie dachte, und darüber, daß sie sich an die vergangenen Jahre erinnert fühlte. Als ob er nicht wüßte, daß sie über Ed Hansen sprachen, sobald er, Desmond, außer Sicht war! Worüber konnten sie sonst sprechen?

Desmond war Laura und Ed vor Jahren in Paris begegnet, und er war zunächst von Ed geblendet gewesen wie jeder andere Narr. Ed hatte gerade einen Franzosen niedergeschlagen, weil Laura gesagt hatte, der Mann habe sie anzüglich angesehen, während sie zu dritt in einem dieser käfigartigen Hotelaufzüge langsam nach oben fuhren, und bei Eds Beschreibung dessen, was passiert war, hatte er gedacht, er würde platzen vor Lachen. «Schlag ihn!» hatte Laura verlangt, und Ed hatte es getan! Und hatte dann den armen benommenen Scheißkerl vom Boden aufgehoben und ihn in den Gang hinausgezogen und ihn mit irgendwelchen schmutzigen Laken bedeckt, die ein Zimmermädchen auf einem Handwagen liegengelassen hatte – damit er sich nicht den Tod hole, hatte Ed gesagt. Das war, als Laura Ende dreißig gewesen war, und Desmond hatte gedacht, sie sehe aus wie eine leicht zerdrückte Dahlie. Und Marjorie, seine eigene Frau, hatte nicht die leiseste Ahnung davon gehabt, wie sehr ihn Laura aufgewühlt hatte, wie wild er darauf gewesen war, mit ihr ins Bett zu gehen, sie ganz für sich zu haben, sie auf immer und ewig zu betrachten, das aufzuspüren und zu entdecken, was es in ihr war, das zu diesen erregenden Demonstrationen von Leidenschaftlichkeit führte, jenen Szenen, die Marjorie solchen Widerwillen eingeflößt und ihn so erheitert hatten. Später hatte ihm Laura erzählt, Ed habe von Anfang an gewußt, daß er verrückt darauf war, sie zu kriegen, und wie er über ihn gelacht habe. Desmond wußte, daß sie beide gelacht hatten. Das hatte er ihnen nie verziehen.

Er hatte auch gewußt, daß sie irgendwo ein Kind hatten, das bei der Großmutter auf Kuba lebte, hatte gewußt, daß das Kind kein Problem für ihn sein würde. Laura war niemandes Mutter. Nicht wie Marjorie, die mit zusammengepreßtem Kiefer Ellens Jacke zuknöpfte und sagte: «Ich will nicht, daß mein Kind diesem spanischen Miststück auf tausend Meilen nahe kommt!» Und das war genausowenig ein Problem gewesen. Auf einmal fiel ihm etwas ein, und er fühlte in seiner Tasche. Wohin zum Teufel hatte er Ellens Brief gelegt? Er beantwortete ihre Briefe immer. Laura wußte es nicht. Gewöhnlich schaffte er es, vor ihr zur Post zu kommen, doch dieses Mal hatte er es verpaßt. Er würde dem Mädchen eine Postkarte aus Rabat schicken. Er könnte vielleicht sogar unter vier Augen mit Peter sprechen, damit er ihr half, einen Job im Verlag zu bekommen. Er nahm an, daß sie ehrgeizig war – alberne Illusionen hatte über Literatur –, und eine gewöhnliche Anwaltskanzlei entsprach nicht Marjories Erwartungen für «mein Kind!» Desmond sagte laut: «Verdammt richtig!»

«Entschuldige, was hast du gesagt?» Clara war zu ihm gekommen und sah zerstreut auf den Eiskübel, die Flaschen.

«Ach, weißt du...», sagte Desmond mit schwerer Zunge, «das Eis ... Sie bringen nie genug davon ... Verdammte Hotels.»

Clara schenkte sich ein wenig Scotch ein. «Ich kann auch ohne Eis leben.»

«So ist es recht.»

«Euer Schiff wird bestimmt ganz naß bei dem ganzen Regen – die Decks, die Bullaugen beschlagen. Wenn es so regnet, kommt es mir vor, als ob Reisen nur eine Illusion wäre. Weißt du, was ich meine?»

«Na ja, also ...»

«Es fällt schwer zu glauben, daß es einen Ort gibt, wo es nicht regnet, verstehst du?»

Ich bin der einzige vernünftige Mensch hier, dachte Desmond und blickte Clara mit gerunzelter Stirn an, wie um sie zur Räson zu bringen. Warum hatte sie diesen entschuldigenden Blick? Dann ging sie plötzlich wieder weg. Hatte er ihr gesagt, sie solle den Mund halten? Er hatte es gedacht, aber – o Gott! –, hatte er es auch gesagt?

Der Cartoon, nach dem sich Clara auf die Suche gemacht hatte, war von dem Tisch am Bett verschwunden. Hatte Laura ihn zerkaut und hinuntergeschluckt? Wenn er dagewesen wäre, hätte sie eine Bemerkung darüber machen und so ein neues Gespräch mit ihrer Mutter anfangen können, ein Gespräch, das sie für den Augenblick von der Demütigung befreien würde, die sie wegen ihrer Lüge mit dem Kleid empfand. Ihre elende Lüge; der sonderbar prophetische Gesichtsausdruck ihrer Mutter, was sollte sie davon halten?

Ihr Kleid fühlte sich heiß an. Peter Rice blickte zu ihr hin; ein unpersönliches Lächeln schwebte um seine Lippen. Sie hatte das Gefühl, sie würde gleich ohnmächtig werden und hinfallen, nicht wegen des Alkohols oder der Wärme im Zimmer, sondern aufgrund einer intensiven Erinnerung, die sie überflutete, so daß es ihr schien, als spürte sie das Fleisch, die Gliedmaßen ihres Liebhabers, Harry Dana, der sie zu Boden drückte, sie am Boden hielt, während das hassenswerte Kleid als leere Hülle in der Ecke lag, wo sie es hatte fallen lassen.

Ein seltsamer Geruch stieg ihr plötzlich in die Nase. Es war, wie sie sich erinnerte, das Haarmittel, das ihre Mutter benutzte, ein Teerpräparat zur Behandlung irgendeiner harmlosen Funktionsstörung der Kopfhaut. Bis zu diesem Moment war ihr nicht bewußt gewesen, daß sie immer dichter an Laura herangekommen war. Was für eine fürchterliche Frisur sie sich hatte machen lassen! Clara schnüffelte vorsichtig. Da war er wieder, ein schwarzer, sumpfiger Geruch, ein Anflug von Petroleum, ein uralter Morast, die wahren Bestandteile des spanischen Blutes, *sangre pura,* keineswegs ein Mittel für die Kopfhaut! Reines Blut! Die Spanier hatten ganze Völker von Indios, von Arabern, von dunklen Mauren, von Juden vernichtet. Ach, wie gern sie dabeigewesen wäre, als ihr Vater zu Laura gesagt hatte: «Du weißt natürlich, daß du sephardisch bist, meine Königin, nicht?» Wenigstens hatte er das Clara erzählt und geschworen, daß er es wirklich gesagt hatte. Und er hatte Clara eine kleine Ferrotypie gezeigt, die er Laura gestohlen hatte, eine Fotografie von Lauras Vater, ihrem eigenen Großvater, gestorben lange vor ihrer Geburt, einem gutaussehenden, dunkelhäutigen, kleinen Mann, der sich im Zigeunerkostüm hatte porträtieren lassen, einem flotten kleinen Angeber mit verwegenem Caballerohut. «Aus Cadiz», hatte Ed gesagt. «Deinem Onkel Eugenio gegenüber darf man ihn nie erwähnen.»

Als ob sie Onkel Eugenio gegenüber je irgend etwas erwähnen würde, seinen eigenen Vater oder seine eigenen Schnürsenkel! Denn das war ein Mann, den «reines Blut» verrückt gemacht hatte, der, in seiner Tasche zusammengerollt, seitenweise Fotokopien von Wappen mit sich trug, die er in genealogischen Enzyklopädien in der Bibliothek gefunden hatte. Es hieß, Eugenio berührte nie jemandes Hand – aus Angst vor Ansteckung, vielleicht. Einmal, als er in Almas alter Wohnung auf der Doppelbettcouch geschlafen hatte, zwischen den klapprigen Möbeln im Wohnzimmer, hatte Clara ihn mitten in der Nacht schreien gehört wie ein Pferd, das im Stacheldraht hängt. Und einmal hatte er ein Loch in den Putz der Wand getreten, und als er aufwachte, war sein Fuß voller Blut gewesen. Alma hatte über das Loch das Bild eines Affen geklebt, das sie in einem *Life*-Heft gefunden hatte.

«Um Gottes willen! Die Kleider fallen wieder runter! Leg sie weg, ja, Laura?» sagte Desmond gereizt. Laura schnitt eine Grimasse und grinste. Ihre gute Laune hielt an; Clara überzeugte sich davon, während Laura die Kleider in den Wandschrank hängte. Jeder Augenblick, der verging, brachte sie alle der Sicherheit des Restaurants näher. Wie Laura selbst gesagt hatte, benahm sie sich in der Öffentlichkeit nicht mehr so schlecht wie damals, in der alten Zeit.

«Was machen Sie, Clara? Habe ich Sie von Öffentlichkeitsarbeit reden hören?» fragte Peter.

«Dieser Mist!» explodierte Desmond. Dann, den Blick auf seine Frau gerichtet, sagte er entschuldigend: «Na ja, jeder weiß, daß es –»

Laura hielt sich die Augen zu. «Was jeder weiß», intonierte sie dramatisch, «ist, daß mein Mann einen Rausch hat, weil er sich dort in seiner Ecke ein paar kleine Extras besorgt hat.» Ihre Hände flogen fort; ihre Augen glitzerten; ihre Liebenswürdigkeit lenkte die anderen von den bösen erregten Worten, deren aufdringlicher reiner Häßlichkeit ab. Wie Gerettete – aber Clara kam nicht darauf, wovor sie sich eigentlich gerettet hatten – sahen sie sie erwartungsvoll an. «Erzähl uns davon, Clara», sagte Laura.

Sie erzählte ihnen das, wovon sie glaubte, daß es sie amüsieren würde, hielt sich selbst aber heraus. Ohne zu wissen, warum, befürchtete sie, daß das Gewicht einer einzigen Bemerkung über persönliche Gefühle sie alle untergehen lassen würde. Und ihre Kehle zog sich zusammen, als Carlos leise seufzte, als sie sah, daß ihre Mutter nur auf ihre eigenen Hände hinunterstarrte und Peter Rice' ausdrucksloser Blick sich auf das Telefonbuch richtete. Sie beschrieb das Codesystem der Agentur, das die höheren Angestellten benutzten, um einander bei Treffen mit Kunden auf unbewußte persönliche Angewohnheiten aufmerksam zu machen: Sie klopften ein-, zwei- oder dreimal diskret auf den Konferenztisch. «Wir haben einen im Büro, der sich dauernd kratzt», sagte sie. «Aber wenn er es dreimal klopfen hört, springt er wie angestochen in die Höhe und faltet die Hände.»

Danach lachten sie tatsächlich – alle, außer Desmond. Es war ihm egal, womit sie jetzt weitermachten. Hatte er wirklich im Restaurant angerufen, um die Plätze zu reservieren? Auf dieses eine war er wirklich stolz, seine Effizienz in organisatorischen Dingen. Er sah Laura an; sie sah sehr gut aus, wie sie dort auf dem Bett saß. Gutaussehend, schwer, schamlos, dachte er halb träumend – wie irgendein großes Tier, eingesunken in seine eigene Wärme und sein eigenes Gewicht.

«‹Die Zeit ist ach so flüchtig›», sang Peter Rice. «Was in aller Welt? Woher kommt das? Clara, Sie haben Ihre Agentur perfekt beschrieben. Entsetzlich. Sind Sie an Verlagsarbeit interessiert? Es ist nicht viel besser, aber der Stil ist etwas –», und er zuckte die Achseln und zündete sich eine Zigarette an.

Wie ein großes Tier, summte Desmond bei sich, in einem Moor; das Versteck ist schmutzig, verschlammt, verschissen, der Gestank toter Blätter –

«Desmond?» Sein Name, ganz leise gesprochen, fast geflüstert. Er spürte einen scharfen Schmerz in den Eingeweiden. Unmöglich, daß Laura wußte, was er gedacht hatte, doch der Gedanke kam ihm, daß sie in dieser Minute irgend etwas über ihn wußte, was ihm, wenn sie es offenbaren würde, äußerst peinlich wäre. Er kannte diesen müden Blick von ihr, dieses Flüstern! Er goß sich das Glas halb voll und hielt es hoch, so daß sie es verdammt deutlich sah. Er verdiente etwas Besseres nach Marjorie, nach diesen Jahren mit ihr und diesem Kind, Ellen, Ellen Clapper, die ihm dumme Briefe schrieb – Laura wußte, wie dumm sie waren. Dann verstand er! Alles, was Laura wußte, war, daß er sich vielleicht ein bißchen zuviel zu trinken eingegossen hatte.

«Desmond. Für wieviel Uhr hast du reserviert?»

«Halb acht», sagte er. Wie klein die Köpfe von ihnen allen aussahen! Er schüttelte seinen eigenen Kopf, damit sein Blick klarer wurde. Aber er konnte noch immer nicht normal sehen.

«O nein!»

«Aber – was stimmt denn nicht damit, um Gottes willen . . .»

«Aber, mein Lieber! Um die Zeit ruft Dan an, wegen Lucy, um uns zu sagen, wie es ihr geht!»

«Warum rufst du Dan nicht einfach an?»

«Es würde ihn beleidigen. Er würde denken, ich würde ihm nicht vertrauen.»

«Wer ist Lucy?» fragte Carlos mit einem Blick voller Abneigung; es wäre unangenehm, wenn seine Schwester und ihr Mann jetzt anfingen zu streiten, wo man noch so viele Stunden auszuhalten hatte.

«Ihr Hund», flüsterte Clara. «Dieser alte Terrier.»

«Ich dachte, Dan wäre der Hund», sagte Carlos.

«Hör mal, wenn er rechtzeitig anruft, wird es nur eine Sekunde dauern. Und wir müssen nicht auf die Minute pünktlich im Restaurant sein», protestierte Desmond.

Laura sah ihn liebevoll an. «Alter Wirrkopf», sagte sie lächelnd.

«Das Problem mit der Arbeit im Verlag», begann Peter, «ist, daß man so tun muß, als wäre man an Kunst interessiert, aber eingesperrt bleibt in einem System, das nur Geld schätzt. Der überlegene Schick besteht natürlich darin, den Anschein zu erwecken, man wäre nur an Geld interessiert.»

«Wie abstoßend», sagte Carlos träge.

«Dem Hund geht es gut!» rief Desmond auf einmal. «Ich verstehe nicht, was an der Reservierung nicht stimmen soll.» Er verstummte, sah dann trotzig zu Peter. «Worüber regst du dich auf?» fragte er schroff. «Was gibt's denn sonst noch Neues über das amerikanische Verlagswesen? Über echte Künstler und ihre alten Kindermädchen?»

Laura sprang vom Bett und ging zu ihrem Mann. «Welcher Hund, Liebling? Das ist Stunden her ... Hast du ein bißchen was getrunken?» Sie kniff ihn ins Kinn und drehte sich zu den anderen, um ihnen zuzublinzeln, als ob sie sie auffordern wolle, mit ihr über den Witz zu lachen. Allen wurde bewußt, daß Desmond Peter Rice ein altes Kindermädchen genannt hatte. Clara – voller Scham über die Erleichterung, die sie empfand, weil nicht sie der Grund des düsteren, prekären Schweigens war, das Lauras Worten folgte – beobachtete Peter verstohlen. Seine Augen waren niedergeschlagen, seine Hände verschränkt. Er sah zu ihr auf. «Kultur macht einen bitter», sagte er sehr leise, so daß sie nicht sicher war, daß sie ihn richtig verstanden hatte.

Jetzt sprach Laura schnell, doch unhörbar mit Desmond, in dessen Miene Bockigkeit mit einer sonderbaren Genugtuung im Streit lag. «Ich tu's nicht. Ich hör' auf», sagte er plötzlich deutlich. Laura wandte sich zu den anderen. «Seid ihr alle am Verhungern?»

Clara versicherte schnell, daß sie es nicht sei. «Gleich werde ich wirklich verhungert sein», sagte Carlos. Doch Peter schwieg. Er nahm eine Plastikkarte vom Tisch. «Das Hotel hat einen eigenen Juwelier», sagte er.

«Varum denn eigentlich nicht?» fragte Laura mit einem Akzent, den sie offenbar für jüdisch hielt. Clara fuhr schuldbewußt zusammen, als ob sie von allen Juden, die sie kannte, dabei ertappt worden sei, mit dieser Antisemitin zu verkehren.

«Ich muß mir neue Diamanten hochschicken lassen», rief Laura. «Die alten verfe ich veg!»

«Dieser alte Witz...», sagte Peter. «Ich schäme mich für dich, Laura.»

«Also bitte, mein Lieber, meine Tochter kauft mir keine neuen mehr.»

Clara krümmte sich. Sie und Alma schienen, während sie ihre Witze und Cartoons über den Rand des Vulkans warfen, einander näherzukommen durch die gemeinsame Überzeugung, daß diese Frau, dieses Bindeglied zwischen ihnen, versöhnlich gestimmt werden mußte, daß sie kein Punkt in einer kontinuierlichen menschlichen Abstammungslinie war, sondern die Spitze eines Dreiecks. Ihr Herz pochte schmerzhaft; sie hatte zwar nie länger darüber nachgedacht, ob sie Kinder haben wollte oder nicht, aber jetzt fühlte sie sich, als ob sie plötzlich die Nachricht bekommen habe, daß sie keine bekommen konnte, daß das geometrische Bild, das ihre Vorstellung beherrschte – sie konnte das eiserne Dreieck so deutlich sehen wie das Hoteltelefon –, die Form ihres Schicksals sei.

Doch wie benahm sich Laura Alma gegenüber? Die wenigen Male, die sie sie zusammen gesehen hatte, hatten keine tiefen Spuren in ihrem Gedächtnis hinterlassen. Sie sprachen spanisch. Clara, die ihre Mutter immer Laura genannt hatte, war merkwürdig ergriffen gewesen, als sie Laura «Mamá» sagen hörte. Sie hatte beobachtet, daß Laura bei jenen verstreuten Begegnungen in den Jahren der Abwesenheit ihrer Mutter gegenüber eine fast gebieterische Fürsorglichkeit an den Tag gelegt hatte; und wenn Almas Seufzer und freudige Ausrufe allmählich nachließen, und nach einem kurzen Zwischenspiel, in dessen Verlauf die alte Frau ihrer Tochter von ihrem Leben berichtete, indem sie aus ihren von Geldsorgen geplagten Tagen die kleinen, aufschlußreichen Zwischenfälle herausarbeitete, von denen sie glaubte, sie würden Laura mit ihrem Sinn für Ironie gefallen, vielleicht sogar ihre Bewunderung erregen, weil sie von Stolz unter widrigen Umständen zeugten, brach das vorgetäuschte Leben plötzlich zusammen. Unter Tränen, die ihre Wangen hinabströmten, rief sie dann aus, daß sie von jedermann «*abandonada*» sei, und widerstand jedem Versuch, sie zu trösten, bis Laura ihre Hände ergriff und sagte: «Gut, Mamá. Jetzt ist Schluß damit!» Alma, das alte Kind ihrer eigenen Tochter, lächelte dann wieder, ein wenig kläglich ... Manchmal hatte ihr Laura ein paar Dollar in die Hand gedrückt. Sie habe sie von Ed «geklaut», sagte sie. Wenn sie gegangen war – niemand wußte, wann sie wieder auftauchen würde –, gab es zwischen Großmutter und Enkelin ein entsetztes, verlorenes Schweigen, als ob jemand gestorben sei.

Sowohl Alma wie Clara hatten – wie Ausländer, die eine fremde Sprache üben, besonders ihre idiomatischen

Wendungen – Lauras Charakterisierung der so gut wie unveränderlichen finanziellen Lage der Hansens übernommen. Es hieß, man sei «pleite». Als Kind spürte Clara das diesem Wort innewohnende Versprechen: Pleite zu sein war ein Zustand, der plötzliche dramatische Veränderungen erwarten ließ. Daß die Veränderung nie eintrat, daß sie Jahr um Jahr, wenn sie von der Schule heimkam und ihren abgetragenen Wintermantel in den Schrank hängte, das eine «gute» Paar Schuhe der Großmutter sah, das immer schäbiger und schäbiger wurde, konnte die erregende Erwartung nicht aus ihrem Bewußtsein verbannen, daß Geld kommen werde, daß es einmal ein großes Geldfest geben werde. In der Mitte ihres Lebens wußte Clara, daß sie arm waren, zu den Ärmsten ihrer Ecke von Brooklyn gehörten. Dennoch hörte sie nicht auf, die gegenteilige Möglichkeit in Betracht zu ziehen, daß sie nur vorübergehend «pleite» seien, daß die Rettung unterwegs sei – immer unterwegs.

Alma hatte Einkünfte gehabt, wenn auch sehr geringe, von Verwandten auf Kuba, und Carlos steuerte ab und zu ein paar Dollar bei. Wie hätten sie sonst leben können?

«Ich höre keine Witze mehr», sagte sie zu Laura, aber ihre Stimme brach plötzlich bei der Anstrengung, eine Anwandlung von Ärger zu verbergen. «Pleite», wollte sie schreien, «verdammte Bagage, was wißt ihr schon?»

Sie war erschrocken. Sie stand auf und ging zum Fenster hinüber. Was war los mit ihr? Was würde es nützen, ihre schwache Verbindung mit Laura jetzt zu zerreißen? Nichts war zu gewinnen; nicht einmal etwas zu verlieren. Sie war Erwachsenen nicht mehr ausgeliefert. Sie stand für sich selbst, kaufte ihre eigenen Kleider, zahlte ihre eigene Miete. Es war Alma, die immer noch von Lauras Gnade abhing – was immer das war! Sie fragte sich, ob ihre Großmutter wußte, daß Laura versucht hatte, die Stadt für die Kosten des Altersheims aufkommen zu lassen. Sie wußte es, weil Laura es ihr erzählt hatte; sie hatte beschrieben, wie die mit der Sache betrauten Beamten entdeckt hatten, daß Desmond und Carlos und sogar Eugenio über Mittel verfügten, die jeglichen Anspruch auf öffentliche, ihnen ihrer Meinung nach zustehende Gelder zunichte machten. Die Beamtin, die sie befragt hatte, sei entrüstet gewesen, empört, berichtete Laura ohne Verlegenheit und kommentarlos. Laura hatte nur gesagt, daß Carlos und Eugenio «Penner» seien und daß sie keine Möglichkeit sehe, Desmond zu bitten, das zu tun, wofür eigentlich sie verantwortlich waren. Doch am Ende hatte sie Desmond doch gebeten, und er hatte zugestimmt, den größeren Teil des Geldes zur Verfügung zu stellen, und deshalb, hatte sie Clara erzählt, gaben sie jeden Monat ein Vermögen für Anrufe aus, weil sie immer noch versuchten, die beiden Brüder dazu zu bringen, etwas, irgend etwas zur Deckung von Almas Ausgaben beizutragen.

O Gott! Warum besuchte sie ihre Großmutter nicht? Hatte sie jene tiefe seelische Trägheit der Maldonadas geerbt?

«Clara muß noch einmal den Tisch für uns bestellen, Desmond. Tust du das, Clara?»

Ihre Mutter sah sie schelmisch an. Clara nickte.

«Frag die Vermittlung nach der Nummer», befahl Laura.

«Sie braucht nicht anzurufen», widersprach Desmond.

Laura schien ihn nicht gehört zu haben. Sie untersuchte ihre Knöchel, drehte sie hin und her. Peter Rice war damit beschäftigt, sich in einen kleinen Boudoirstuhl zu zwängen. Desmonds schwerer Atem war in der Stille vernehmbar – er hörte sich an wie ein Pferd, ein paar Boxen weiter, das im freien Raum der Nacht gleichmäßig atmete.

Als Laura aufsah, schien sie nicht zu bemerken, daß Peter auf dem Stuhl herumrutschte und die Asche, die von Carlos' Zigarre gefallen war, von der Decke des anderen Bettes wischte. Sie starrte Desmond an, als seien sie allein. Clara hatte den verwirrenden Eindruck, daß die Augenhöhlen ihrer Mutter leer seien, wie Münder, die sich zum Schreien öffnen. Plötzlich senkten sich die schweren Lider. «Wenn Eugenio hier wäre, wären wir komplett», sagte sie zu niemand besonderem.

Das Gespräch begann von neuem, obwohl Desmond auf Claras Frage, wie lange sie in Afrika sein würden, so lange keine Antwort gab, daß sie sich fragte, ob er überhaupt wußte, was sie gesagt hatte.

«Warum machen sie das immer?» fragte Peter Rice, während er mit dem Finger über den Bezug des Stuhls fuhr.

«Was machen sie?» fragte Laura.

«So protzig, dieser Stoff. Falscher Brokat, oder? Warum nichts Schlichtes? Warum nicht ein schlichter, anständiger Stuhl? Warum wird in den Aufzügen Musik gespielt? Und was für eine Musik! Und diese scheußlichen Goldquasten auf den Speisekarten im Flugzeug, und was sind diese aufgedruckten Muster auf eurem Bettzeug? Wappen, nichts Geringeres! Ich meine –»

«Peter», sagte Laura. «Mach dir deine Nerven nicht mit Banalitäten kaputt. Mit der Welt ist es aus und vorbei, meine Lieben. Es lohnt sich überhaupt nicht, über den schlechten Geschmack der Totenhemden der Leiche die Nase zu rümpfen.»

«Das hab' ich nur so gesagt», sagte Peter abwehrend.

«Hast du in letzter Zeit meine Mutter gesehen?» fragte Carlos Laura. Er hatte eine Zeitlang geschwiegen, und jetzt war sein Ton formell und kühl, als habe er während der Zeit des Schweigens die Verbindung mit allen im Zimmer abgebrochen. Er wandte sich schon von seiner Schwester ab; sein Interesse an ihrer Antwort schien gering.

«Meine Mutter.» So bezog sich jedes ihrer Kinder auf Alma. Sie schließen einander aus, dachte Clara. Sie hoffte, das Thema Alma würde sie nicht lange beschäftigen. Ihr Herz drückte sich schwach gegen die Rippen. Sie spürte einen nah bevorstehenden Angriff auf sie. Und es gab keine Gegenwehr, außer dem Bekenntnis, daß sie es nicht schaffte, die alte Frau zu besuchen. Sie warf Laura einen verstohlenen Blick zu.

Alle blickten zu Laura hin. Sie hielt ihr Glas verzweifelt an ihre Stirn gepreßt, als ob dort ein Schmerz sei, der weggedrückt werden mußte. Ihre Augen waren geschlossen. In der Spannung ihrer erhobenen Arme, mit den losen, nach vorn fallenden Locken, den Beinen, die sich zum Bauch hochhoben, einem Schuh, der dabei war, ihr vom Fuß zu gleiten, schien sie die Personifikation des Unheils.

Desmond schrie etwas Unverständliches, Peter stand auf, Carlos zog sich in Richtung der Fenster zurück, und Clara, der ein Glas Whisky einfiel, das Laura ihr vor so vielen Jahren an den Kopf geworfen hatte, daß sie nicht einmal mehr den Ort bezeichnen konnte, nur den Bogen des Glases in der Luft erinnerte, krümmte sich in ihrem Sessel zusammen.

Die Beine kamen zum Boden, der Fuß fand den heruntergefallenen Schuh und schlüpfte hinein, das Glas wurde ausgestreckt, um von den jetzt weit offenen Augen prüfend betrachtet zu werden, und Laura grinste sie alle spitzbübisch an.

«Deine Mutter?» sagte sie in leichtem Frageton zu Carlos. «Du Halunke! Ich bin letzte Woche den ganzen Weg von der Farm bis dorthin gefahren, um *deine Mutter* zu besuchen, und du, du Schuft, wohnst fünfzehn Minuten vom Heim weg und warst einen Monat nicht da. Ist er nicht ein Halunke, Peter? Ihr großer Liebling, noch dazu! Sogar – sogar Eugenio ist hingegangen! Obwohl ich gehört habe, daß er gerade lang genug geblieben ist, um sie mit den Einzelheiten von irgendeiner Abendgesellschaft verhöhnen zu können, die er ohne Einladung besuchte. Du weißt, Peter – nicht? –, wie Eugenio meine Mutter behandelt? Als er in der Wohnung wohnte, manchmal monatelang, wenn er kein Geld hatte, erzählte er ihr von seinen Abendgesellschaften. Er kann keinen Menschen berühren – ich nehme an, du hast das bemerkt, Clara –, er hält immer mindestens drei Meter Abstand von anderen menschlichen Körpern. Ist es nicht komisch, daß er ein Reisebüro hat und Leute dauernd fortschickt? Aber ich habe gerade angefangen – daß er Mamá damit quälte, daß er ihr von dem Essen erzählte, das man ihm in vornehmen Häusern servierte, als ob es *ihr* Fehler gewesen wäre, daß sie nicht in einem vornehmen Haus wohnte mit Dienern, die sich richtig um ihn kümmerten!»

Onkel Eugenio hatte einmal zu Clara gesagt: «Meine Mutter war so schön, als sie sich noch pflegte.» Und als Clara älter war, wenn auch nicht sicherer in Eugenios Gegenwart, vertraute er ihr an, daß es die Kindlichkeit seiner Mutter sei – «*fatale* Kindlichkeit», hatte er gesagt –, die die Familie so heruntergebracht habe. Clara fragte sich, ob er seine Mutter auch verantwortlich machte für den Spanisch-Amerikanischen Krieg, der dafür gesorgt hatte, daß die Maldonadas nicht mehr auf ihre kubanischen Besitzungen zählen konnten. Doch er sprach nie von solchen Dingen, Kriegen, Wirtschaftskrisen, dem Zustand der Welt, und schien sich ebensowenig wie ihre Mutter und Carlos der Existenzen jenseits der regennassen Fenster bewußt, die auf ihre eigene Existenz einwirkten. Sie beide waren, wie Eugenio, an dem interessiert, was einzigartig, anomal war. Gab es überhaupt jemanden, fragte sie sich, der über die Welt jenseits des eigenen Fensters nachdachte? Immerhin, es gab etwas Unverwechselbares an der Unnahbarkeitspose der Maldonadas: die Fähigkeit der Verachtung.

Also war Eugenio seines Rechts auf Diener, auf Privilegien, auf ein Vermögen beraubt worden durch seine unpraktische Mutter und ein paar alte Schlachten, die die Plantage seines Vaters in Schutt und Asche gelegt hatten! Und er erzählte Clara von dem Porzellan und der feinen Wäsche im Haus einer alten Frau, und mitten in seinen hingerissenen Beschreibungen brach er ab und zu in ein irres Lachen aus, dessen Grund sie nicht begriff. Und er war ihr wahnsinnig vorgekommen, als er da in dem kärglichen Wohnzimmer von Almas Wohnung gestanden hatte, wo die Heizkörper immer wieder heißes, schmutziges Wasser versprühten, wo die Fenster auf kahle Wände sahen, wo alle Dinge zerdrückt, mangelhaft, zerbrochen, abgenutzt, zerrissen waren.

Eugenio kannte eine Reihe alter Damen, deren Lebensumstände ihn an all das Verlorene erinnerten; in ihren Häusern verdeckten seine kalte Kriecherei, seine sorgsam ausländische Diktion, seine ausgesuchte Höflichkeit die Gier und die Sehnsucht, mit der er jede Teetasse wahrnahm, jede Nippfigur, jedes Beweisstückchen der seligen Vergessenheit, die nur durch Geld zu haben ist. Sein kleines Reisebüro wurde gern von reichen älteren Reisenden frequentiert. Er kannte all diese *kultivierten* Orte! In seinem Büro hing ein Plakat, die romantische Fotografie einer Burg in Spanien. Als sie einmal vorbeigekommen war, hatte Clara es genau betrachtet. Es war eine Festung aus dem zwölften Jahrhundert; der Nebel, der sie einhüllte, konnte ihre Roheit nicht verbergen.

Es gab keine Fotografie der Farm auf Long Island, die Alma mit einem Großteil des ihr verbliebenen Geldes gekauft hatte, gleich als sie nach dem Tod ihres Mannes von Kuba in die Vereinigten Staaten gekommen war. Der Kauf war ein katastrophaler Fehler gewesen, hatte Eugenio gesagt, er ging weitgehend auf Carlos' Konto, der Alma bei ihren impulsivsten Handlungen stets ermutigte. Wie herrlich waren damals die Wiesen gewesen, hatte Alma Clara erzählt. Wiesen und Haus waren heute unter einem breiten Highway begraben. Als Clara geboren wurde, war Alma von einer schlechten in eine noch schlechtere Wohnung umgezogen, und ihr Abstieg war weitergegangen, bis sie endlich in jenen beiden Zimmern an der Grenze zu Flatbush hängenblieb. Clara hatte ihre ersten Schritte auf dem kiesbedeckten Dach gemacht, hatte Laufen geübt auf dem schwarz-weiß gefliesten Boden der Korridore, die nach schmutzigen Mops und Ammoniak rochen, hatte gelernt, den niederträchtigen quietschenden Aufzug zu fürchten, dessen Metalltür von der Großmutter mühsam für sie aufgehalten wurde, während sie an ihr vorbeiflitzte und erwartete, jeden Moment zerquetscht zu werden wie eine Kakerlake.

In späteren Jahren, als sie Alma besuchte, verstand sie nicht, wie die alte Frau es immer noch schaffte, diese schreckliche Tür aufzuhalten, an ihr vorbeizukommen, bevor sie mit einem ohrenbetäubenden Krachen zufiel, und das rostige Gitter innen zuzuziehen, bis es einschnappte. Zu dieser Zeit konnte Alma keine Treppen mehr steigen; ihre Füße waren durch riesige entzündete Ballen und Hühneraugen verformt; sie hatte Löcher in ihre Schuhe schneiden müssen, hatte das billige Leder mit der Nagelschere bearbeitet.

Unter Eugenios alten Damen war seine Mutter die einzige Versagerin. Clara hatte ihre Gründe, sich an eine der Frauen zu erinnern. Señora Josepha hatte riesige Ländereien in Kolumbien besessen. Ihr Anwesen wurde von vier Anwälten verwaltet, die sie Jahr für Jahr auf Kreuzfahrten um die Welt reisen ließen oder ihr erlaubten, sich für kurze Zeit in luxuriösen Hotels auszuruhen. Clara hatte sie nie kennengelernt, aber Eugenio mußte der Señora gegenüber etwas über sie erwähnt haben. Sie war sehr alt gewesen, als sie in einer Turmsuite des alten Ritz allein starb. Natürlich, sagte Eugenio bitter, sah sie nicht alt aus, weil sie sich zu pflegen wußte. Sie trug kleine Seidenhüte mit Schleier, sagte er, lächelnd wie über die reizende Eigenart einer Geliebten, und sie hatte feste kleine Hände, wunderbar manikürt. Natürlich benutzte sie nur ihr eigenes Silber, ob auf einem Schiff oder im Hotel. Sie hatte den Großteil ihres Vermögens einem kolumbianischen Angehörigen vermacht, doch es hatte ein paar einzelne Hinterlassenschaften gegeben, darunter einen Schrankkoffer voller Dinge für Clara.

Eugenio beschrieb den Koffer – wie ein Geruch von Reichtum die Luft erfüllt hatte, als man den Deckel hob. Es gab einige Kleider von Worth, Chiffon, mit Silberfaden bestickt, Duftkissen, einen kleinen Pelzumhang, ungetragene Spitzenunterwäsche. Laura hatte sie an sich genommen. «Meine Schwester, das heißt, deine Mutter konnte ein paar von diesen Sachen gut gebrauchen. Sie wären deinem Alter nicht angemessen gewesen.»

Tatsächlich hatte Clara erst ein paar Jahre später von diesem Schrankkoffer gehört. Sie war wie elektrisiert gewesen, als sie erfahren hatte, daß ihr eigener Name von einer reichen alten Frau, die sie nie kennengelernt hatte, in einem juristischen Dokument niedergeschrieben worden war. Und sie war sofort mit Eugenio einer Meinung gewesen, daß es unwahrscheinlich war, daß sie irgend etwas von diesen zweifellos altmodischen und besser für ein Museum geeigneten Dingen hätte benutzen können; es gab kaum Gelegenheiten in ihrem Leben, Chiffon zu tragen. So war das gestohlene Erbe schnell für sie erledigt gewesen, aber es hatte sich in ihrem Kopf festgesetzt, ein großer, länglicher Kasten mit verklemmtem Schloß und zugerostetem Deckel. Sie hätte ihn nie aufbekommen. Im Lauf der Jahre machte die Enttäuschung einem bitteren Triumphgefühl Platz, wie es auch Leute kennen, die ständig Pech haben.

Laura winkte ihr verschwörerisch zu. Sie ging zu ihr.

«Ruf doch das Restaurant an», flüsterte sie. «Wenn Desmond kommt, tu so, als ob du mit einer Freundin redest. Er ist so dumm, wenn er seinen Dickkopf aufsetzt.» Laura lächelte und sprach damit ihren Mann von jeder wirklichen Schuld frei. «Ich weiß, daß wir den Tisch verlieren werden, wenn wir zu spät kommen. Ruf unbedingt an, Clarita.»

Clara fand die Nummer des Restaurants heraus. Auch am Telefon spürte sie die Gegenwart vieler Menschen, hörte das entfernte Gewisper anderer Stimmen, die sich gegen ihre eigene drückten wie Fäden in einem Strang. Die mit französischem Akzent sprechende Stimme am anderen Ende der Leitung bestätigte die Reservierung der Clappers und unterbrach Claras Erklärung, daß sie vielleicht ein paar Minuten später kämen, mit der ungeduldigen Versicherung, daß das nichts ausmache.

Wenn Desmond dichter herangekommen wäre, hätte sie vorgeben können, daß sie mit Harry Dana sprach, der, wie sie sich vorstellte, in diesem Augenblick mit seiner Frau und seinen zwei Kindern am Abendbrottisch saß. Sie hätte so getan, als sei sie jemand aus Harrys Büro – ein Notfall, es tut mir leid, Sie zu belästigen, Mrs. Dana –, sie hatte die Stimme seiner Frau und die Stimmen seiner Kinder nie gehört.

Carlos sagte gerade, er wünschte, eine Reise machen zu können, nach Agadir, nach Dakar, fast jeder Ort sei ihm recht.

«Zu beschäftigt?» fragte Laura trocken. «Zu viele wichtige Angelegenheiten, die deine Aufmerksamkeit fordern?»

«Genau!» sagte Carlos aufsässig.

«Und wozu?» fragte Peter Rice nervös. «Die schönen alten Namen dieser uralten Orte sind alles, was geblieben ist. Ich sehe dich vor mir, Carlos, wie du eine amerikanische Familie triffst, die die Mosaiken in einem ehemaligen Bordell studiert. Sie haben das neugeborene Baby bei sich und einen Vorrat von Windeln und vielleicht noch Hund und Katze. Sie besuchen jeden Raum des Bordells, erörtern die Möbel, erklären ihren Fünfjährigen, was man mit den Spiegeln gemacht hat und den Lederpeitschen –»

«Ach, sei still ...», murmelte Desmond.

«Peter!» rief Laura. «Wie gehässig! Was für ein absolut schrecklicher alter Snob du bist! Warum bist du so eine böse alte Möwe heute abend? Die deutschen Touristen sind viel schlimmer als die Amerikaner. Sie machen doppelt soviel Krach. Und die Franzosen riechen schon etwas Schlechtes, sobald sie ihre eigenen Grenzen hinter sich lassen. Amerikaner sind respektvoll im Ausland. Sie haben eine Art Unschuld, weißt du.»

Desmond verspürte den Drang, seine Schuhe auf Hochglanz zu polieren, sich auf die Knie niederzulassen und sie abzuziehen wie beim Schleifen einer Rasierklinge, um seine Frau damit zu treten.

Was zum Teufel wußte sie über Amerikaner? Eine von diesen gottverdammten Scheißlatinos. *Scheißlatinos,* sagte er immer wieder zu sich selbst, sie alle, und dieser langweilige Schnösel von Lektor. Puritaner, Wüstlinge, es gab keinen Unterschied, außer im Grad der Heuchelei. Laura mußte ihr Gesicht waschen. Er spürte, daß sie so angespannt war, daß es gefährlich wurde. Wer kannte sie besser als er? O Gott! Warum gingen sie nicht alle und ließen sie beide allein! Irgend etwas war mit ihr; sie hatte ihre Hände im ganzen Gesicht gehabt – jedesmal, wenn er sie ansah, rieb sie sich die Wangen. Er sah auf die Uhr, brachte sie dann nah an seine Augen. Es fiel ihm immer schwerer, ohne Brille zu erkennen, wie spät es war. Er hatte eine, setzte sie aber nur selten auf. Er nahm an, daß er noch schlechter sah als sonst, weil er in dieser Nacht kaum geschlafen hatte. Darum hatte er etwas mehr getrunken, als es ihm wahrscheinlich guttat.

Die ganze Nacht – war er die ganze Nacht wach gewesen? – hatte er an seinen Tod gedacht. In zwanzig Jahren würde er siebzig sein, fast siebzig. Laura würde über siebzig sein. Er hatte mehr als die Hälfte seines Lebens hinter sich, falls er nicht mindestens achtundneunzig wurde. Konnte er so lange leben? Ein uralter Mann, der in die Hose machte und sabberte, mit weichem Hirn.

Einst war er ein Schuljunge gewesen. In Boston begannen die Regentage im März, und die Boston Bay hatte ausgesehen wie ein Spiegel, der neu versilbert werden mußte. Als er im frühen Dunkel der Nachmittage heimging, mit den Knickerbockern aus Tweed, die so furchtbar kratzten, und den feuchten Socken, die sich um die Knöchel knäulten – war ihm da je eingefallen, daß das Leben ein Ende hatte? Wovon hatte er geträumt, wenn der Märzregen gegen das Fenster des alten Hauses in der Beacon Street schlug? Es war komisch, daß er diese schrecklichen Knickerbocker im Gedächtnis behalten hatte und den Regen und die Bay, aber nicht, was in ihm vorgegangen war.

Er suchte in seiner Tasche nach einer Zigarette. Er mußte betrunken sein, sonst würde die Zigarette dasein, statt des zerknitterten Briefs seiner Tochter. Laura dachte, sie sei die einzige, die Menschen durchschaute, aber er brauchte nur länger. Er wußte verdammt gut, daß Ellen schon zu alt war für diesen ganzen Unsinn mit Paris. Sie denke, sie könne vielleicht auch mit der Töpferei anfangen, hatte sie geschrieben. Er sah sie vor sich, eine dieser formlosen Frauen in dicken Röcken, die sich auf den Boden niederließen wie Männer und völlig ausrasteten, wenn es um Glasuren ging. Es war alles so langweilig, dieser kreative Betrieb, jeder kleine Prolet konnte damit angeben.

Ich bin draußen, dachte er. In ein, zwei Jahren werde ich alt sein. Warum bis achtundneunzig leben? Und Mädchen. Er erinnerte sich an die Verkäuferin, die ihm geholfen hatte, die Kleider für Laura auszusuchen. Sie hatte einen flachen Hintern gehabt, die Pobacken hingen wie Bratpfannen herunter. Aber es waren *neue* Bratpfannen gewesen, und ihr Teint war weiß wie die Haut einer

Orange. Nicht sehr attraktiv, letzten Endes, aber jung! Nicht wie die schönen Mädchen, so leicht verderblich wie Pflaumen. Er dachte ziemlich viel über Essen nach in letzter Zeit, bemerkte er. Er stellte seinen Drink auf den Tisch und rieb sich den Bauch. Sein Bauch wurde immer größer.

Seine Frau und ihr Bruder brachen in schallendes Lachen aus. Ihre beiden Köpfe waren zu ihm gewandt, wie hochkant stehende bronzefarbene Schalen. Er wartete auf den Witz. Dann wurde ihm klar, daß er der Witz war.

«Ich werd' dick», sagte er und bedauerte sofort die Entschuldigung in seiner Stimme, haßte sich dafür, daß er sich so dumpf und voll vorkam, voll mit Schnaps, und es war zu spät, um aufzuhören. Sie lachten. Er war gelähmt durch das Gefühl, etwas wiederzuerleben, was schon einmal geschehen war – vor jemandem zu stehen, irgendwo, und im Unrecht zu sein.

«Nichts kann dem Ledergeschäft schaden», sagte er auf einmal. Carlos sprach schon mit Peter Rice, aber Laura sah ihn immer noch an. Das Lächeln schwand allerdings. War sie verärgert? Hatte diese alberne Bemerkung über das Geschäft geizig geklungen? Wie konnte sie ihn anklagen, geizig zu sein, wo er doch kaum wußte, wie das Geschäft geführt wurde? Die Lakaien taten alles. Und bestimmt gefiel ihr das Einkommen, ganz zu schweigen von der Tatsache, daß er fast die einzige Stütze der Mutter dieser – dieser Koloniebewohner war. Ja, das waren sie, dachte er und funkelte Carlos an. Bewohner einer Kolonie, die sich als Herren aufspielten, indem sie so eine gleichgültige Miene gegenüber Geld und dessen Herkunft aufsetzten, bis sie es wieder nötig hatten. Wie anders wurden sie dann! Er kicherte leise und wandte dem Zimmer den Rücken. Was für eine Menge Schnaps hatten sie alle getrunken! *Seinen* Schnaps. Und er würde auch für das Essen bezahlen. Sie würden lachen und reden in dem Restaurant, aber seine Hände nicht aus den

Augen lassen und dafür sorgen, daß er am Ende die Brieftasche herausholte, wenn der Kellner kam! Er wußte alles über Lauras Gier. Er goß sich Bourbon ins Glas, ließ nur ein paar Zentimeter in der Flasche. Aber ihre Gier war anders als die jedes anderen; alles an ihr war anders. Er hatte sie fast wahnsinnig vor Begehren nach irgendeiner Sache erlebt, und dann, in der nächsten Minute, hatte sie es vergessen, hatte über die Zügellosigkeit ihres eigenen Gefühls gelacht, sich über sich selbst lustig gemacht, seine Hand genommen, sich feierlich über den allgemein niedrigen Charakter des lateinischen Menschen ausgelassen. Darin war sie groß, im Philosophieren über den Nationalcharakter. Seinen, zum Beispiel. Aber was das betraf, war sie völlig auf dem Holzweg – dieses ganze dumme Zeug über die Iren, die Säufer und Lügner seien!

An dem Abend, bevor er Laura geheiratet hatte, hatte Desmond im Wohnzimmer der Wohnung gesessen, die sie in jenem Winter gemietet hatten, und die Gründe aufgeschrieben, warum er sie heiratete. Damals hatte er gedacht, er tue damit etwas Eigenartiges, Romantisches. Er hatte es sogar als eine Art Hochzeitsgeschenk betrachtet, obwohl er es sie nie hatte sehen lassen und es eine Woche später im Bad verbrannt hatte. «Das bürgerliche Leben ist langweilig», hatte er geschrieben, «und man weiß kaum, daß man lebendig ist. Mit Laura ist es anders – sie achtet nicht auf die Kosten –»

Das tat sie gewiß nicht, bei keinem. Tränen traten ihm in die Augen. Mit all ihren Fehlern, dachte er, aber eine Art Nebel senkte sich über sein Gehirn. Er mußte sich zusammenreißen. Seine Unterwäsche war feucht vom schludrigen Urinieren, sein Hemd hatte seine Frische eingebüßt (sie liebe seine Frische, sagte sie so oft, wie anders er sei als Ed Hansen mit seiner fürchterlichen verstockten Muffigkeit), und er hatte fast seinen Appetit verloren. Plötzlich wollte er sich in Alkohol ertränken, ihn aufschlecken, darin schwimmen. Er wollte Sättigung!

«Schaut euch diesen Gauner an!» rief Laura. Er drehte sich unsicher um. Hatte sie ihn gemeint? Doch sie blickte zu Carlos. Desmond haßte ihre *bezaubernde* Stimme, die Kammermusikstimme, Flöte und Cello, gespielt, um Wirkung zu erzielen, etwas, das sie nur wertschätzte, wenn der Streß zur Qual wurde. Aber von einem Augenblick zum anderen konnte sie außer Rand und Band geraten. Das würde den Raum auf einen Schlag leeren! Und wieder lachte er bei sich und trank den letzten Schluck Whisky.

Peter Rice hatte über seine Firma gesprochen, über das Verlagsgeschäft im allgemeinen. Er hätte gern wieder geschwiegen, aber es hatte einiges Interesse gegeben, dachte er, bei Laura, sogar bei Carlos. Er wollte niemanden mit seinen Angelegenheiten zu nahe kommen. Er war zurückhaltend, und ein paar von den Dingen, die er am Anfang dieses Abends gesagt hatte, beunruhigten ihn schon. Es ging heute nervöser zu als gewöhnlich. Vielleicht lag es an der Gegenwart des Mädchens. Es war immer am besten, Laura allein zu treffen, ein langes Mittagessen in dem von ihm entdeckten kubanischen Restaurant, das sie so mochte, oder ein, zwei Drinks am späten Nachmittag in der Bar in der Third Avenue. Jetzt wußte er kaum, was er sagte, was immer dann passierte, wenn er zu lang redete, wenn er wußte, daß er langweilte. Bücher bedeuteten ihm kaum noch etwas. Das war einmal anders gewesen, weiß Gott. Clara ließ ihn nicht aus den Augen. Es schoß ihm durch den Kopf, daß es ihr leichter fiel, ihn anzusehen als ihre Mutter. Er lächelte sie an. Armes Mädchen. Sogar jetzt, da sie dem Unsinn, der aus ihm heraussprudelte, so ernsthafte Aufmerksamkeit schenkte, machte sie auf ihn den Eindruck eines verwirrten Geistes; sie schien so verwirrt, daß sie nicht wagte, den Faden noch der stumpfsinnigsten Unterhaltung zu verlieren, um nicht irgend etwas zu verpassen, was ihr einen Anhaltspunkt für die Erklärung ihres eigenen Zustands geben konnte. Er wußte ein wenig über ihre Geschichte – nun ja, er kannte die wichtigsten Fakten, oder? Er mußte Laura nicht entschuldigen – man konnte sie nicht nach normalen Maßstäben beurteilen. Doch das Mädchen tat ihm leid, der unerwartete Gast, dem die Tür vor der Nase zugeworfen wird, bevor seine Augen irgend etwas erkennen. Pech. Er hatte ihre Eltern gekannt, als sie jünger waren als sie jetzt. Es war schade, daß man seine Eltern nicht kannte, bevor man geboren wurde – man würde ihnen vielleicht leichter verzeihen. Sie lächelte ihm jetzt zu, und es wurde ihm bewußt, daß sie ein Streichholz angezündet hatte für die Zigarette, die er hielt. Er berührte dankend ihre Hand und dachte, ich mag sie, und strich gleich darauf über die Aufschläge seines Jacketts, als ob Asche darauf gefallen sei. Es war keine Asche da; er wollte das Gefühl von Claras Haut an den Fingern loswerden. Er konnte sich nicht vorstellen, warum er sie zum zweitenmal heute abend berührt hatte, wo er doch nur noch selten überhaupt irgend jemanden berührte, und er war beschämt von dem glatten Eingeständnis sich selbst gegenüber, daß er sie «mochte». Es war einfach, daß er nichts gegen sie hatte. Und es hatte ihn durcheinandergebracht, wie sie aufgesprungen war, um ihm Feuer zu geben, er hatte den Schweiß auf ihrer Hand gespürt, gewußt, daß er von der Anstrengung herrührte, gefallen zu wollen.

Laura sagte gerade, er brauche einen langen Urlaub, und warum sei er nie nach Spanien gefahren? Ach, das werde er schon noch tun, versprach er, morgen, demnächst. Carlos kicherte. Peter sah verstohlen auf seine Hand, die Zigarette war halb heruntergebrannt. Clara saß wieder in ihrem Sessel, blickte mit vagem Lächeln zu Laura. Wenn es eine Haltung gab, die er gut kannte, dachte Peter, so war es die des schäbigen Bittstellers, der in dem entgegenkommenden Lächeln steckte und die überschwengliche Gebärde ausgelöst hatte. Aber er täuschte sich vielleicht. Das Mädchen hatte ihm das Streichholz hingehalten; sie war ganz mit ihrer kleinen Aufgabe beschäftigt gewesen. Es gab keinen Grund für sie, *ihm* gefallen zu wollen. Vielleicht war sie von freundlichem Wesen. Und nun machte er sich über diesen banalen Vorfall Gedanken, nur weil er sie berührt hatte. Laura redete jetzt über die schwarzen Kordanzüge, die die spanischen Bauern sonntags trugen; wie bezaubernd würde Peter mit seiner blassen nordischen Hautfarbe in so einem Anzug aussehen. Sie war jemand, der nie gefallen wollte. Leute mit Netzen fangen, aufspießen und an Land bringen – das war etwas anderes. Als er sie umarmt hatte, war ihre Wange trocken und pudrig gewesen. Das war es, was er mittlerweile begehrte, all diese Dinge, die trocken waren, Asche, totes Laub, Stein.

«Die Glocken von Compostella, die läuten – es ist die Ewigkeit – du mußt –» Lauras Stimme lief einen Moment leer, verklang in Peters Ohren. «Du mußt nach Spanien fahren, allein schon wegen diesem außergewöhnlichen Klang!»

«Werden wahrscheinlich von einem Knopfdruck in Gang gesetzt, heutzutage», sagte Desmond betrübt. «Wahrscheinlich ist der Knopf in einem von diesen Reisebussen ... weißt du, diese Reisebusse, diese schrecklichen Frauen in ... sie tragen diese weiten Kleider oder diese weiten Hosen, weißt du –»

«Desmond, mein Lieber. Du strengst dich ein bißchen zu sehr an! Nicht? Armes, benebeltes Hirn. Liebling. Pst.»

Desmond ballte die Fäuste. Finster, trotzig, wie er aussah, schien er kurz davor zu explodieren. Peter dachte: Wenn es eine Szene gibt, gehe ich. Das halte ich nicht aus, nicht einmal um Lauras willen. Aber als Desmond sprach, war er nur mürrisch, unsicher; offensichtlich wünschte er, er hätte gar nichts gesagt. «Also – weißt du – es wäre nicht so seltsam, wenn sie die Glocken angeschlossen hätten an ... Alles wird heute elektronisch kontrolliert. Wir haben schon darüber gesprochen. Nicht, Laura, das Ende einer Ära, all das? Lieber Gott! Die Glocken würden kein bißchen anders *klingen,* oder?» Und dann rief er hartnäckig fordernd: «Laura? Die gottverdammten Glocken sind mir egal!»

«Liebe Güte!» rief Laura aus. «Wir haben meinen Bruder in den Schlaf geredet! Carlos? Paß auf! Sieh Clara an. Stellt sie nicht jede Frau, die wir kennen, in den Schatten?»

Aber wir kennen keine Frauen, sagte Desmond zu sich selbst, dafür hat Laura gesorgt. Er wieherte plötzlich und stampfte mit den Füßen auf, und als sie alle zu ihm hinblickten, brach er in haßerfülltes Lachen aus. «Armes altes Vieh!» rief er. «Bringt ihn in einen dunklen Stall!»

Jetzt hatte er das alberne Mädchen erschreckt! Er hielt sein Glas hoch, so daß sie es sehen konnte. «Leer», versicherte er ihr. «Alles weg.» Besser, er setzte sich eine Zeitlang hin und ordnete seine Gedanken.

Clara beobachtete, wie er sich mit einem kleinen Bürostuhl abmühte, dessen eines Bein sich im Gewirr eines abgenutzten Kabels verfangen hatte, das zu einer Stehlampe führte. Er riß gewaltsam an dem Stuhl. Carlos fing die Lampe auf, als sie zu fallen begann, aber er sah Desmond nicht an. Niemand sah ihn jetzt mehr an, außer Clara. Die anderen führten ein neues Gespräch; ihre Stimmen waren außerordentlich laut, wie bei Leuten, die sich in einer lärmenden Menge Gehör zu verschaffen suchen. Desmond senkte den Kopf. Clara überlegte, ob er im nächsten Moment vom Stuhl auf den Boden gleiten würde, um auf dem Teppich das Bewußtsein zu verlieren. Er sah kaum lebendig aus, wie er da gebeugt auf dem Stuhl saß, das Gesicht den Blicken entzogen, mit seinen dickfingrigen Händen, die auf den Schenkeln ruhten. Sie hatte ihn nie so betrunken erlebt, so schwach, in keinem der Restaurants und Hotelzimmer, in denen sie die beiden im Lauf der Jahre getroffen hatte. Doch Laura hatte, abgesehen von einigen melodiösen Nebenbemerkungen über seine zunehmende «Wirrheit im Kopf», Desmond nicht viel Aufmerksamkeit geschenkt. Vielleicht war es das, was sie meinte, wenn sie davon sprach, daß es ihr «besser gehe» mit ihm. So hatte sie sich Clara gegenüber vor ungefähr einem Jahr am Telefon geäußert. O ja, es gehe ihr langsam besser, hatte sie gesagt, sie sei klüger, als sie es je mit Ed gewesen sei, wenn er betrunken war – weil sie lerne, Männer sich selbst zu überlassen. «Man kann einen Betrunkenen nicht vor dem Trinken retten», hatte sie gesagt, «man kann niemanden vor irgend etwas retten.»

Clara dachte, daß man wirklich niemanden retten konnte, jedenfalls nicht in Hotelzimmern, die niemandem gehörten, an diesen Orten der unterbrochenen Zeit, der Geschütztheit vor dem Alltagsleben, wo der Geist erlahmt, verzweifelt, sich abkühlt, doch das Fleisch sich aufheizt, sich mit Blut füllt, gereizt vom Geruch der Freiheit, der von *jedermanns* Bett und Bad und Kissen auszuströmen scheint, wo alle illegitimen Kinder Zuflucht suchen.

Doch einmal hatte sie sich aufgemacht, um jemanden zu retten – so jedenfalls war es ihr damals erschienen –, war in ein weiteres Hotelzimmer eingetreten, dessen Ausstattung so weich und grau gewesen war wie die Flügel einer Taube und wo ihre Mutter und ihr Vater, angespannt und verärgert und erregt, sie erwartet hatten. Das war vor neunzehn Jahren gewesen. Die Füße hatten Alma damals schon gepeinigt. Und doch war sie mit Clara in der U-Bahn von Brooklyn zu der Bank in Manhattan gefahren, wo sie die fünfzig Dollar abgehoben hatten, die Clara von einer alten kubanischen Verwandten testamentarisch vermacht worden waren. Erst zwei Wochen zuvor waren sie zusammen an der Anlegestelle des Schiffes gewesen, das Ed und Laura aus Europa zurückgebracht hatte. Sie hatte sie sofort wiedererkannt, auf einem der Mitteldecks, wo sie an der Reling lehnten, während das Schiff seine Seite an der Kaimauer rieb wie ein riesiges Tier.

Sie hatten ihr Dutzende Male für das Geld gedankt während dieser halben Stunde in dem Hotelzimmer, irgendwo am Rand von Manhattan, und sie hatte geglaubt, verrückt zu werden wegen der ganzen Aufregung. Sie waren so schön wie Piraten, die beiden, die einander ins Wort fielen, als sie Alma erklärten, daß sie das falsche Hotel genommen hätten – aber sie seien so lang nicht mehr zu Hause gewesen – nicht mehr an das Geld in den Staaten gewöhnt –, und Alma hatte soviel gelächelt und ihren Füßen Ruhe gegönnt und sich lustig gemacht über die kleinen Löcher, die sie in die Schuhe geschnitten hatte, damit die entzündeten Ballen nicht so weh taten.

Ed hatte sehr bald danach einen guten Job gefunden, aber sie gaben Clara das Geld nie zurück. Sie war froh. Zur Wall Street war es eine fürchterliche Fahrt gewesen, mit Alma, die so gestöhnt hatte und so langsam gelaufen war. Und aus irgendeinem Grund fürchtete sich Clara davor, zu jener Bank zurückzukehren, wo die Leute so nett zu ihr gewesen waren; sie hatten auf diese Weise gelächelt, wie Erwachsene manchmal Kindern zulächeln, mit solch berauschender, wenn auch zeitlich begrenzter Zuneigung. Sie konnte sich heute nicht erinnern, ob sie dem Bankbeamten erzählt hatte, wofür das Geld gewesen war.

«Was soll ich dir geben, damit du mir sagst, woran du denkst?» flüsterte Desmond. Er bewegte drohend den Finger. «Hast nachgedacht», murmelte er. «Du, meine ich.»

«Ich nehme fünfzig Dollar», sagte sie und sah dann schnell zu Laura.

Desmond lachte schallend. «So ist es recht», sagte er.

«Wie ist es recht?» wendete sich Laura ihnen zu.

«Hör zu –», warf Carlos ein. «Du glaubst wirklich, daß dieser Anruf rechtzeitig kommt, oder? Ich glaube, es wird spät, zu spät für mich. Ich habe eine Verabredung –»

«Carlos! Das hättest du uns früher sagen sollen», rief Laura aus. «Ich hatte keine Ahnung, daß du woandershin mußt. Gott. Wir hätten es früher machen können, nicht, Desmond?» Sie sprach förmlich, kam langsam auf die Beine und stand aufrecht, mit reglosem Körper. «Und da wir dich kennen, du nutzloser, unverschämter alter Penner, hätten wir uns einen pausbäckigen jungen Mann heraufschicken lassen sollen, damit du auch nicht den kleinsten Anflug von Langeweile verspürst –»

«Laura! Was für eine köstliche Idee! Aber diesmal irrst du dich, ich langweile mich nicht. Noch nicht. Ich habe wirklich eine Verabredung. Geschäfte.»

«Geschäfte!» wiederholte Laura ungläubig. «*Du!*»

«Ich spiele mit dem Gedanken, ein Straßencafé zu eröffnen. Ich habe zwei Stühle, einen Tisch –»

Sie brachen in Gelächter aus, und ihre großen Kinne zeigten zueinander wie Schiffsbuge. «Und eine alte Toga könnte ich als Tischdecke benutzen –»

«– und die Speisekarte», rief sie, «nichts als *sopa de ajo* –»

«– *para todos los vendejos* –»

«– *y los pajaritos* –»

«– *y las putas perdidas* –»

Laura sah unvermittelt um sich, als ob sie gerade bemerkt habe, daß noch andere Leute im Zimmer waren. «Genug von dieser dummen lateinischen Oberflächlichkeit», sagte sie. Alles Förmliche war aus ihrer Stimme verschwunden, und ihre Augen waren noch runzelig vom Lachen. «Hör zu, Carlos, mein Lieber. Ich muß mit Dan reden. Du weißt, wie verantwortungsbewußt er ist – fünf Minuten die Woche. Wenn er anruft, werde ich sehr erleichtert sein. Wenn nicht, nehme ich an, wir bekommen ein Telegramm mit der Botschaft, er sei durch die Umstände gezwungen worden, die arme Lucy zu verspeisen.»

Clara lachte, gegen ihren Willen, aber es war etwas im Ton ihrer Mutter – Respektlosigkeit? War es das? Sie hatte gedacht, wie geschickt Carlos einen Zusammenstoß mit Laura vermieden hatte; sie hatte versucht, sich vorzustellen, so frei mit ihr umgehen zu können.

«Die arme Lucy verspeist», sagte ihre Mutter und lächelte nicht mehr.

Desmond stieß einen langen Seufzer aus, sprach dann und brach sein langes Schweigen. «Ach, du lieber Gott, Dan kümmert sich schon um den Hund. Du weißt, was für ein Narr er ist mit Tieren. Ich meine, warum müssen wir dauernd über Dan reden? Was schert uns Dan? Dumm...» Er sah jämmerlich aus, wie er da saß, die Schultern jetzt hochgezogen, und Laura anstarrte mit einem Ausdruck, der zugleich trotzig und furchtsam war. Laura betrachtete ihn kurz, ging dann zum Tisch mit den Flaschen, wo sie einen letzten Tropfen Bourbon in ein Glas goß und es ihm brachte.

«Ein Frühlingsregen», sagte Peter Rice, der zu den Fenstern blickte. «Oder vielleicht ist es der Anfang vom Ende.»

«Du hast noch kein Wort von deinen Schwestern gesagt», sagte Laura. Desmond hatte ihre Hand ergriffen. Sie entzog sie ihm vorsichtig.

«Soll ich noch Eis bestellen?» fragte Desmond noch einmal, etwas kläglich.

«Nein, nein», sagte sie besänftigend.

«Martha geht's gut», sagte Peter. «Aber sie ist verrückt. Sie ist den ganzen langen Weg nach Lake Placid gefahren, nur um einen Tag mit Kitty zusammenzusein. Silvester. Damit sie das neue Jahr zusammen anfangen können. Sie stehen sich nah. Ich sehe sie kaum, nicht einmal Martha. Ich glaube, sie betrachten mich als Eindringling. Als Mutter noch lebte – die drei Frauen – auch als Mädchen waren sie wie Frauen –», er lachte leise, wie um jede Spur einer schmerzhaften Wirklichkeit hinter seinen Worten von sich zu weisen –, «und als Vater und ich ins Wohnzimmer kamen, haben sie aufgehört zu reden, haben uns mit großen Augen angesehen und gelacht.»

«Das ist ziemlich exotisch, nicht?» fragte Laura. «Lesbische Schwestern?»

Desmond kicherte.

«Das ist schäbig, Laura. Es ist deiner unwürdig», sagte Peter.

«Aber nein», sagte sie. «Nein. Die Gehässigkeit ist in deinen eigenen Gedanken –»

«Ich sagte nicht gehässig. Ich sagte schäbig –»

«Es war die Frömmigkeit in deinem Ton, mein Lieber, leise Andeutungen von Selbstgefälligkeit – deine Schwestern sind so schrullig wie diese jungen Frauen, die sich damals in Keats oder Shelley verliebten. *Du* bist gehässig. Was erwartest du, wenn du mir erzählst, daß Martha verrückt ist? Versteig dich nicht, Peter. Ich habe nie eine Spur von echtem Interesse in deiner Stimme gehört, wenn du über diese beiden alten Jungfern gesprochen hast! Ich habe bei der Posse nur mitgespielt.»

«Man muß bei so etwas nicht mitspielen», sagte Carlos.

Laura lachte schallend. «Was ist Benehmen deiner Meinung nach?» rief sie.

«Ich hab' kein Theater gespielt. Wirklich, ich fühle mich ziemlich ausgeschlossen von meinen Schwestern. Merkst du das nicht?»

«Dann sag das», sagte Laura mit erschreckender Kälte. «Mach mich nicht dafür verantwortlich, wenn die von dir ausgelöste Reaktion weh tut. Wir haben nur scheinbar von deinen Schwestern gesprochen. Du hättest nicht viel sagen müssen. Statt dessen hast du sie dem Lachen preisgegeben, und als ich lachte, hast du plötzlich eine andere Losung ausgegeben.»

Clara hatte Mühe zu atmen – die Luft sickerte aus dem Raum, entfärbte Fleisch, Gesichter und Hände der Anwesenden, und die Möbel waren ebenfalls aschgrau geworden; man zehrte nur noch von der verschwitzten, verrauchten Hitze. Sie alle starben langsam zum kraftvollen Klang des Regens draußen. Clara hustete, als ersticke sie in Tränen. Sie hörte nicht, was Laura sagte. Peter drehte langsam den Kopf, bis er Laura direkt ansah. Sein Gesicht sah sonderbar langgezogen aus, als ob er es straff gespannt vor sich halte. Dann lächelte er.

«Du hast recht», sagte er. «Natürlich hast du recht.»

«Das ist mir egal», sagte Laura.

«Ich weiß –»

«Ich bin so froh, daß du hier bist. Wir sind solche Einsiedler, Desmond und ich. Wie schön, euch alle zu sehen!»

Während er Lauras Arm leicht berührte, sagte Peter: «Ich habe keine Zigaretten mehr, ich gehe runter ins Foyer und hole neue.»

«Peter, es ist gleich Zeit zu gehen. Wir können sie unterwegs holen», sagte Desmond.

«Nein, ich will runtergehen», sagte Peter. «Wirklich.»

Carlos wollte auch gehen. Er brauche Zigarren, sagte er. Er seufzte schwer, als sie das Zimmer verließen.

Die Tür schloß sich hinter ihnen, und als das Schloß klickte, war der Raum verändert, als ob sie, dachte Clara, an einen anderen Ort befördert worden seien. Desmond kam schwankend auf die Beine, und auch Clara stand auf.

«Puh!» rief Laura lächelnd aus. «Was für eine Erleichterung! Desmond, macht dich Carlos' Unruhe nicht wahnsinnig? Wenn er nicht deprimiert ist, dampft er vor Langeweile. Armer Carlos. Aber unten im Foyer wird er sich erfrischen, indem er jungen Männern schöne Augen macht ... Allerdings wird er an einem Ort wie diesem nicht viel Erstklassiges finden.»

«Ich dachte, du magst dieses Hotel», sagte Desmond übellaunig. «Du willst in keinem anderen wohnen, nur in diesem.» Er stellte sein leeres Glas auf eine zerknitterte, nasse Serviette auf dem Tisch, und als es auf den Teppich fiel, sah er es einen Moment mit ausdruckslosem Blick an und machte sich dann auf den Weg ins Bad.

Clara hob das Glas auf und stellte es vorsichtig auf den Tisch zurück. Ihre Mutter sah belustigt aus. «Manchmal stellt er sich vor den Heizkörper und macht Pipi», sagte sie und fügte hinzu: «Wenn sie heiß sind. Männer und ihre Organe ... Sie sind immerzu mit ihnen beschäftigt, nicht? Es sei denn, sie sind wie Peter. Gefällt dir Peter?»

Sie schien sich frei und ungezwungen zu fühlen; sie vermittelte das vielversprechende Gefühl, daß irgendeine besondere Vertraulichkeit folgen würde, schien anzudeuten, daß sie bald Dinge sagen würde, die den innersten Kern des Lebens berührten, und obwohl Clara wußte, daß dieses Versprechen unerfüllt bleiben würde, daß seine durchaus glaubwürdige Absicht sich völlig in der Inszenierung erschöpfte, war sie trotz der läutenden Alarmglocken in ihrem Gedächtnis gebannt wie jemand, der immer über die gleiche Stufe stolpert.

«Ja, er gefällt mir. Er scheint sehr nett zu sein. Ich wußte nicht mehr, daß er ein so angenehmer Mensch ist.»

«Angenehm!» rief Laura aus. «Er ist ein Eunuch.»

«Gut, dann ein angenehmer Eunuch.»

«Und Desmond ist ein Säufer», sagte Laura, während sie sich eine Zigarette anzündete, «ein unerträglicher, unangenehmer Säufer. Ich weiß nicht, was ich machen soll. Er hat eine Woche lang gezittert, nachdem der Arzt ihm sagte, er werde an Leberzirrhose sterben, dann fing er mit Wein an, sieht sich jetzt als Experte ... Ich habe nichts, kein eigenes Geld ...» Sie setzte sich auf, nahm dann ihre Handtasche von dem Tisch am Bett und öffnete sie. «Schau!» verlangte sie, zog ein großes Malteserkreuz an einer Kette heraus und ließ es von ihrer Hand herabbaumeln. «Seine Mutter hat mir das geschenkt. Ich weiß nicht, was es wert ist, aber wenn er so weitertrinkt, werde ich es vielleicht versetzen müssen. Er wird mich hierlassen, weißt du, ohne einen Cent, und irgendwohin fahren, eine Woche lang oder zwei.»

«Aber ihr reist morgen ab!»

«Wirklich?» sagte Laura mit soviel Ungewißheit im Ton, daß Clara, in Verwirrung gestürzt, von ihrem Stuhl aufstand und anfing, im Zimmer auf und ab zu gehen. Sie bemühte sich, etwas zu finden, was sie sagen konnte, um die Krämpfe der Peinlichkeit abzuwenden, die sie befallen würden, wenn es zu einem längeren Stillschweigen zwischen ihnen kam. Auf einmal stand sie vor dem Heizkörper; würde ihr Stiefvater ihn anziehend finden? Bei dem Gedanken an ihn spürte sie, daß ihr Mund sich verzog zu etwas, was sie sich nur als ein häßliches Lächeln der Bosheit vorstellen konnte. Doch die Anwandlung ging vorbei, und sie wandte sich um und sah ihre Mutter, die in träumerischer Selbstvergessenheit das Kreuz anstarrte. Dann nahm sie es zusammen mit der Kette und ließ es in ihre Handtasche fallen. Noch einmal legte sie sich auf das Bett zurück und drehte den Kopf, um Clara anzusehen. Wenn ich das Schweigen bis zum Ende dauern ließe, dachte Clara, was gäbe es dann zu entdecken? Und gleich darauf stieß sie einen Vorschlag hervor, von dem sie, sobald die Worte gesprochen waren, kaum glauben konnte, daß sie ihn tatsächlich gemacht hatte.

«Du kannst bei mir wohnen, wenn er –»

«Ach?» sagte ihre Mutter obenhin, mit einer Art von höflicher Gleichgültigkeit. «Wohnst du immer noch dort, in der Nähe der Siebzigsten Straße?»

«Nein, das war nur vorübergehend, ein paar Monate. Aber ich dachte, das hätte ich dir erzählt? Ich habe eine kleine Wohnung an der East Side. Ich dachte tatsächlich, ich hätte es dir schon erzählt –»

«Du ziehst wirklich ziemlich oft um, nicht?»

Die Verachtung, den versteckten Vorwurf der Wurzellosigkeit, den sie aus Lauras Worten heraushörte, war ein geringer Preis, um mit weniger als ihrem eigenen Angebot aus der Sache herauszukommen. Mit einiger Anstrengung widerstand sie dem Impuls, sich gegen diesen Vorwurf zu verteidigen; sie war dieses Jahr nur zweimal umgezogen, und jedesmal mit gutem Grund. Und ein Vorgeschmack jener Selbstverachtung – schal, ermüdend wie ein chronischer Schmerz –, die in dem Moment kommen würde, in dem sie zu erklären begann, stieg in ihr auf – sie hatte das Kleid bis jetzt noch nicht erklären müssen; an diesem Punkt würde sie todsicher bei einer Lüge ertappt werden. Für Laura waren Rationalisierungen Speise und Trank, sie fühlte sich persönlich von ihnen beleidigt. Rationalisierungen nährten eine Wut in ihr, die sich erst beruhigte, nachdem sie jene armseligen Konstruktionen vernichtet hatte, die die Leute sich ausdachten, um das zu verbergen, was sie für ihre wahren Absichten hielt. Ed hatte gesagt, daß Laura gegen die Ratio selbst sei.

«Ja, ich ziehe wirklich ziemlich oft um», sagte Clara verwegen. Laura gab keine Antwort. Niedergeschlagen starrte Clara die Badezimmertür an und bat Desmond schweigend zurückzukehren.

«Ihm geht's gut», sagte ihre Mutter grimmig. «Er schaut sich im Spiegel an und denkt darüber nach, wie alt er aussieht.» Ihre Stimme wurde höher. «Ich hasse es, wie er sich verstellt! Soll er doch trinken! Soll seine Leber verfaulen! Aber die Lügerei ... und diese Trägheit von mir. Ich muß etwas tun ... etwas ...», und sie stöhnte. Als Clara dieses menschliche Stöhnen hörte, das ihr Herz schneller schlagen ließ und von dem sie bezweifelte, daß sie überhaupt das Recht hatte, es zu hören, ging sie zur Längsseite des Bettes. Laura sah nicht auf. Clara ließ sich neben ihr nieder und legte sich zurück, bis sie sich am Körper ihrer Mutter anlehnte, und es war, als ob die behagliche Vertrautheit des Fleisches sie beide beruhigen könne, sie zurückführen könne zu einem Scheinbild gewöhnlichen Lebens. In diesem Augenblick wurde die Badezimmertür aufgestoßen und Desmond erschien, mit klatschnassem Gesicht. Sofort drehte sich Laura von Clara weg und setzte sich auf, und dabei sprach sie die ganze Zeit über den Anruf von Dan und streckte sich und lächelte und flötete wie eine perfekte alte Ehebrecherin. Ehebrecherin! Clara stand aufrecht, mit gesenktem Kopf, betäubt von diesem Wort, das in ihr aufgeflammt war, und auch im Bewußtsein einer undefinierbaren Schuld. Dann, als ihre Mutter ausrief: «Warum zum Teufel ruft Danny nicht an?», klingelte das Telefon, und Desmond griff schnell danach.

«Dan?»

«Liebes, ich wünschte, ich könnte dir etwas zu trinken geben – oder zu essen», sagte Laura zu Clara. «Ich hätte wirklich etwas besorgen sollen, Käse und Cracker. Ich fürchte, wir haben die Bar schon leergegessen.»

Und Clara lächelte und sagte: «Ach, mir geht's gut», und fragte sich, wie spät es sei, wie lange es noch dauern werde, bis sie gingen.

«Sie ist in den Pool gefallen?» rief Desmond.

«Was?» fragte Laura. Desmond machte eine Handbewegung zu ihr hin, legte dann die Hand auf den Hörer. «Ich glaube, *er* ist in den Pool gefallen», erklärte er. Laura hielt sich den Kopf. «Keine besonders gute Regelung», sagte sie. «Arme alte Lucy. Aber wenigstens wird er sie ab und zu füttern.» Dann nahm sie Desmond das Telefon aus der Hand.

«Danny, mein Lieber. Du hast mal wieder außerhalb der Saison gebadet...» Und Laura lachte, ihr vertrauliches, teilnahmsvolles Ich-weiß-alles-über-dich-du-guter-alter-Halunke-Lachen, das Trost und Schutz vor den anderen versprach, all den Leuten, die einen nur als den heruntergekommenen Heuchler kannten, der man war.

Von dort, wo sie saß, konnte Clara Dans schrillen Schrei hören, dann ein helles Lachen. Sie hatte ihn kennengelernt, einen alten Iren, dessen schütteres Haar über die Stirn gekämmt war. «Ich lebe wie ein Vagabund», hatte er ihr einmal erzählt, «aber ich trage in meinem Kopf ein vollständig eingerichtetes Zimmer mit mir herum, das ich eines Tages haben werde, ganz in Gelb, ja, gelb wie eine Butterblume, Schätzchen, und Gardinen und Blumen, Schätzchen, Astern und Gänseblümchen und ein Hauch von Eukalyptusgrün.»

Desmond hatte, während sein Blick auf Clara fiel, einen plötzlichen Gedanken über sie, der den betrunkenen Nebel in seinem Kopf lichtete. Er hatte das Gefühl zu ersticken. O Gott! Er wollte nicht sterben! Laut sagte er: «Sei vernünftig! Niemand redet über den Tod!»

«Was?» rief Laura aus und wandte sich vom Telefon ab.

«Nichts...», murmelte er und betrachtete die leere Whiskyflasche. Laura warf ihrer Tochter einen flehenden Blick zu, als sie sagte: «Danny, ich bin dir ewig dankbar, du bist ein Schatz...»

Doch Clara hatte Desmond gehört. Was er gesagt hatte, war so sonderbar – niemand sprach über den Tod –, wie ein Rätsel, ein Satz, in dem Schlüsselworte fehlten, daß sie für den Moment den Zwischenfall auf dem Bett vergaß, das furchtbare Gefühl von Komplizenschaft, das sie gehabt hatte, als sich ihre Mutter bei Desmonds Rückkehr aus dem Bad mit solcher Hast bewegt hatte.

Die kaum hörbare Stimme aus Pennsylvania kicherte weiter; Desmond starrte auf eine leere Flasche; Laura sah mit teilnahmslosem Blick den quäkenden Hörer an. Dann klopfte es an der Tür, und Desmond ging hin, um die beiden Männer einzulassen.

Ihre Rückkehr beendete die polare Abgeschiedenheit des Zimmers. Es war nichts Greifbares, nur die Erinnerung daran, daß in anderen Regionen andere Ereignisse stattfanden. Laura winkte Carlos und Peter fröhlich zu, begann dann eine Art von gutturaler Totenklage in den Hörer hinein. Judenquälerei, vermutete Clara, ohne Juden, und sie erinnerte sich, daß ihre Mutter, als sie von einer Versammlung zum Gedächtnis der Opfer von Dachau hörte, einmal gesagt hatte: «Wie ich ihre selbstgerechte Sentimentalität hasse!»

«Aber sie sind tatsächlich ermordet worden», hatte Clara protestierend gesagt.

Natürlich seien sie alle Juden, hatte Ed Hansen behauptet, sieh dir nur das Gesicht deiner Mutter an! Sieh es dir an!

Und dieses eine Mal hatte Clara ihr geantwortet, sie hatte Laura ins Gesicht gesehen, und bei ihren Worten war es kalt und brutal und leer geworden. Dann hatte Laura gelächelt und gesagt – was Clara in Erstaunen versetzt hatte: «Dein Verdacht ist gerechtfertigt, Clarita. Die Maldonadas ... Juden und Zigeuner, wir alle.»

Ihre Mutter legte den Hörer auf.

«Na also!» sagte sie und klatschte in die Hände.

«Zerstreuung!» rief Peter. «Essen! Billige Unterhaltung! Cocktails!»

Carlos rieb Claras Nacken. Sie tätschelte seine Hand, fragte sich dabei, was sie einander eigentlich versicherten und weshalb sich ihre kleinen Gebärdenspiele der Zuneigung immer so falsch anfühlten. Am Ende des Abends würde Carlos sich wieder um seine eigenen Angelegenheiten kümmern. Clara wußte, daß er sich selten Gedanken über seine Schwester machte. Schrieben sie sich je Briefe? Sie konnte sich nicht vorstellen, daß Laura an jemanden schrieb, den sie nicht vor sich stehen sah.

Desmond verspürte einen Anflug von Ernüchterung; er atmete tief; er seufzte vor Erleichterung. Der erste Teil dieser gräßlichen Pflicht, dieser Familiensache, war fast zu Ende. Das Schlimmste war vorbei. Wie strahlend und hübsch Clara aussah! Sie würde noch lange jung sein. Das Unterteil ihres Kleides sah wie die Blütenblätter einer Trompetenblume aus. Wie schön und straff ihre langen Beine waren! Dann geriet seine Seele, die einen Moment lang so fröhlich gewesen war, ins Taumeln und versank in einer dunklen Leere. O Gott! Würden sie nie fortgehen, hinaus aus diesem Zimmer?

«Wir verfallen so», sagte Laura und blickte auf ihre Hände. «Meine Finger sehen aus wie die Klauen eines Falken.» Sie spreizte sie über der Tischlampe. «Warum können wir nicht auf dieselbe Art alt werden wie die anderen Tiere?»

«Ich glaube, wir gehen jetzt lieber», sagte Desmond.

«Ich kann jetzt wahrscheinlich nicht mehr so lang bleiben», verkündete Carlos mit unverhohlener Gereiztheit.

Laura warf ihm einen Blick vollkommener Belustigung zu, ging dann ins Bad und schloß die Tür.

«Du siehst wirklich unheimlich gut aus», sagte Desmond zu Clara. «Was sagtest du, machst du gerade?»

«Wollen Sie nicht einmal mit mir zu Mittag essen?» schlug Peter Rice vor.

Carlos sagte: «Mamá fragt immer nach dir. Ich glaube, sie mag dich lieber als jeden anderen von uns...»

Von seinen Worten erschüttert, voller Angst, daß das, was sie gerade erfahren hatte, ihr noch lange nach dem Ende dieses Abends nicht aus dem Sinn gehen würde, sah sie ihn sehnsüchtig an. Konnte sie ihm erklären, warum sie Alma nicht besuchte? Würde er ihr helfen? War der Vorwurf der Trägheit, den sie sich selbst machte, lediglich die Maskierung dessen, was am Ende nur als schlechter Charakter bezeichnet werden konnte?

Laura kehrte mit erneuertem Make-up zurück. Sie war eindrucksvoll.

«Du siehst wunderbar aus», sagte Clara leidenschaftlich, und all die langen Stunden, die Befürchtungen, die diesem Augenblick vorangegangen waren, waren vergessen, weggefallen. Bald würde die Tür sich öffnen.

«Ach, ich habe immer eine gute Hand für Make-up gehabt», sagte Laura und lächelte, während sie ihre Handschuhe anzog, nicht ohne ihren Ring zuvor herumzudrehen, so daß er nicht in das Leder schnitt.

2 Korridor

Desmond drehte den Knauf einige Male hin und her und stemmte sich dann mit seinem ganzen Gewicht gegen die Tür. Erst als er mit dem Ergebnis der Sicherheitsüberprüfung zufrieden war, zog er seinen Regenmantel an. Die kleine Gesprächspause, in der er genau das getan hatte, was er hatte tun wollen, gab ihm das Gefühl zurück, sich im Griff zu haben. Schlösser überprüfen, den Mantel glattstreichen, das waren banale Handlungen, doch sie waren teil eines umfassenderen Anliegens, einer animalischen Besorgnis, für seinen Weg durch das Leben Beweise zu finden, einem tiefinneren Sinn für Ordnung, den er erst auf dem Tiefpunkt einer langen Zecherei aufgab. Laura brachte ihn zu sich selbst zurück, als sie sarkastisch bemerkte: «Du denkst immer an Einbrecher.» Für den Augenblick gestärkt durch die Überzeugung, richtig gehandelt zu haben, drehte er den Türknauf noch einmal um. «Hotelraub ist ein großes Geschäft», sagte er.

«Vielleicht kannst du ja einsteigen», regte sie prompt an.

Carlos bedeckte mit einer Geste, als würde er sich selbst segnen, die kahle Stelle auf seinem Kopf mit seiner Baskenmütze. «Gehen wir?» fragte er mit ermatteter Geduld.

Sie setzten sich in Bewegung; Laura ging sehr langsam, so daß die anderen von Zeit zu Zeit anhalten mußten, um sich ihrem Tempo anzupassen. Über ihnen war eine Reihe von Lampen an der Decke angebracht; jede Glühbirne war von einer kitschigen Gipsrosette umgeben, deren fahler Widerschein einen Eindruck von banger Erwartung vermittelte. Clara fühlte sich leicht atemlos, als ob das schwache Licht Zeichen einer sich fortwährend vermindernden Zufuhr von Sauerstoff sei. Sie beobachtete Risse in der pfirsichfarbenen Tapete aus Brokatimitat, durch die körnchenweise der Verputz gedrungen war. Vielleicht hatten ruhelose und erboste Hotelgäste ihre Schlüssel in das Papier gebohrt wie Gefangene, die Botschaften in die Wände ihrer Zellen ritzen. Ein harter roter Teppich bedeckte den Boden. Anders als die anderen Dinge im Korridor wies er keinerlei Zeichen menschlichen Gebrauchs auf. Sie gingen an einer Tür vorbei, an deren Fuß ein Tablett mit einem schmutzigen Teller und einer zerknitterten Serviette stand; sie trug die verwischten orangefarbenen Abdrücke eines großen Mundes. «Hurenlippenstift», sagte Laura. Sie begann, durchdringend zu pfeifen. «Herrgott, Liebling!» protestierte Desmond. Laura machte weiter. Dann fragte sie Clara: «Hast du das erkannt?»

«Beethoven?» sagte Clara.

Laura lachte rauh. «Beethoven! Mein Liebes, erinnerst du dich nicht an die Melodie der Paramount-Nachrichten? Die ‹Augen und Ohren der Welt›?»

«Sie ist nicht so alt wie wir», sagte Peter Rice.

Laura schenkte ihrer Tochter ein blendendes Lächeln; ihr Gesicht war so nah, daß Clara die drei fleischigen Kissen ihrer Lippen erkennen konnte, die großen, gelblichen Zähne und hinter ihnen die bebende Schleimigkeit ihrer Zunge. Diese intime Einsicht in das Innere des Mundes ihrer Mutter verwirrte sie so, daß sie für den Moment den Anlaß von Lauras Lachen vergaß. Dann sagte Carlos, indem er den Arm seiner Schwester nahm und sie weiterzog, er hoffe, der Regen werde bei ihrer Abfahrt morgen nachlassen – es sei so trostlos, mitten im Regen im Schrittempo aus dem Hafen herauszufahren, und dann bogen sie alle um die Ecke. Gleich darauf, wie von ihrer Gegenwart ausgelöst, strömte ein Gedonner von Stimmen, ein klebriger Erguß von Tönen aus zwei offenen Türen heraus und füllte den Korridor. Weiter auf dem Weg nach unten hörten sie den schrillen Ton eines Lachens, das den verworrenen Lärm stechend und glitzernd durchdrang wie ein durch die Luft geworfenes Stilett.

«Ist das die Suite mit der Klagemauer?» flüsterte Laura.

«Es ist eine Cocktailparty, Laura», widersprach Desmond. «Kommt schon, laßt uns von hier verschwinden!»

Drei Männer drängten sich plötzlich in die Eingangshalle und bildeten gleich darauf eine Art lebendes Indianerzelt, von dessen Spitze eine dünne Rauchsäule aufstieg.

«Wir sind zu lang im Zimmer geblieben», flüsterte Peter Rice. «Jetzt müssen wir uns der gewöhnlichen Welt unterwerfen. Nur Laura ist reich genug, um ihr zu entkommen.»

Clara sah aufblitzenden Ärger im Gesicht ihrer Mutter. «Reich, das stimmt», sagte Laura laut. «Gewisse Möwen sind heute abend böse und werden ihre wunderbaren Einschlafpillen nicht kriegen.»

Carlos, der noch immer Lauras Arm hielt, drängte sie vorwärts, und sie gingen schnell an den Männern und den offenen Türen vorüber, mit starr abgewendeten Gesichtern, als ob sie an einem Pesthaus vorbeigingen. Als Clara sich ihnen anschließen wollte, löste sich einer der drei Männer von den anderen beiden, trat vor und hielt eine lange, dünne Zigarre hoch, in einer Hand, die so dick war, daß die rosa Finger wie aufs Geratewohl in das massive Fett gesteckt wirkten. «Seien Sie vorsichtig», flüsterte Peter ihr zu, als er vorbeiging. «Sie werden Sie auffordern, hereinzukommen.»

Der Mann mit der Zigarre starrte Clara an, während er gleichzeitig den Ärmel seiner aprikosenfarbenen Wildlederjacke abklopfte. «Sind Sie nicht von *Elle*?» fragte er.

«Habe ich Sie nicht schon mal gesehen? Bei der Party für Michele Trottoir letzten Monat? Habe ich nicht –»

«Nein», entgegnete Clara kühl. «Sie haben Zigarrenasche auf der Jacke», fügte sie hinzu. Der Mann grinste sie an. «Ach, Sie sind mir vielleicht eine!» sagte er. Sie warf einen raschen Blick in ein Zimmer, wo in diesem Moment ein Schwarm von Leuten auseinanderflatterte und eine große Frau enthüllte, die die Arme über den Kopf streckte und mit den Fingern schnipste. Sie trug ein rotes Paillettenkleid. Ihr schwarzes Haar war kunstvoll gelockt und gesprayt, ihre Augen waren rußschwarz wie verwischte Daumenabdrücke, und auf ihren Lippen lag ein öliger Glanz. Sie öffnete den Mund, wie um zu singen. Einige Leute schrien.

«Was ist da drin los?» fragte Clara den Mann.

«Mein Gott! Wissen Sie nicht, wer das ist? Sie haben wirklich keine Ahnung.»

Clara sah Desmond mit großen Augen in das zweite Zimmer blicken. Eine ältere Frau mit einem weichen schwarzen Hut auf dem Kopf kam herausgerannt und packte seinen Arm. «Ach, Larry!» rief sie mit schriller Stimme. «Ich bin so froh, daß du gekommen bist. Es ist toll – sie ist phantastisch – alles ist voll von nicht eingeladenen Leuten, aber, sei's drum, was macht das schon. Sie hat schon hundertdreiundachtzig Bücher signiert. Mein Gott! Ihr Arm ist wie ein Mund!» Desmond schüttelte seinen Arm, und die Hand der Frau fiel ab. «Scheißkerl!» schrie die Frau. «Du bist nicht Larry!» Er blickte sich ausdruckslos um zu Clara, dann ging er weiter zu den Aufzügen, während die Frau in das Zimmer zurückwich.

«Sind Sie mit dem da zusammen?» fragte der dicke Mann in Wildleder Clara. «Bißchen alt für Sie, oder? Macht aber gar nichts. Hab' ich recht?» Er winkte zu dem Zimmer hin. «Da drin ist Randy Cunny. Ihre kleine Lebensgeschichte ist heute veröffentlicht worden, und wir geben eine kleine Party für sie. Sie müssen von gar nichts sein ... Also wenn Sie sie kennenlernen wollen? Wir haben die ganze Presse hier und jede Menge Verlagsvolk und so was, man glaubt es nicht.» Er legte ihr den Arm um die Taille. «Kommen Sie schon, es wird Ihnen gefallen!» Doch Clara entzog sich ihm. «Danke, aber ich bin mit ein paar Leuten hier», sagte sie. Sie ging weiter, bis sie Desmond erreichte.

«Hast du rausgefunden, um was es da ging?» fragte er sie.

«Eine Verlagsparty, nehme ich an, für jemand namens Randy Cunny.»

«Randy Cunny!» rief er aus.

«Ist sie berühmt?» fragte Clara. Sie sah, daß Carlos und Laura am Ende des Korridors miteinander sprachen, ihre Köpfe neigten sich einander zu. Peter Rice beobachtete sie schweigend.

«Sie ist beim Film», sagte Desmond merkwürdig widerstrebend.

«Ich hab' noch nie von ihr gehört.»

«Sexfilme», murmelte er.

«Der Aufzug funktioniert nicht», rief Carlos ärgerlich.

«Du bist so ungeduldig», sagte Laura mit gespielter Strenge. «So *amerikanisch.* Er funktioniert. Denk mal nach! Zu dieser Zeit des Abends gehen die Leute zum Essen – es ist die Zeit zum Feiern, Carlosito. Spitz mal die Ohren! Ich kann hören, wie da drin die Kabel rattern.»

«Siehst du? Er ist wieder vorbeigefahren», sagte er mit einer so kläglichen Stimme, als habe er vergessen, daß noch andere da waren außer Laura, die ihm die Zeremonie der Enttäuschung aus Gewohnheit erlaubte.

«Also, Carlos, bitte ein bißchen Stoizismus», sagte sie duldsam. «Stell dir nur mal vor, wie du dich fühlen würdest, wenn du in einem riesigen Flugzeug sitzen würdest, das in der Wüste notlanden muß, und kein Wasser und Männer in Burnussen, die mit Maschinengewehren auf dich zielen, und du bist der einzige Jude unter den Passagieren.»

«Ich würde es dem hier vorziehen», erwiderte Carlos scharf. «Und ich muß mir gar nicht *vorstellen*, ein Jude zu sein!»

Peter Rice lachte unvermittelt auf. Gleichzeitig gab es ein langanhaltendes Kreischen in einem der Partyräume hinten im Foyer.

«Guter Gott!» rief Laura. «Was geht da drin vor? Sind die dabei, einen Nigger auszuziehen?»

Desmond Clapper sagte: «Sch!» und flüsterte: «Party, Verlagsparty, Peter. Du weißt schon ...»

«Ich weiß nicht», sagte Peter mit einem derartigen Mißfallen, daß Clara sich fragte, ob sie hier nicht die Sprache seiner wahren Stimmung vernahm, eine Grundwahrheit, über die er eine dünne Decke von Liebenswürdigkeit zog, nicht um andere zu täuschen, dachte sie, sondern um das unziemliche Sichtbarwerden eines Leidens, einer Entfremdung, die sie in ihm spürte, zu vermeiden. Er war so anders als die Lateinamerikaner; alles an ihm – seine andersartige Haltung, seine Hände, so sauber, so fleischlos, so wenig zum Gestikulieren geneigt, sein schlichter Anzug – sprach von einem zentralen Begriff des Benehmens aus vergangenen Zeiten, einer strikten Absicht, das einsame, verwundete Selbst dort zu lassen, wo es hingehörte, im privaten Dunkel.

Es war ihr bewußt, daß Carlos inzwischen wie wild den Aufzugknopf drückte, immer wieder. Plötzlich drehte er ihm den Rücken zu, ließ sich gegen ihn fallen, als sei er ein Insekt, das er mit seinem Gewicht zerquetschen konnte, dann trat er vor, hob die Hände zum Kopf und packte seinen großen Schädel, als ob er ihn aus den Schultern herausdrehen wolle. Hatte er nichts in Reserve außer seinen dummen Geheimnissen, die sowieso jeder kannte?

«Was meinst du, du weißt nicht?» sagte Desmond trotzig zu Peter.

«Hast du es dem Aufzug heimgezahlt?» fragte Laura ihren Bruder sanft.

«Ich gehe nicht auf Verlagspartys», sagte Peter entschieden, doch mit einer so tonlosen Stimme, daß er ebensogut zu einem Tisch hätte sprechen können. «Ich gebe keine Partys. Ich habe zwischen Morgen und Abend genug Gesellschaft von wahnsinnig gewordenen Autoren, die auf dem Weg zum Aussterben ihren Namen herausschreien. Und wenn ich Gott wäre, würde ich sie vernichten, wenn sie gerade schwitzend ihren ersten Höhepunkt erreichen, wenn ihr Wille erwacht ist –»

«Wie verdammt unerfreulich!» rief Desmond aus. «Ich glaube, ich gehe zu dieser Party dort zurück.»

Laura gluckste und murmelte: «Also ... also ...», und zog mit einer parodistischen aristokratischen Geste ihren Mantel um sich. Clara sah zum erstenmal, daß es ein schöner Pelzmantel war. Sie erinnerte sich sofort an die Geschichte, wie Laura ihn bekommen hatte. Doch sie wollte jetzt nicht daran denken, nahm sie sich vor. Sie hatte heute abend genug unter Erinnerungen gelitten.

«Es gibt mir hier langsam zuviel Vornehmtuerei», sagte Laura lächelnd. «Meine Güte! Diese ganze wunderbare männliche Betriebsamkeit! Aufzüge quälen, betrunkene Bosheit, die Hand beißen, die einen füttert ... Wirklich, Peter Rice. Wie kann irgend jemand mit dir auskommen? Und keiner hier hat mir ein Wort von dieser Party gesagt.»

«Sie ist für Randy Cunny», sagte Desmond mit mattem Trotz.

Carlos' schlechtgelaunte finstere Miene machte einem sardonischen Lächeln Platz. «Das ist die in diesem Pornofilm, oder?» fragte er.

«Vermutlich», erwiderte Desmond. «Eine männliche Puppe mit Wildlederjacke teilte Clara mit, sie habe ein Buch veröffentlicht, eine Autobiographie.»

«Was für einen erstaunlichen Ausdruck hast du da

benutzt», sagte Laura. «Eine männliche Puppe! Ja … diese Leute ganz in Leder. Desmond! Wie amüsant von dir.»

In diesem Moment gab es ein lautes dumpfes Geräusch, als die Aufzugtüren sich im Stock über ihnen öffneten. Carlos sah Laura unverwandt an. Plötzlich ließ er sich gegen die Aufzugtür fallen; dabei lachte er so sehr, daß sich sein ganzes Gesicht zusammenzog. «Randy Cunny!» rief er, während Laura ihn am Mantel von der Tür wegzog. «Autobiographien! Verlage … Lektoren … Interviews … Leder … die Welt der Literatur!»

«Gibt es einen besseren Ort für jemanden, der Schwänze lutscht?» fragte Laura.

Die Aufzugtüren öffneten sich. Schweigend nahmen die fünf ihre Plätze ein zwischen mehreren Frauen mittleren Alters in Abendkleidern; jede von ihnen trug, an das Kleid angeheftet, ein Schild mit ihrem Namen.

3 Restaurant

Carlos und Laura traten zuerst aus dem Aufzug. Sie hasteten untergehakt durch das Foyer, grinsten, warfen einander immer wieder Blicke zu und wirkten wie Hühner, wenn sie mit nickenden Köpfen lachen; während dieser Anfälle von Verständnis füreinander ließen sie die anderen völlig außer acht. Hinter ihnen trottete Desmond; zögernd hielt er immer wieder inne; er sah verächtlich zu einer Gruppe älterer Frauen, die sich einen Augenblick um ihn sammelten und einander aufgeregt nach dem Weg zu einem Bankettsaal fragten. Er konnte den süßen, staubigen Pudergeruch nicht ausstehen, der von ihren Busen und Hälsen her zu ihm wehte. Peter Rice hielt bei dem Stand an, wo es Tabak und Zeitschriften zu kaufen gab, und als er bemerkte, daß Clara ihn beobachtete, erklärte er, daß er immer nach den neuen Taschenbüchern sehe.

«Es sind immer dieselben, obwohl die Titel sich ändern», sagte er. «Brauchen Sie irgend etwas? Zigaretten, Kaugummi? Heftpflaster?»

Ihr erster Gedanke war, daß Peter den spöttischen Ton des Abends fortsetzte, aber dann hörte sie, als ob ihre Ohren nach einer Explosion wieder unbeeinträchtigt hören könnten, die verbindliche Klarheit seiner Stimme. Sie dankte ihm und sagte, nein, sie brauche nichts. Er brachte sie aus der Fassung, indem er ihr auf die Schulter klopfte und sagte: «Es wird jetzt besser gehen. Im Restaurant wird alles in Ordnung sein.»

Inzwischen argwöhnte Clara, daß alles, was zu ihr gesagt wurde, zweideutig war. Sie hatte nie die Fähigkeit gehabt, den Teil ihres Wesens, der ihr selbst untreu war und der erwachte, wenn ihre Mutter zugegen war, in den Griff zu bekommen, wodurch sie gezwungen war, sich Lauras grundsätzlicher Absicht der Zerstörung von Sicherheit zu unterwerfen. Claras Knöchel fühlten sich schwach an. Es schien unmöglich, jemals durch die Drehtür vor ihr zu kommen. Irgendwo, unvorstellbar, war das andere, gewöhnliche Leben, das sie führte; sie trauerte darum, als sei es verloren, geraubt. Erschöpft durch den inneren Zwist, war sie dem Weinen ebenso nah wie dem Lachen.

Peter, der sie einfach hatte beruhigen wollen – sie hatte so verwirrt ausgesehen, als sie dort stand –, war erschrocken beim Anblick des offenen Gesichts dieser unbekannten jungen Frau, deren Körper sich so sehnsüchtig zu ihm neigte.

«Sollen wir weitergehen?» fragte er brüsk, und er wandte sich schon in Richtung der Drehtür. Clara folgte ihm; sie fühlte sich ein wenig getröstet, als sie die feuchte Straßenluft auf der Haut spürte, die bei jeder Drehung der Tür in das Foyer geweht kam. Sie ging an einem riesigen Farn in einem Topf vorbei, und als sie die Hand nach ihm ausstreckte, merkte sie, daß er aus Plastik war. Ein Page ging mit schnellem Schritt vor ihr her. Erst vor ein paar Tagen hatte ein Hotelpage in einem anderen Hotel ihr eine Botschaft überbracht: Zimmer 314. Ihr Seidenslip auf der Stuhllehne, Harry Danas Hemd zerknittert auf dem Sitz, die äußere Kälte und innere Wärme einer verbotenen Begegnung. Sie hatte gefragt: «Du trägst auch einen Ring?»

«Das weißt du doch.»

«Hat sie ihn dir geschenkt?»

«Seit unserer Heirat tragen wir beide einen Ring.»

«Aber wer hat das entschieden?»

«Sei still . . .»

«Aber damals hast du sie geliebt, oder?»

«Liebe . . .»

«Es tut mir leid. Ich hätte nicht davon anfangen sollen.»

«Du bist mir böse. Es tut dir nicht leid.»

«Nein ... doch ... es tut mir wirklich ... leid.»

Doch Harry Dana hatte recht gehabt. Sie war verärgert gewesen.

Peter Rice sagte, er habe eigentlich keinen Hunger. «Mein Appetit verschwindet einfach. Ich dachte, ich hätte eine tödliche Krankheit, aber der Arzt –» Er ging durch die Tür und wartete auf der anderen Seite auf sie. Sie ging durch und atmete tief. Oh, die süße, vom Regen saubergewaschene Luft! Das Gefühl, gerettet worden zu sein, machte sie benommen, und sie wandte sich lächelnd Peter zu.

«– der Arzt sagte, daß mir nichts fehlt. Das Alter, nehme ich an. Aber ich erinnere mich, wie schön es war, den gedeckten Tisch zu sehen, die Gabel in die Hand zu nehmen ... Wie komisch! Ich hatte meinen ersten Kochunterricht an dem Tag, an dem meine Mutter begraben wurde, gleich nach der Beerdigung. Ich war sechzehn, glaube ich, oder so ungefähr. Der Bruder meines Vaters nahm mich mit in ein kleines Haus aus Stein, in dem er wohnte, nicht weit vom Gut Ihrer Mutter –»

«So was!» rief Laura auf dem Gehsteig. Ein Türsteher rannte an ihr vorbei, um die Tür eines Taxis zu öffnen, das eben an der Bordsteinkante gehalten hatte. Laura sank in sich zusammen, als habe sie einen Schlag erhalten, und straffte sich dann mit Mühe wieder. Desmond legte den Arm um sie, aber sie schüttelte ihn ab, mit gefrorenem Gesicht. Carlos war schon dabei weiterzugehen, die Straße entlang.

«Und», fuhr Peter fort, während er die Hände in die Taschen seines grauen Mantels steckte, «mein Onkel dachte, es würde mich ablenken, einen Kuchen zu backen. Armer Kerl, ein Junggeselle, er lebte ein so stilles Leben dort, allein. Wir entschieden uns für einen Kuchen mit einer Füllung aus Eiercreme.»

Laura stand regungslos da und beobachtete sie, als sie die Treppen hinunter auf sie zukamen.

«Es war einer der schönsten Momente meines Lebens», fuhr Peter fort. «Der alte Mann war so lieb, als er in den Socken, die meine Mutter ihm gestrickt hatte, da herumlief, während wir darauf warteten, daß die Creme im Ofen fest wurde. Ich erinnere mich genau daran, wie ich mich fühlte – ich fühlte, daß das Leben fröhlich war, unendlich, herrlich! Dann machten wir den Ofen auf –»

«*Halt endlich den Mund!*» schrie Laura. Ein älteres Paar blieb wie angewurzelt stehen. Eine schwarze Frau unbestimmten Alters begann laut und verächtlich zu lachen, als sie an Laura vorbeikam. Desmond fuchtelte mit den Armen. «Schatz!» rief er. «Ach, mein lieber Schatz . . .»

«Eigentlich habe ich nicht mit dir geredet, Laura», sagte Peter Rice ausdruckslos. «Ich sprach mit deiner Tochter.» Und Clara, die seinen Arm ergriffen hatte, spürte, daß er zitterte.

Laura schlug die Hände vor das Gesicht. «Es tut mir leid», sagte sie. «Es tut mir so leid.» Sie sah sie alle drei an. «Es war mir schon, als ob wir nie zum Restaurant kämen, nie auf unser Schiff.» Sie lächelte, nahm Peters Hand in die ihre. «Ach, Peter! Um Gottes willen, verzeih der alten Laura! Der alten, dummen Laura – Peter?»

Er gab ihr ein Zeichen, machte eine Geste der Absolution, doch er war unfähig zu lächeln, vollführte nur etwas Vages mit einer Hand, nickte mit dem Kopf; es war alles, was er fertigbrachte, angesichts der Antipathie, die er empfand. Die brutale Härte, mit der sie vor ein paar Augenblicken im Korridor ihren «literarischen» Kommentar vorgebracht hatte, hatte ihn entsetzt – wegen der Anwesenheit ihrer Tochter, wie er zuerst gedacht hatte. Den ganzen Abend hatte er Clara schon als Außenseiterin gesehen, irgendwie mitleiderregend, aber jung und attraktiv, und wer verlor nicht ein wenig die Fasson am

Busen der Familie? Besonders dieser Familie. Doch war der Außenseiter nicht immer auch ein potentieller Zeuge? Und hatte er auf dem Gesicht dieser unsicheren jungen Frau, als sie zu ihnen aufgeblickt hatte oben im Korridor, nicht einen Ausdruck äußersten Widerwillens gesehen? Hatte er nicht deshalb in diesem Moment, nachdem Laura sich ihm gegenüber eine solch ungeheuerliche Grobheit herausgenommen hatte, das Gefühl, daß *er* sich schändlich benommen habe?

Selbsterkenntnis überfiel ihn; es war wie ein schwindelerregender Sturz in die Bewußtheit; er sah sich selbst, einen Vogelstimmenimitator, einen Mann mittleren Alters, moralisch auf sonderbare Art vom Hauptstrom abweichend – was ihn nichts kostete, nicht einmal die übliche sexuelle Entwürdigung. Was seine Proteste – das Piepsen eines Tugendbolds – gegen Lauras augenfälligere Grenzüberschreitungen, ihre absurden ethnischen Obsessionen betraf: Waren sie nicht nur ein Mittel, um ihn selbst von seiner Anständigkeit zu überzeugen? Sein einziger Luxus – so bezeichnete er Laura bei sich – in einem Leben, das keine Freude mehr kannte, sich beschränkte auf Arbeit und die dürftige Pflege und Ernährung seines Körpers ...

Laura drückte ihren regennassen Kopf an seine Schulter. «Mein Lieber», flüsterte sie, «du bist wahnsinnig wütend ...», und dann seufzte sie und fragte Desmond milde, wie man zu dem wunderbaren Restaurant komme.

«Nur einen Block oder zwei nach Süden, dann noch einen Block nach Westen», erwiderte er entnervt. Sie machten sich auf den Weg. Vor ihnen, etwas weiter die Straße entlang, wartete Carlos mit gesenktem Kopf. Der Regen fiel gleichmäßig. Nach dem Verkehrsgewühl des Tages war der Gehsteig nahezu verwaist; nur die Autos fuhren immer weiter, ein gewaltiges dumpfes Maschinengedröhn, das durch das Summen des Regens schallte. In den Schaufenstern lagen Dinge auf kleinen, von Spots beleuchteten Sockeln. Zwischen den ausgestellten Nudeln im Fenster eines Lebensmittelladens erhob sich eine orangefarbene Katze und machte einen Buckel. Desmond sah es aus dem Augenwinkel; Laura ging dicht neben ihm, ausladend in ihrem Pelzmantel. Er blickte hinauf, über den Laden. Dort stand eine junge Frau, die Hände zwischen den Blättern einer Hängepflanze, als Silhouette im Fenster.

Ein Strom von Erinnerungen überschwemmte Desmond, eine dunkle, reichhaltige Flut von Empfindungen; ein Zimmer, sein erstes Zimmer, weit weg von daheim, weit weg vom College, eine Couch, ein Sessel, ein Bücherregal aus Metall, sein eigener Herd, ein Tisch, auf dem ein aufgeschlagenes Buch lag, *Der Zauberberg,* ein Satz Schlüssel, seine eigenen Schlüssel, ein Paar nasser und schmutziger Stiefel, die er sich gerade von den Füßen gezogen hatte, nach einem Spaziergang durch den Boston Common beim ersten Schnee des Jahres, die beschlagenen Fenster, er selbst, in der Mitte des Zimmers, zweiundzwanzig Jahre alt, sich die Hände reibend, um die Durchblutung anzuregen, ganz für sich lachend, immer noch außer Atem von den drei Stockwerken, die er hochgerannt war, indem er mit großen, gestreckten Schritten immer zwei Treppenstufen auf einmal genommen hatte. Heute wußte er, was er empfunden hatte. Aber damals? Hatte er gewußt, daß er die Freiheit gehabt hatte, in jede Richtung zu fliegen, die er sich wünschte? Doch die ganze Kraft jenes Augenblicks, seiner Jugend, hatte ihn zu diesem Moment geführt, zu der buckelnden Katze zwischen den staubbedeckten Schachteln, dem Mädchen, das sich eben hinter die regennassen Fenster zurückzog wie ein Traum, zu dieser Frau neben ihm, zu der ihn jede Bewegung, jeder irregeführte Impuls seines Lebens getrieben hatte. Es gab keine Möglichkeit, die Wirklichkeit der Gegenwart zu fassen, die jede Sekunde wegglitt, unsichtbar wie Luft; Wirklichkeit existierte nur nachträglich, in der Vorstellung, die man sich von der Vergangenheit machte. Ganz begeistert von seiner Entdeckung, wandte er sich zu Laura, um ihr davon zu berichten. Sie hatte sich in ihren Mantel gekuschelt, hielt ihr Gesicht streng und angespannt dem Regen entgegen. Gott! Wie betrunken mußte er sein, bemerkte er in dieser Sekunde mit dem ganzen einfältigen Anspruch des Betrunkenen auf die Einzigartigkeit seiner Gefühle. Er mußte nicht mit Laura über das sprechen, was er gedacht hatte, was immer es gewesen war; er brauchte etwas zu trinken.

«Was war mit dem Kuchen?» fragte Clara Peter.

«Der Kuchen», murmelte er. Er sah sie an. «Aber worüber denken Sie nach?» fragte er sie. «Sie sehen so – gequält aus.»

Vielleicht weil eine solche persönliche Frage sie entwaffnet hatte, antwortete sie ihm wahrheitsgemäß. «Ich schäme mich für mich selbst», sagte sie. «Wegen Dingen, die ich nicht tue.»

Er fragte nicht nach, was sie meinte. Er deutete nach vorn, zu Laura, die zwischen Carlos und Desmond ging. «Ja – na ja, man muß Ihre Mutter ernst nehmen, aber nicht im üblichen Sinn. Man kommt nicht sehr weit bei dem Versuch, sie zu verstehen. Sie ist so, wie sie zu sein scheint. Aber was den Kuchen betrifft – ich kann mich nicht darauf besinnen, was wir hineintaten, es muß Hefe gewesen sein, weil die Creme gut dreißig Zentimeter über den Rand hochgegangen war, wie so ein runder Hut, eine Melone, und als wir ihn aus dem Ofen nahmen und auf den Tisch stellten, kippte er – ganz langsam – und verbeugte sich vor uns, berührte das Tischtuch und explodierte dann einfach. Ich weiß nicht, wann ich je wieder so gelacht habe – und meine Mutter war eben erst gestorben.»

Sie hörte kaum zu. Was hatte er gemeint? Daß ihre Mutter *ernst* genommen werden müsse? Glaubte er denn um Himmels willen, daß sie ihre Mutter nicht ernst nehme? Und dann sagte er: «Familien halten ihre Mitglieder im eisernen Griff von Definitionen. Man muß den Griff brechen, irgendwie.»

Desmond blieb stehen. «Ich glaube, wir biegen hier ab», sagte er.

«Was meinst du, Desmond – du glaubst?» fragte Laura ruhig. Sie hatten an einer Ampel an der Kreuzung halt gemacht. Lauras Kinn hatte eine grünliche Färbung. Dann lächelte sie, verzeihend, schien es Clara. Sie hatte den Gedanken, Laura verzeihe ihnen allen, daß sie Angst vor ihr hatten.

«Liebling, hast du nasse Füße?» fragte Laura. Nur Carlos unterließ es, auf seine Schuhe hinunterzusehen.

«Es ist wirklich dort», sagte Desmond. «Siehst du?»

Sie sahen die Straße entlang, dorthin, wohin er zeigte. Ein paar Meter weiter sahen sie ein schmales Vordach und darauf die Worte: *Le Canard Privé*.

«Die private Ente?» fragte Clara.

Lauras Lachen ertönte. «Sei vorsichtig, wie du das sagst!» rief sie.

«Es bedeutet Köder», sagte Peter.

«Wäre das nicht eine gute Frage für ein Quiz?» fragte Laura und nahm Desmonds Arm. Carlos ging voran, er schritt mit erneuerter Energie aus. Bald wird er ausreißen, dachte Clara, er hat wieder diesen Gang einer großen Katze, er hat uns schon verlassen.

Carlos war erleichtert. Die peinigende Furcht, die mit der Aussicht verbunden war, ein Rendezvous später am Abend mit einem jungen Mann aus Newark zu verpassen, war Gefühlsverschwendung gewesen. Vor einer Minute hatte er eine Uhr im Schaufenster einer Reinigung gesehen: Bis jetzt wich der Abend erst ein paar Minuten vom Zeitplan ab, und seine Geduld wurde zwar strapaziert, doch sie war noch vorhanden. Schließlich würde es doch noch möglich sein, Lance zu treffen – der vor kurzem noch Leroy geheißen hatte, doch seinen Namen wegen einer ungünstigen Prognose in seinem Horoskop geändert hatte –, zur verabredeten Zeit. Dennoch fürchtete er noch immer Lauras Macht, in ihm eine außerordentliche, allesverschlingende Empörung hervorzurufen, wie sie bei ihrem letzten Treffen vor einigen Monaten in ihm ausgebrochen war; sie hatte ihn dazu gebracht, daß er fluchend das Weite suchte. Auf die Straße stolpernd, war er gegen eine Pyramide von Mülltonnen geprallt; am Ende war er verletzt und mit verfaulenden Dingen bedeckt gewesen.

«Wie angenehm es aussieht», sagte Peter Rice, als er durch das dämmerige Fenster des Restaurants spähte. «Meint ihr nicht?» Keiner antwortete.

Im Innern des Restaurants straffte sich Desmond Clapper, sah anmaßend über die Köpfe der Speisenden hinweg und sprach ein paar Worte zum *maître*; sein kalter Ton verriet den Despotismus von Menschen, deren Umgebung von ihrer Zahlungsfähigkeit geprägt ist. Laura beobachtete ihn amüsiert. Sie wurden zu einem Tisch geführt, Stühle wurden herausgezogen, ein Ober stellte eine kleine Porzellanente mit leicht verwelkten Blumen, die in Löchern in ihrem Rücken steckten, mit umständlicher Genauigkeit in die Mitte des Tischs.

Entlang der Wände des schmalen Raums waren Bänke aufgestellt; über ihnen waren Porträts junger Frauen mit Perücken an die Wand gemalt, die mit einem leicht verächtlichen Ausdruck auf die Gäste herabblickten. Nur ein gelegentliches Klirren von Tellern oder Besteck unterbrach die von Vorhängen, Tischwäsche und Teppichen erzeugte Stille, und zwischen runden Tischen in der Mitte des Raums standen Kellner in dunklen Jacketts gelassen im Dämmerlicht, mit blassen Gesichtern, wie zerbeulte Monde.

«Drinks?» fragte Desmond wichtigtuerisch, und sein Kopf hob sich, um einen Kellner herbeizurufen.

«Kennt ihr die Geschichte von Schopenhauers Stachelschweinen?» fragte Peter lächelnd. «Sie froren furchtbar, aber als sie zusammenkamen, um sich zu wärmen, stachen sie einander, so daß sie wieder auseinandergingen. Aber die Kälte konnten sie ebensowenig ertragen. So daß sie –»

«Ich hasse Aphorismen», sagte Laura.

«Das ist kein Aphorismus», antwortete Peter.

«Sie sind alle so hochtrabend», fuhr Laura fort. «Wie der: Der Impotente haßt den Lüstling – oder: Der Lüstling zittert in Gegenwart des Impotenten – oder: Zwischen dem Impotenten und dem Lüstling gibt es keinen echten Gegensatz.» Und sie brach in rauhes Lachen aus. «Du bist unmöglich, Laura», sagte Peter.

Der Ober stand über sie gebeugt da wie ein Käfer, der sich von einem Blatt zur Erde hinunterbeugt.

«Was willst du trinken, schönes Kind?» fragte Desmond Clara, die neben ihm saß. «Also – nichts, eigentlich», sagte sie.

«Ach, komm ... du solltest einen Bourbon sour nehmen. Du und ich, wir nehmen das», sagte Desmond verschwörerisch. «Gut?» Peter wollte nichts. Carlos bat zögernd um einen Whisky. Laura sagte, sie sollten eine Flasche guten Wein bestellen. «Es wird nicht geknausert, Mr. Clapper», sagte sie schelmisch.

«Wollt ihr nicht wissen, was die Stachelschweine gemacht haben?» fragte Peter.

«Ich weiß, was sie gemacht haben», sagte Laura hochmütig. «Sie einigten sich auf eine mittlere Entfernung. Ich weiß, wie sehr du solche Dinge magst, Peter, aber diese albernen Geschichten haben nichts mit dem wirklichen Leben zu tun. Ich erzähle euch eine echte Geschichte, die ich heute morgen in der Zeitung gelesen habe. Ein Mann versuchte, durch ein Fenster in seine Wohnung einzusteigen. Er hatte Streit mit seiner Frau gehabt, und sie hatte seinen Schlüssel versteckt. Es war aber so, daß er gerade bei seiner Freundin zu Besuch war, deren Wohnung neben seiner eigenen lag. Wie gefällt euch das! Also stieg er durch ihr Fenster, um zu seinem zu gelangen und fiel vier Stockwerke hinunter auf den Boden.»

«Mein Gott! Was für eine alberne Geschichte», sagte Carlos.

Laura spreizte die Finger auf dem Tischtuch. «Versteht ihr, es war so schwierig, weil er die Finger seiner linken Hand bei einem Unfall verloren hatte. Jetzt erzähl mir eine belehrende Fabel, lieber Peter, über mein Leben, über dein Leben.»

«Ich kann gar nichts für dich tun, Laura», erwiderte Peter. Doch Carlos sah seine Schwester mit Abscheu an. «Was für eine morbide Geschichte. Ich nehme an, du denkst, sie sei voller Dramatik. Ach was, sie handelt von purer Dummheit! Du versuchst immer, etwas zu vermitteln, die Sinnlosigkeit von allem zu beweisen ... ist der Mann dabei gestorben?»

Laura, die Carlos mit einem sonderbar konzentrierten Ausdruck von Hoffnung angesehen hatte, während er sprach, warf plötzlich die Arme um ihn und küßte ihn auf die Wange. «Ja, er ist gestorben», sagte sie, als ob sie nicht den Mann bedauerte, sondern Carlos.

Doch Carlos wollte ihr Mitleid nicht. Mit einem grüblerischen Ausdruck der Berechnung im Gesicht lehnte er sich in seinem Stuhl zurück. Lauras Geschichte hatte ihn niedergeschlagen, einen Schatten auf seine Erwartungen geworfen. Er hatte sowohl die erbarmungslose, triumphierende Art ihres Erzählens der Geschichte wie die Geschichte selbst gehaßt – die beiden Frauen, Ehefrau und Geliebte in getrennten Räumen, der verletzte Mann, der zwischen ihnen baumelte, fiel, auf der Straße zerbrach. Die Zukunft schien schon erledigt; seine Hoffnung schwand. Er beobachtete die Finger seiner Schwester, die auf dem Tischtuch auf ihn zukrochen. Er hatte diese krankhafte Gewohnheit von ihr immer gehaßt, dieses Anstarren ihrer Hände und das Herumspielen mit ihnen. Er fühlte sich erschöpft! Wann würde Laura aufhören zu behaupten, daß sie eine Familie seien? Man wuchs aus der Familie heraus, ging von der Familie fort, die wirklichen Zusammenhänge des Lebens waren anderswo. Wie sehr er Desmonds Herablassung ihm gegenüber satt hatte! Dort war seine Nichte, so sanft und feucht in ihrer weiblichen Jugendlichkeit, aber ihr Gesicht hatte die Blässe von Angst und Anstrengung. Sie war so *demütig* Laura gegenüber. Wenn er an Ratschläge geglaubt hätte, hätte er ihr gesagt, daß das die schlechteste Weise zu leben sei. Spürte sie nicht die Macht ihrer Jugend? Doch sie lag noch immer dort, zwischen den Beinen ihrer Mutter, war noch immer gerade erst geboren, schwach, hilflos. Und er dachte an seine eigene Mutter unter den alten Frauen in dem Heim; man brachte ihnen das Abendessen früh, wie Kindern, und er dachte: Die langen Reisen unseres Lebens, sie führen uns nur zum Anfang zurück.

Eine Zeitlang hatte niemand gesprochen. Clara schauderte leicht, und Peter, auf ihrer anderen Seite, sah sie fragend an. «Ist Ihnen kalt?» fragte er.

«Nein, nein ... es war dieses Gespenst, das über Gräber läuft ...»

Peter faltete mit umständlicher Sorgfalt seine Serviette auseinander, aber er dachte an etwas anderes und merkte kaum, was seine Hände taten. Carlos sah, daß der flatternde weiße Stoff die Aufmerksamkeit eines kleinen, blassen jungen Mannes am Tisch neben ihnen erregt hatte. Sein Kopf war mit Locken bedeckt, die feucht aussahen, seine Wangen und sein Kinn waren in schwarzen Barthaaren versteckt. Langsam drehte er seine bebrillten Augen Carlos zu; sie waren groß und ausdruckslos. Er sprach zu einer jungen Frau, sprach zu ihr, obwohl er dabei unverwandt zu Carlos hinsah. Carlos lehnte sich nach rechts, um zu hören, was der junge Mann sagte. Er sprach über Geld; die junge Frau schien hingerissen. Plötzlich verengten sich die Augen hinter den großen Brillengläsern, er warf Carlos einen Blick absoluter Mißbilligung zu und senkte die Stimme.

Carlos fühlte sich aufgemuntert. Laura, die nachdenklich die Porzellanente anstarrte, hatte den kleinen Vorfall nicht bemerkt. «Peter!» rief Carlos enthusiastisch aus. «Laura hat gesagt, daß sie dich in deinem Verlag zu einem Häuptling machen wollen! Liebe Güte! Ist das nicht wunderbar?»

Peter sah ihn verwundert an. Der Ober stellte die Bourbon sours und den Whisky auf den Tisch. «Bist du sicher, daß du keinen Drink willst?» fragte Desmond Peter.

«Ich werde auf den Wein warten», sagte Peter, während er noch immer überrascht Carlos ansah. «Meine alte Leber ... Wie kommt Laura nur auf diese Idee?» fragte er. «Ich bin ein einfacher Lektor, das ist alles.»

«Warum nehmen wir nicht Champagner, Liebling?» fragte Laura. «Aber – Himmel! – ich denke, du hättest dich früher um die Weinbestellung kümmern können, weißt du, als du unseren Tisch bestellt hast, so, wie man den Kuchen zum Geburtstag bestellt.» Dann begann Laura – was Desmond offensichtlich Pein bereitete –, mit tiefer Stimme und zum Tisch gewandtem Gesicht «Happy Birthday, lieber Desmond» zu singen.

«Schicken Sie den Sommelier!» rief Desmond dem Ober zu und erregte damit die Aufmerksamkeit von Leuten an etlichen Tischen. Carlos blickte zu dem jungen Mann. Er strengte sich ganz deutlich an, Carlos nicht anzusehen. Seine kleinen, gepflegten Hände lagen wie die Pfoten einer Maus zu beiden Seiten seines Tellers. Plötzlich wandte er sich um, sah Carlos direkt ins Gesicht, öffnete seinen Mund, der ein perfekt gerundetes O bildete, und biß laut die Zähne zusammen, dann wandte er sich wieder seiner Freundin zu. Carlos sank in seinen Stuhl zurück und krümmte sich vor zurückgehaltenem Lachen. Seine eigene Infantilität erheiterte ihn. Mit einem Stöhnen atmete er aus.

«Ich glaube, wir sind alle etwas angespannt», sagte Laura. «Carlosito, hör auf, diesen armen Jungen anzumachen. Fräulein Clara, ich möchte mehr über deinen Job hören. Und was dich betrifft, Lektor Rice – übrigens habe ich nie etwas über irgendeine Beförderung zu meinem Bruder gesagt –, ich möchte wissen, wie zum Teufel du es aushältst, einer Arbeit nachzugehen, bei der du alle haßt? Wahnsinnig gewordene Schriftsteller, sagtest du. Und dann wird Desmond euch zeigen, wo wir überall hinfahren, es ist phantastisch ...»

Der Sommelier, ein kleiner, zerbrechlicher Mann, kam an ihren Tisch. Er sah aus, als ob er in gekrümmter Haltung geschlafen und sich noch nicht wieder ausgestreckt habe.

«Ich fühle mich ein bißchen schwindlig», flüsterte Clara Peter zu. «Was meinen Sie, soll ich nicht mal an die frische Luft gehen? Es ist so eng hier drin.»

«Also sei jetzt nicht schäbig», hörte sie ihre Mutter Desmond warnen, der die Weinkarte las.

Peter sagte leise: «Es ist eng, aber Sie sehen ausgezeichnet aus. Stellen Sie sich einen Teich an einem Nachmittag im Frühling vor, ein paar Bäume ringsum, Weiden vielleicht, eine Wiese ...»

Zu ihrer Überraschung stahl sich das Bild eines solchen Teichs in ihre Vorstellung, und damit einher ging eine bittersüße Erinnerung an die äußere, natürliche Welt, die grobe, sich verschiebende Erde, auf der diese Hotel- und Restaurantfestungen sich angesiedelt hatten, die so eng, muffig, stickig waren. Clara atmete tief und schmeckte Vanille. Sie sah den jungen Mann am Nebentisch irgendeinen Pudding essen; er nahm kleine Löffel voll, und nach jedem Löffel wischte er sich mit schuldbewußter Eile den Mund ab. Er hat Angst, daß ihm ein bißchen Dessert im Bart hängenbleibt, dachte sie mit unpersönlicher Sympathie – sie fand seine starke Behaarung unappetitlich –, weil sie ihre eigene Angst vor Dingen kannte, die am Mund klebten, vor Flüssigkeiten, die aus der Nase, aus den Augen liefen.

«Besser?» fragte Peter. Sie nickte. «Das ist wirklich gut, Ihr Teich», sagte sie. «Es hat mich Jahre gekostet, darauf zu kommen», sagte er. «Wie die Möwe?» fragte sie. «Die Möwe habe ich vor dem Hotelzimmer Ihrer Mutter erfunden, um sie zu amüsieren.»

Das Zimmer ihrer *Mutter*, das Restaurant ihrer Mutter, das Schiff ihrer Mutter...

«Womit willst du anfangen?» fragte Desmond sie sonderbar gefühlsselig, als ob sie irgendein liebes kleines Ding sei.

«Sie will etwas mit Mayonnaise, nicht, Clara?» sagte ihre Mutter.

Peter kniff sie leicht in den Arm. Sie wich zurück und nahm wahr, daß er fast unhörbar sagte: « ... nehmen Sie, was Sie wollen.»

Sie blickte auf die Speisekarte. «Palmherzen», sagte sie laut.

Ihre Mutter senkte langsam den Kopf, fixierte den Brotkorb; ihre Hand streckte sich langsam aus, die schweren, langen Finger fielen nieder und schlossen sich um ein Stück Brot.

Clara wollte eigentlich nichts, aber es war ein Nichtwollen voll verzweifelter negativer Energie. Peter Rice befand sich im Irrtum mit seinem «nehmen Sie, was Sie wollen»; es hatte geklungen, als gebe es zwischen ihr und Laura einen Streit des Willens, als kämpfe die Ältere darum, die Jüngere zu dominieren, Mutter gegen Tochter. Laura hätte es nicht gestört, wenn Clara als Entree eine Portion Giftschlangen bestellt hätte. Clara verstand halb – zumindest vom Kopf her –, daß ihr Nichtwollen eine Reaktion war, der anstrengende Versuch, einen gewaltigen Kollaps abzuwehren, der dazu führen würde, daß sie gegen Lauras elementare Gleichgültigkeit anprallen und davon zermalmt würde. Und gleichzeitig fühlte sie das, was sie nicht verstehen konnte, was unergründet war, doch nur als ein sich verschiebendes bedrückendes Gewicht, das sie so aus der Balance brachte, daß sie kaum noch ihrer eigenen Stimme trauen konnte.

Der junge Mann am Nebentisch trank jetzt Kaffee. Eine silberne Armkette hing von seinem Handgelenk, zeigte sich jedesmal, wenn er einen vorsichtigen kleinen Schluck nahm. Laura sprach sehr eindringlich, als ob es große Folgen für sie habe, vom Zusammenbruch des Postdienstes. Aber wer sind ihre Briefpartner? fragte sich Clara. Und dann des Eisenbahnverkehrs. «Man erreicht nicht den zehnten Teil der Orte, die man vor vierzig Jahren erreichen konnte, es geht einfach nicht», erklärte Laura dramatisch. Wen wollte sie denn besuchen? fragte sich Clara. Doch nur flüchtig stieg ein gehässiges Triumphgefühl in ihr auf, als sie Lauras isolierte Stellung bemerkte. Schließlich war es Laura selbst, die sich dafür entschieden hatte, sich abseits zu halten.

Clara hörte nicht mehr zu. Sie blickte sich im Restaurant um. Die Männer sahen so grotesk aus mit ihren aufgeplusterten Haarkämmen, leicht stupide, wie Ochsen, so stutzerhaft. Sie hatte das Gefühl, daß etwas Fades, Hohles in diesem ganzen Aufputz lag.

«Alle tragen ein Kostüm», bemerkte sie zu Peter, dann, mit entwaffnender Offenheit: «Nicht, daß ich Kleider nicht lieben würde.»

Peter seufzte. «Ja. Alle stellen sich zur Schau, wie Zuhälter oder Landstreicher oder Prostituierte. Ich weiß nicht, wessen man sich versichert ... eine vage Vorstellung von Individualität, der Anspruch, daß wir alles sein können, was wir wollen ... aber andererseits, ich bin schüchtern, und ein Snob obendrein, also sollte ich nicht –»

«Individualität!» unterbrach Desmond. «Guter Gott! Sie sehen gleich aus, reden dasselbe –»

«Es ist die Rache der Nigger», sagte Laura. «Sie haben das ganze Land übernommen mit ihren Kleidern und ihrem Knastgerede –»

«Bitte, Laura», sagte Peter, zu ihr gebeugt. «Benutze dieses Wort nicht.»

«Welches Wort meinst du?» fragte sie milde.

«Sie sind so langsam hier», bemerkte Carlos.

«Gut, gut ...» Desmond winkte schlaff mit der Hand. «Aber wir sollten uns nicht danebenbenehmen –»

«Aber du hast dich schon danebenbenommen», sagte Laura, noch immer sanft, im ersterbenden Tonfall des Bedauerns.

«Seht mal!» rief Desmond. «Da ist es! Ach – diesmal nicht für uns, aber es wird kommen, köstliche Dinge ...» Und er schwieg und sah Laura an, als sei ihm plötzlich die Hoffnungslosigkeit jeglichen Versuchs, um etwas zu bitten, bewußt geworden.

«Sag nicht Nigger», sagte Peter beharrlich. «Ich hasse dieses Wort.»

«Ich werde noch etwas trinken», erklärte Desmond feierlich.

Laura sah Peter hoheitsvoll an, dann sah sie an ihm vorbei, als sei er nicht da. «In Ordnung, mein lieber Peter. Ich kenne deine empfindlichen Stellen. Sie haben immer mit *Sprache* zu tun, oder?»

«Ich wünschte, sie würden uns was bringen», murrte Carlos. Er sah aufs Geratewohl um sich, bemerkte dann, daß der junge Mann dabei war, seine Rechnung mit einer Kreditkarte zu bezahlen. Er nahm wahr – er wußte ziemlich viel über die geheimen Augenblicke von Männern –, daß der junge Mann sich in einer entsetzlich angespannten Verfassung befand, weil er nicht wußte, wieviel Trinkgeld er geben sollte. Seine Zähne rissen an der Nagelhaut seines kleinen Fingers. Das Mädchen starrte nach oben an die

Wand. «Fünfzehn Prozent, mein Lieber», flüsterte Carlos über den Zwischenraum von ein, zwei Metern hinweg, der sie trennte.

Die Hand seiner Schwester umklammerte die seine. «Oh, nicht! Nicht...», bat sie in gedämpftem, leidenschaftlichem Ton. Ihr Gesicht befand sich nur ein paar Zentimeter von seinem entfernt; er sah Tränen in ihren Augen; er fühlte einen Kummer, der dem ihren entsprach, als ob sie verwundet dalägen zwischen Fremden, die ihnen nicht helfen konnten. «Es tut mir leid», murmelte er. Und auch als sie heftig den Kopf schüttelte, wußte er, daß sie nicht deswegen zornig war, weil er den jungen Mann gereizt hatte, wofür er sich bereits selbst als senil, grausam und zügellos ohne Sinn und Verstand verurteilt hatte. Doch er rückte von ihr ab; sein Mißtrauen gegen sie war zu tief, zu fest verwurzelt, als daß er es einfach hätte abschütteln können, wenn er nicht, wie gerade eben, überrascht wurde. Der ungeschützte Moment zwischen ihnen war wie das Aufzucken eines Blitzes gewesen, der durch seine eigene Helligkeit fast verschwinden läßt, was er beleuchtet. Was immer er mit einem kurzen Blick erfaßt hatte – er war schon dabei, es wieder zu vergessen. Er war jetzt nicht einmal mehr sicher, daß er Tränen in ihren Augen gesehen hatte. Sie lächelte ihn verschmitzt an. Er spürte die schwachen Bewegungen eines Wurms der Selbstverachtung in seinem Inneren. Der junge Mann und sein Mädchen gingen auf dem Weg zur Tür hinter seinem Stuhl vorbei. Sein Benehmen war zu grob gewesen, als daß er sich dafür hätte entschuldigen können. Er fragte sich, wie lange es noch dauern würde, bevor man ihn von öffentlichen Orten fernhalten mußte. Er sah von Peter zu Clara und zu Desmond. Sie beobachteten den Ober, wie er eine Flasche in einem Eimer mit Eis herumwirbelte. Jemand stellte einen Teller mit gefüllten Muscheln vor ihn. Er hatte vergessen, daß er sie bestellt hatte.

«Wartet! Wartet!» rief Desmond. Er hielt ein Glas mit Champagner hoch. «Einen Toast auf Clara!»

Gläser klirrten. Der Augenblick war lauwarm, unbehaglich. Sie waren alle, außer Desmond, tief in ihre eigenen Gedanken versunken gewesen, und die Gesichter, die sich jetzt Clara zuwandten, waren etwas leer. Es war schwerer für sie, auf diese leblose Artigkeit zu reagieren, als wenn ihre Aufmerksamkeit sich ganz auf sie konzentriert hätte. Carlos lächelte strahlend, doch so, als ob er für jemanden proben würde, der nicht da war. Desmond hatte sie einfach als Vorwand benutzt, um so schnell wie möglich etwas zu trinken zu bekommen. Er streckte schon die Hand nach der Flasche aus. Die anderen konzentrierten sich auf ihr Essen, doch in Clara entstand plötzlich die Überzeugung, daß jeder von ihnen verwirrt war von etwas Abwesendem; jedem von ihnen fehlte etwas. Es war, als ob auf einmal ein Wind von hoch oben herabgefallen sei – es gab dieses Schweigen, und alles war an einem anderen Platz. Lauras charakteristischer Gesichtsausdruck stets drohender Spöttelei hatte einer verschatteten Düsternis Platz gemacht, während sie planlos in ihrem Krabbengericht stocherte. Clara spürte bei Peter eine subtile, feine Neugier, die sich auf sie richtete, doch bei Carlos nichts, kein weiteres Interesse, nachdem sie vor Stunden in dem Hotelzimmer ihr Erkennungsritual absolviert hatten.

Voller Eifer berührte sie Peters Arm. «Was Sie sagten – über Kleider –, hat mich interessiert ... Meinen Sie wirklich, daß Leute glauben, sie können etwas anderes sein, verschieden sein, nur wegen dem, was sie tragen? Und was glauben sie überhaupt zu sein? Und was wollen sie sein?»

«Durch die Abwesenheit von Gedanken wird dieses Sich-Kostümieren so vulgär», sagte er. «Diese Maskeraden – nichts als die Feier der Masken selbst, keine Idee –

und dazu kommt, daß nur noch gefragt wird, wer die meisten Federn hat.»

«Aber es gibt auch deinen schlichten blauen Anzug», bemerkte Laura. «Hing einfach irgendwo, und du hast ihn mitgenommen, nicht, Peter? Wirklich! Ich wette um zehn Dollar mit dir, daß es dich ein Jahr gekostet hat, so einen Anzug zu finden. Was feierst *du* denn?»

«Hört mal, es tut mir leid zu drängeln, aber wir haben noch nicht bestellt. Ich habe eine Verabredung –», begann Carlos.

Laura schnaubte. «Was hast du?»

«– und ich möchte möglichst nicht zu spät kommen», fuhr er unerschütterlich fort. «Und wir brauchen noch Wein», sagte Desmond schnell. Den Blick von Laura abwendend, wedelte er mit den Händen in der Luft. Mehrere Kellner kamen zu ihrem Tisch. Desmond lachte gütig. «Noch mehr von diesem!» rief er den Kellnern zu und schnippte mit den Fingern in Richtung der leeren Champagnerflasche. «Noch mehr von Eurem ganz speziellen, heraufgesetzten, wunderbar überteuerten Blank de Blank – ja? Also, meine Damen und Herren, wie wär's mit –»

«Ich hätte gern die Forelle», sagte Laura zu Desmond, aber die anderen sprachen direkt zu den Kellnern, die ihre Bestellungen untereinander ernst und präzise wiederholten. «Dieses Huhn ist eigentlich schon fertig, oder?» fragte Carlos. «Ich bin etwas in Eile –»

«Alles ist schon vor einer Woche gekocht worden», unterbrach Laura, «damit die Kellner streiken können, falls es ihnen einfällt –»

«Jakobsmuscheln?» sagte Clara zu einem der Kellner.

«Sehr wohl», sagte er. *«Parfait»*, murmelte der andere. Laura lachte leise.

«Also, Peter ... mach weiter», forderte Desmond. «Wo ist unser Champagner?»

«Kalbskoteletts», sagte Peter.

«Und ich ...», sagte Desmond und schwieg. Laura warf ihm einen Blick von gespieltem Erstaunen zu. «O sag uns, lieber Mann! Was?»

«Ente», sagte Desmond, jetzt den Blick auf die Flasche gerichtet, die von einem Kellner geöffnet wurde. «Nein. Nicht Ente, sondern *filet mignon*.» Er sah zu Peter hinüber. «Wie langweilig von dir, wirklich. Kalbskoteletts! Um Himmels willen!»

«Du darfst für mich bestellen», sagte Peter liebenswürdig.

Doch Desmond war im Begriff, Champagner zu trinken, und hielt die Augen dabei geschlossen.

«Bei uns in der Nähe wohnt ein Farmer», sagte Laura, nachdem ihre Gläser gefüllt worden waren. «Er trägt Büstenhalter unter seinen Arbeitskleidern. Nun, was würdest du sagen, war sein Gedanke dabei, Peter?»

«Ich habe nicht von dieser Art von Verirrung gesprochen», sagte Peter.

Laura lachte ärgerlich. «Ach, das tatest du also nicht? Diese Art von Verirrung, ja? Erzähl mir von deinem schlichten, maßvollen, anspruchsvollen blauen Anzug! Du bist ein selbstgerechter, affektierter Scheißkerl, nicht?»

Clara entdeckte, daß sie unkontrollierbar lächelte. Laura war entsetzlich! *Entsetzlich*. Und doch konnte Clara nicht aufhören zu lächeln.

«Es wird immer mehr gefoltert auf der ganzen Welt. Wußtest du das, Laura? Ich habe langsam den Verdacht, daß du dahintersteckst», sagte Peter.

«Hat was mit der Würde des Menschen zu tun, oder?» fragte Laura freundlich. «Aber dein Anzug –»

«Ich würde gern aufhören, über meinen Anzug zu sprechen», sagte Peter matt. «Er ist zehn Jahre alt. Er ist etwas, was den Regen von mir abhält. Was meine Selbstgerechtigkeit betrifft – das Urteil fällt härter aus, wenn ich mit mir allein bin, als dir gegenüber, und wenn du willst, nehme ich mich selbst und meinen Anzug und gehe.»

«Aber, Peter!» rief sie und streckte die Hand nach ihm aus. «Ach, ich habe doch nur Spaß gemacht. Gott! Du *weißt* doch genau, wie froh ich bin, daß du hier bist! Du weißt, wie *albern* ich bin! Desmond! Hörst du bitte auf, ständig Champagner in dich hineinzuschütten? Peter, hör mir zu!» Doch sie schwieg, mit noch immer ausgestreckter Hand, die Handfläche nach oben gedreht, und mit bittendem Blick. Peter streckte den Arm aus und berührte ihre Finger.

«Ist gut», sagte er.

«Ist es gut?» fragte sie wehmütig.

Er nickte. Er hatte gewußt, wie sie auf seine Drohung zu gehen reagieren würde. Es war eine ganz sichere Sache gewesen, ein Signal für sie, daß sie ihn weit genug getrieben hatte. Manchmal attackierte sie ihn auf diese Weise, und fast immer wegen Eigenschaften, für die er sich selbst haßte. Mit Laura konnte er sicherer sein, sagte er sich oft, als mit Leuten, die sich selbst gegenüber weniger argwöhnisch waren als er. Natürlich gab es ein paar Dinge, die sie nicht tun konnte; mit «Nigger» würde er nie einverstanden sein; den tierischen Instinkten in ihr würde er nie seine Zustimmung geben. Aber sie verstanden einander; sie war von Impulsen beherrscht, er von Zwängen. Und jeder bedauerte den anderen wegen des Unterworfenseins unter die entgegengesetzte Tyrannei. Und dieser Gegensatz zwischen ihnen – war er nicht der Grund für die Dauerhaftigkeit ihrer Beziehung? Ihr unvermindertes Interesse füreinander?

Clara, gegen deren Oberschenkel Desmond, vielleicht unabsichtlich, sein Bein gedrückt hatte, rückte näher an Peter heran. Er hörte sie atmen; der Hauch eines milden Blumendufts, den sie trug, stieg ihm in die Nase, und er bemerkte, daß seine Hände zu Fäusten geballt waren.

«Du hast ihnen nichts von dem Brief gesagt», sagte Laura zu Desmond.

«Du hast ihnen genug gesagt», erwiderte Desmond schmollend, den Blick auf sein leeres Glas gerichtet.

«Du solltest ihn ihnen vorlesen, Liebling. Die Tochter der ehemaligen Madame Clapper ist ihr so schrecklich ähnlich. Der Stil ist anders, aber nicht das Temperament. Gott, Clara! Ich hoffe, du bist nicht wie ich!»

«Wir alle hoffen das, Laurita», sagte Carlos schelmisch. Sie schien ihn nicht gehört zu haben. Wie auch immer – der Ober war gerade mit ihren Bestellungen an den Tisch getreten, und Desmond war geschäftig und wichtig, denn er bestellte eine weitere Flasche und sagte an, wer was bestellt hatte.

«Es sieht nicht gut aus», sagte er. «Und zudem merke ich, daß es nicht heiß ist.»

«Es ist völlig in Ordnung», sagte Laura fröhlich. «Aber dieser Fisch sieht ein bißchen grausig aus, nicht? Seht mal, wie sie den Petersilienstengel in sein Auge gestochen haben. Na gut – was den Brief betrifft –»

Desmond ließ seine Gabel fallen und beugte sich schwerfällig nach unten, um sie zu suchen.

«Heb sie nicht vom Boden auf», sagte Laura schroff.

Er sah sie mit triefäugiger Unsicherheit an. «In meinem Schoß», murmelte er. Sein Mund stand leicht offen, die Unterlippe hing herab. Dann kam der Ober mit einer weiteren Flasche Champagner, und Desmond lächelte kindisch. Es war nicht fair, sich ein Urteil über ihn zu bilden, wenn er so betrunken war, sagte sich Peter. Doch ohne es zu wollen, berührte es ihn zu sehen, wie variationsarm Desmonds Gesichtsausdruck war. Er war wie ein Spielzeug, das man verbiegen und schütteln konnte, ein kleines Männchen mit leeren gemalten Zügen. Er sah, daß Laura jeden von ihnen anblickte, am Ende ihn selbst, als ob sie ihrer aller Vermögen berechne. Er wünschte, sie würde das Thema von Desmonds Tochter nicht weiterverfolgen. Wozu versuchte sie ihn zu bringen, was sollte Desmond zugeben?

«Sie schmeichelt dem armen alten Desmond so, oder versucht es, wegen der Leute in Paris, die er bestimmt gekannt hat...» Sie lächelte Peter kameradschaftlich zu. Dann rief sie mit Falsettstimme: «Ach, da! Erzähl uns! Hast du auch die große G. Stein kennengelernt?»

«Bitte hör auf, Liebes», flehte Desmond.

Laura sah verärgert auf ihren Teller. Dann blickte sie ihn freundlich an. «Ach, zum Teufel damit», sagte sie.

Peter bemerkte, daß Clara nicht aß; ihre Hand lag dicht bei seinem Teller. «Haben Sie auch keinen Hunger?» fragte er.

«Keinen großen», sagte sie mit müder Stimme. Sie konnte ihm nicht gut erklären, wie sehr sie gefürchtet hatte, daß Laura immer weitermachte mit dieser unbekannten Tochter, wie sonderbar betroffen sie sich durch Lauras Angriff auf dieses Mädchen fühlte.

«Wir sind alle arme Tröpfe und piesacken uns gegenseitig», sagte Peter flüsternd zu ihr. Sie sah ihn überrascht an. Hatte er Laura gemeint? Sie sagte: «Ich dachte gerade –»

«Das tatest du, nicht?» fragte ihre Mutter neckisch. «Und welche Gedanken dachtest du?»

«Essensgedanken», sagte Clara schnell.

«Ich glaube nicht, daß sie wie ich ist», sagte Laura nachdenklich. «Glaubst du es, Carlos?»

«Nicht im mindesten», erwiderte Carlos entschieden.

«Und doch ist es schwer zu entkommen ... Du denkst, du bist anders, und am Ende bist du ihnen unvermeidlich ähnlich», sagte Laura in distanziertem, träumerischem Ton. «Als ich vor Jahren im Krankenhaus war, kam Mamá mich besuchen.» Sie begann zu essen, ohne jemanden anzusehen. War das alles? fragte sich Clara. Eine Zeitlang sprach niemand.

Carlos hörte auf zu essen; mehr Huhn wäre zuviel gewesen. Bald, so schätzte er, konnte er Kaffee bestellen und fliehen. Laura hätte keinen Grund, ihm dann eine

Szene zu machen. Er hatte seine Zeit geopfert. Und eigentlich, wenn er darüber nachdachte, neigte sie nicht mehr sonderlich zu Szenen. Ihr Temperament hatte sich abgekühlt, besänftigt. Und dieses erstaunliche Gespür, das sie hatte – wie sie einen Gedanken in ihm entdecken konnte, eine Stimmung, wie sie in einem intuitiven Blitz die ganze Summe seiner Gefühle zusammenfassen konnte –, einst Diener ihrer Rachsucht, war es gezähmt worden zu einer Spottsucht, die durchaus im Einklang stand mit seiner eigenen.

Manchmal, spätabends, rief sie ihn aus Pennsylvania an, und sie redeten oft lange und freundschaftlich. Oft mochte er sie. Er begann zu lächeln, als er sich an einen Vorfall aus ihren alten Sturm-und-Drang-Zeiten erinnerte. Damals hatte er ihn für äußerst komisch gehalten und jedem davon erzählt, den es interessierte, wie seine Schwester war. Es mußte über zehn Jahre her sein. Laura hatte herausgefunden, daß Desmond sich mit einer anderen Frau eingelassen hatte. Sie hatte ihn damit konfrontiert. Er hatte alles geleugnet. Sie hatte angefangen, jedes einzelne Stück Geschirr in der Wohnung, in der sie gewohnt hatten, zu zerbrechen, hatte alles auf den Boden geworfen und zerschmettert – «Ich habe kurzen Prozeß mit der elenden Bude gemacht», erzählte sie Carlos später. Wie gut er jene Tiefe der Verachtung, der Gewalt in ihr gekannt hatte. Schon als sie Kinder gewesen waren, hatte er sich vor diesen großen, tränennassen Augen, die sie hatte, versteckt und sich die Ohren zugehalten, um die schrecklichen Dinge nicht zu hören, die sie sagen konnte. Desmond war schließlich aus der Wohnung geflohen. Sie hatte ihr eigenes Kleid in Stücke zerrissen; sie hatte schon alles zerstört, was sie nur heben und werfen konnte. Dann hatte sie Desmonds Jacketts durchsucht und sein Adreßbuch gefunden, in dem er die Namen verschiedener Kunden aufbewahrte, Geschäfte im ganzen Land. Alle guten Läden führten Teile der luxuriösen Clapper-Reiselederwaren. Sie hatte ein wenig Geld gehabt, das Clapper ihr zuvor gegeben hatte, damit sie am nächsten Tag Whisky kaufen konnte. Sie war zu einem Büro der Western Union gegangen. «Du weißt, wie eitel der arme Desmond ist», sagte sie zu Carlos. «Er ist auch *heimlichtuerisch,* weißt du. Und dann hat der große Schatten zugeschlagen!» Sie hatte dreißig Telegramme geschickt – nicht genug Geld für alle Namen in dem Adreßbuch, hatte sie bedauernd erklärt. Die Botschaft war immer die gleiche gewesen: *Bin in furchtbarer Zwangslage. Bitte schicken Sie zwei Dollar,* und sie unterzeichnete mit: *Desmond Clapper.*

«Der große Schatten ...», sagte er mit einer gewissen wehmütigen Zuneigung. Laura sah ihn ausdruckslos an. Er faltete langsam seine Serviette zusammen.

«Was tust du da, Carlos?» fragte sie. «Du brauchst nicht aufzuräumen. Desmond lädt uns alle ein!»

«Ich werde wirklich bald gehen müssen», erwiderte er liebenswürdig, umgänglich.

«Du mußt noch einen Brandy mit uns trinken», drängte Clapper. «Hier, warte –»

«Aber Peter und Clara essen noch», sagte Laura vorwurfsvoll.

«Bald», sagte Carlos. «Ich meinte nicht in diesem Moment.»

«Ich wollte gerade etwas sagen, nicht, Desmond? Über Mamá. Als ich die Operation hatte ...» Laura legte ihr Besteck in die Mitte des Tellers. «Mein Gedächtnis ... aber, ah ja, jetzt erinnere ich mich. Am Tag nach der Operation, an diesem fürchterlichen zweiten Tag, kam Mamá mich besuchen. Ich war fast von Sinnen vor Schmerzen und von Medikamenten benebelt, wißt ihr. Und sie sagte: ‹In Kuba gibt es so ein Kraut ...› *In Kuba.* Und ich lag da und stöhnte in einem Krankenhausbett in New York.»

«Ja», sagte Carlos. «Ich verstehe, was du meinst.»

«Das denke ich», sagte seine Schwester in leisem, bitteren Ton.

«‹*Toma leche*›, hat sie mir immer gesagt», sagte Clara eifrig, da sie spürte, daß es an diesem Punkt irgendeine gefühlsmäßige Übereinstimmung zwischen ihnen geben könnte. «Sogar als ich schon erwachsen war, als ich sie in Brooklyn besuchte, einmal, als ich mir das Handgelenk gebrochen hatte, sah sie auf den Gips, und sie sagte: ‹Trink Milch›, ja, das sagte sie immer.»

«Diese *Nutzlosigkeit*», begann Laura. Dann schwieg sie und starrte über den Tisch hinweg zu Clara, die sich tiefer in ihren Stuhl zurückzog, während ihre Augen sich weiteten, als ob etwas sie angesprungen und dann auf halbem Weg in der Luft angehalten habe.

Mit metallischer, scharfgezackter Stimme fragte Laura: «Und hast du es gemacht? Hast du Milch getrunken?»

Desmond, halb schon ertrunken, halb noch auf der neuen Welle von Betrunkenheit schwimmend, die er selbst ausgelöst hatte, indem er sich den Löwenanteil des Champagners aneignete, war immer noch empfindungsfähig genug, um eine plötzliche, gefährliche Spannung zu spüren. Er tauchte aus den flüssigen Tiefen seines Geistes auf wie ein Tiefseetaucher, der die Oberfläche des Meeres durchstößt. «Eugenio!» rief er, diese Perle Laura darbringend. «Er wohnt hinter seinem Büro, wußtest du das, Peter? Wie einer von diesen Typen mit den Bonbonläden ... und erzählt sich selbst Geschichten von den Maldonadas, wie sie aus den Pyrenäen herausgefallen sind wie *cucarachas*.» Er lachte übertrieben – es war der richtige Schachzug gewesen, sie lächelten ihn alle an – und wiederholte erfreut: «*Cucarachas* ...»

«Hat man je solch einen gräßlichen Akzent gehört?» sagte Laura. «Und schaut bloß, wie er sich selbst dabei gefällt!» Sie tätschelte seine Hand. Er zog sie weg, gekränkt, doch das Gefühl, verletzt worden zu sein, war ihm selbst rätselhaft, und das machte ihn dazu noch wütend. Laß sie es untereinander ausmachen, sagte er sich, ich wasche meine Hände in Unschuld.

«Hat meine Schwester dir von den de Rojas erzählt, Peter?» fragte Carlos grinsend. «Der andere Zweig aus Cadiz. Betrachte unsere Nasen, ihre und meine. *Nariz de Cadiz.* Und wenn heute Freitag wäre, na ja, dann würden einige Vettern von uns in Cadiz hinter geschlossenen Läden die Freitagskerzen anzünden –»

Laura unterbrach ihn mit einem unfrohen Lachen. «Mein Bruder hat einen perversen Sinn für Romantik – neben seinen anderen Perversionen», sagte sie. Carlos lachte, als habe ihm Laura ein Kompliment gemacht.

Clara beobachtete den Ober, der zu ihren Tellern sah. Sie hatte die meisten Jakobsmuscheln übriggelassen; sie waren hübsch angerichtet gewesen, aber nicht heiß genug und überwürzt. Im vorderen Teil des Restaurants beugte sich der *maître d'hôtel* über seine Liste von Reservierungen. Auf einmal trat eine Gruppe von Leuten ein, und sein Kopf hob sich wie der eines Tieres in hohem Gras.

«Sie glaubt, sie sei Araberin», sagte Carlos. «Laurita, du weißt, daß die Araber Semiten sind, Liebes, ja?» Er wußte nicht, warum er versuchte, sie zu provozieren, jetzt, wo die Flucht so nah war. Und ihr reinäugiges Lächeln wurmte ihn, genau wie ihr zärtliches kleines Gekicher.

«Diese armen Araber», sagte Desmond traurig, gepreßt. «Kein Mensch kümmert sich darum, was aus diesen Leuten wird –»

«Da fällt mir ein», sagte Laura. «Ich habe heute morgen eine Gruppe von –», sie hielt inne und lächelte Peter zu –, «von *Negern* gesehen, die die Straße entlangmarschierten. Sie trugen alle Feze! Stellt euch vor! Sie scheinen sich auf eine fatale Weise zu den größten Sklavenhaltern der Welt hingezogen zu fühlen, nicht? Ist es nicht komisch? Und sie sahen so aufgeblasen aus, wie sie dort entlangschlurften in ihrem arabischen Aufzug. Was für ein Witz die Geschichte ist! Ich frage mich, wohin sie gingen.»

«Und diese ganzen Juden», fuhr Desmond unbeirrt fort, «die hier leben und Geld dorthin schicken. Welches Recht haben sie –»

«Desmond, du weißt nichts darüber», sagte Laura, als finde sie das Ganze komisch. «Warum sollten sie denn nicht da sein? Geschichte ist nichts als Diebstahl und Gemetzel. Warum sollen es die Juden nicht auch einmal damit probieren?»

«Laura», widersprach er, «doch, ich weiß Bescheid – ich –»

«Da kommt unser Kellner», sagte Laura ruhig. «Clara, nimm irgendein nahrhaftes Dessert.»

«Nein, danke. Ich bin wirklich satt – es war köstlich –, aber ich nehme nur Kaffee.»

«Pst», äußerte Laura kryptisch.

«Kaffee», sagte Peter zu Desmond, der krampfhaft eine Speisekarte festhielt. Wie grotesk Laura war, wenn sie sich so widersprüchlich verhielt – wenn er auch daran gewöhnt war. Ihre Unbeständigkeit war beständig. Doch Desmond war etwas anderes. Peter bemerkte, wie wenig er ihn in Wahrheit mochte, seinen schwerfälligen Antisemitismus, jene besondere Art von irischem, morastigem Haß, der nach fauligen Pflanzen stank, die Augen, die in der Überzeugung glitzerten, es gebe Geschöpfe, die noch niedriger standen als er selbst.

«Wir nehmen alle einen Brandy, oder?» sagte Desmond, ohne seine Ungeduld verhehlen zu können. «Ich hoffe, du hast bemerkt, daß ich die ganze Zeit nicht geraucht habe, Laura», fügte er hinzu.

«Dann hast du deine Zigaretten vergessen», sagte sie.

«Bringen Sie mir ein paar verdammte Zigaretten», sagte Desmond ärgerlich zu dem Kellner.

«Welche Sorte, der Herr?»

«Irgendeine.»

«Es sollte ‹welche Marke› heißen, oder?» flüsterte Laura Carlos zu. Er war dabei, sich eine Zigarre anzuzünden. Er streckte den Arm aus und ließ die kleine Papierbanderole neben Claras Champagnerglas fallen. Das hatte er immer getan, hatte ihr diese kleinen Papierringe von seiner Zigarre gegeben. Doch ihre Hände waren inzwischen zu groß. Sie empfand Bedauern, doch wem oder was galt es? Den kleinen Händen eines Kindes? Der verlorenen Illusion, daß Carlos ihr etwas von Wert schenkte?

«Die Torte ist heute ausgezeichnet», sagte der Kellner. Doch er sah keinen von ihnen an, sondern starrte freudlos zur Tür, durch die gerade eine große Gruppe von Leuten eingetreten war. Sie machten ziemlich viel Lärm. Der *maître d'hôtel* sah nicht einmal von dem Tisch auf, wo seine Reservierungsliste lag, und Clara war erschrocken darüber, daß er die Neuankömmlinge nicht beachtete, als fürchte sie, sie könnten sie dafür verantwortlich machen.

«Oder die Mousse», sagte der Kellner, der seinen ungeduldigen Wunsch, von ihrem Tisch fortzukommen, kaum im Zaum hielt. Laura sah zu ihm auf und lächelte; sie wartete, bis sie seiner Aufmerksamkeit sicher war.

«Sind Sie in Eile?» fragte sie höflich. «Wünschen Sie, daß wir gehen, weil all diese Damen und Herren gekommen sind? Meine Güte! Das muß hier ein sehr berühmtes Restaurant sein!»

«Selbstverständlich müssen Sie nicht gehen», erklärte der Kellner in leisem, eindringlichem Ton. Der Schreck hatte ihn aus seiner kellnerhaften Distanz herausgerissen; plötzlich war er allzu gegenwärtig; man hörte sogar seinen Atem.

«Und bei Zigaretten heißt es, welche *Marke*», informierte ihn Laura gelassen.

«Ich hätte gern Kaffee, bitte», sagte Peter schnell.

«Wir nehmen alle Kaffee», sagte Laura, «wenn Sie die Zeit dafür erübrigen können.»

«Und Brandy», sagte Desmond. «Ihr trinkt einen Brandy, oder?»

Niemand antwortete ihm. «Einen guten Brandy», murmelte er. Doch der Kellner war fort.

«Ich hätte ihn schon nicht hinauswerfen lassen, Peter», sagte Laura.

«Deine Krittelei hat ihn erschreckt», erwiderte Peter.

«Es war keine Krittelei.»

«Du hast ihn eingeschüchtert», sagte Carlos. «Du hast dich benommen wie ein Bauer.»

Laura sah beunruhigt aus, zerknirscht. «Carlos, nein! Ich hab' ihn nicht eingeschüchtert. Aber er hat versucht, uns schnell hinauszubekommen! Habe ich mich wirklich schlecht benommen?»

Sie kann tatsächlich ihr eigenes Verhalten nicht beurteilen, dachte Peter; sie explodiert und wundert sich dann, daß Glassplitter herumfliegen. Aber er glaubte nicht, daß irgend jemand, außer Carlos, so streng mit ihr hätte reden können, weil der Rest von uns, sogar Clara, Fremde sind, dachte er, außer Carlos, obwohl sie brutal zu ihm sein konnte, Carlos konnte sie beeinflussen, einfach, weil er ihr Bruder war, weil seine Gegenwart ihren gemeinsamen Ursprung heraufbeschwor, jene intensive zufällige Vertrautheit, die keiner anderen glich, das grausame Band der Familie. Er fühlte sich ausgelaugt, zerbrechlich; unter der Oberfläche des Abends gab es etwas Verstecktes, was ihn der Fähigkeit zu reagieren beraubte. Er hatte sich immer darauf verlassen, daß Laura ihn für kurze Zeit vor der seichten Gewohnheit rettete, in ihm die Erinnerung an das Leben der Gefühle wiederaufleben ließ, doch an diesem Abend schienen ihm die ständig aufflammenden Leuchtfeuer eines Temperaments, von dem er immer geglaubt hatte, es sei frei von Berechnung und Überlegung, nur mechanisch zur Schau gestellt.

«Hines. Ich nehme Hines-Brandy», sagte Desmond. Dann, ganz der beleidigte Gastgeber: «Ich verstehe euch nicht. Wollt ihr oder wollt ihr nicht –»

«Nimm ihn! Nimm ihn für dich selbst, um Gottes willen!» zischte ihn Laura an.

Clara zerriß die Banderole, mit der sie herumgespielt hatte. Ein leichter Geruch nach Butter und Fleisch hing in der Luft. Desmonds Hand schloß sich um ihren Arm. «Hines-Brandy», flüsterte er. «Das ist was Gutes!» Sie wußte nicht, was sie sagen sollte. Am Ende ließ seine warme, schweißige Hand sie wieder los.

«Aber wir haben über meinen Bruder Eugenio gesprochen», sagte Laura laut.

«Ich nicht», sagte Carlos lachend. «Wenn es irgend geht, rede ich nie über Eugenio.»

«Aber du hast ihn getroffen?» fragte Laura.

Carlos wirkte reserviert. «Na gut – ja. Ich weiß eigentlich gar nicht mehr, wann –»

«Ich habe einen Grund –»

«Er hat sich einen Anzug gekauft. Schrecklich! Wie so ein Unternehmeranzug. Eigentlich hat er mich besucht. Ich hörte, wie er die Treppe heraufstolperte. Weißt du, wie er nach zwei Stufen immer stolpert?»

«Weil Desmond schier wahnsinnig geworden ist, als er versucht hat, ihn zu erreichen. Weißt du, daß wir ihm letzten Monat ein Telegramm schicken mußten wegen seinem Anteil an Mamás Kosten? Es ist seine eigene Mutter! Warum soll der arme Desmond alles aus seiner Tasche zahlen?»

«Er ist oft auf Reisen», sagte Carlos kraftlos.

«Falls er nicht gerade eine Treppe hinaufstolpert», erwiderte Laura grimmig.

«Sieh mal», begann Carlos, «dieses Thema geht die Allgemeinheit nichts an –»

«Die Allgemeinheit», rief Laura. «Peter. Entschuldige. Aber das ist unerträglich. Du weißt nicht, wie wir diese beiden geradezu *anbetteln* müssen, damit sie ihrer eigenen Mutter helfen! Clara, Clara! Weißt du, daß sie immer nach dir fragt? Wie langmütig sie ist? Wie wenig sie erwartet? Ach, wie recht sie doch hat, nichts zu erwarten ... nichts. Wenn Desmond nicht wäre –»

«Hör auf, Laura. Hör auf! Ich werde sie übrigens morgen besuchen –», protestierte Carlos.

«Morgen!» rief Laura, und ihre Augen rollten nach oben, ihr Mund klaffte auf, ihre Hände fuhren hoch zum Gesicht, wo sie das Fleisch kniffen und kneteten, wie um ihm bis auf die Knochen Gewalt anzutun. Desmond, durch die wilde Erregung seiner Frau aus seiner betrunkenen Träumerei gerissen, warf den anderen wütende Blicke zu – wer war diesmal dafür verantwortlich, daß sie explodiert war?

Der Kellner kam mit dem Kaffee, den er ihnen mit ängstlicher Sorgfalt servierte. Dann hielt er ein Stück dunklen Kuchen hoch und sah jeden von ihnen fragend an. Keiner hatte ihn bestellt, doch Peter nahm ihn eilig für sich. Laura hatte ihr Gesicht losgelassen und saß da, totenstill, und starrte auf das Tischtuch.

«Notgedrungen mußte ich die Leute von der Wohlfahrt um Hilfe bitten», begann sie in ausdruckslosem Ton, sobald der Kellner sie wieder allein gelassen hatte. «Die Söhne meiner Mutter sind faule Männer – zu unbeweglich, um zu heiraten. Man stelle sich vor, da wird einer homosexuell, um zu vermeiden, daß er eine Frau unterstützen muß!»

Carlos' Ausdruck einer geduldig hingenommenen Niederlage änderte sich nicht. In gewisser Weise schien er sich selbst taub gemacht zu haben für Lauras Worte, wenn er auch den Ärger ertrug, der als eine vertraute und unausweichliche Beschwernis mit ihnen einherging. Er murmelte ihr etwas zu, was außer ihr niemand verstand. Ein Schweigen, das eine schwache Andeutung von Waffenstillstand enthielt, senkte sich über sie. Clara wurde sich mit Erleichterung bewußt, daß andere Menschen da waren, etwas mehr als eine Armlänge von ihnen entfernt, kleine Inseln von Leuten an ihren Tischen, zwischen denen Kellner wirbelten und flitzten, sich hinunterbeugten und wieder aufrichteten. Einige der Gäste sahen aus wie bei einer häuslichen Zusammenkunft, andere wirkten festlich; einige waren in Schweigen versunken. Wie erschien dieser Tisch all den anderen? fragte sie sich. Hätte jemand, der flüchtig zum Tisch der Clappers blickte, im gedämpften Zwielicht der Restaurantbeleuchtung, dem zurückhaltenden Lärm von Gespräch und Essen die Verheerungen der Schlachten bemerkt, die zwischen ihnen gewütet hatten? Und war die offensichtliche Friedfertigkeit und Selbstzufriedenheit all dieser anderen Leute nur eine arrangierte Vorstellung?

Clara hatte Angst gehabt, doch Lauras Vorwurf ihr gegenüber war Teil des größeren Angriffs auf Carlos gewesen. Zum erstenmal kam ihr der Verdacht, daß Laura nicht wirklich erwartete, daß sie ihre Großmutter besuchte, aber es lag kein Trost in dem Gedanken, kein Geschmack von Freiheit, nur das Gefühl, nicht weiterzuwissen.

Inzwischen hatte Desmond es endlich fertiggebracht, für alle Brandy zu bestellen. Carlos und Laura sprachen etwas lustlos über einen Film, den sie beide gesehen hatten, stritten dabei ein wenig, aber ohne Interesse.

«Haben Sie eine Zigarette übrig?» fragte Clara Peter. Er schob das Stück Kuchen, das er nicht angerührt hatte, beiseite und gab ihr die Packung, dann nahm er sie wieder und riß sie für sie auf. Sie nahm die Zigarette mit einer etwas unsanften Bewegung, steckte sie in den Mundwinkel und zündete sie gleich an, bevor er es tun konnte. Sie sah ihn verschmitzt an.

«Tut mir leid», sagte sie. «Es ist eklig, nicht? Wie man dieses Ding in den Mund steckt.»

«Wie lange arbeiten Sie schon in Ihrer Agentur?»

«Ein halbes Jahr», sagte sie.

«Es macht Ihnen keinen Spaß?»

«Nein. Ich verstehe nicht, wie man so eine Arbeit ernst nehmen kann. Es ist alles Betrug, wirklich. Es ist nicht wie das Veröffentlichen von Büchern. Ich stelle mir vor, daß es dabei von Zeit zu Zeit etwas gibt, was einem wirklich gefällt, oder nicht?»

«Von Zeit zu Zeit», erwiderte er. Er beobachtete sie, wie sie an ihrem Brandy nippte. Sie erinnerte ihn plötzlich an jemanden – aber natürlich! Sie hatte Ed Hansens Nase! Wie sonderbar, daß er es nicht früher bemerkt hatte! Und noch sonderbarer, daß er kaum je noch an Ed Hansen dachte. Es mußte über fünfzehn Jahre her sein, daß er ihn kennengelernt hatte, und damals hatte er ihn nur kurz gesehen. Es war keine Epoche seines Lebens gewesen, über die er gern nachdachte. Er hatte sich gerade von seiner Frau getrennt, hatte gerade angefangen, im Verlag zu arbeiten, und hatte gerade einen Roman aufgegeben, der fast fertig gewesen war. In dem gemieteten Zimmer, in dem er wohnte, nachdem er Barbara verlassen hatte, hatte ein kleiner, billiger, dick mit Schellack überzogener Schreibtisch gestanden. Tag für Tag hatten sich die Seiten seiner Geschichte aufgehäuft. Dann, als er beim letzten Kapitel angelangt war, hatte ihn Panik ergriffen. Es war, als ob die Seiten vorher einen Raum in seinem Körper besetzt hätten, der jetzt durch ihr leibhaftiges Erscheinen auf dem Tisch leer geworden war, und in diese Leere stürzte er. Fast wäre er zurückgegangen zu Barbara. Statt dessen hatte er die Hansens besucht, die für kurze Zeit in der Stadt waren, und hatte sie bei einem erbitterten, quälenden Streit darüber angetroffen, ob sie nach South Carolina oder Long Island ziehen sollten. Sie waren ihm damals von keinem großen Nutzen gewesen. Und im darauffolgenden Jahr, vielleicht auch etwas früher oder später, waren sie geschieden gewesen. War es nicht eher zwanzig Jahre her? Zu lange schon hatte er den Bezug zu seiner eigenen Geschichte verloren; jetzt konnte er die Jahre, die Ereignisse nicht mehr in eine Ordnung bringen. Bestenfalls waren seine Beziehungen mit anderen Menschen abgenutzt; mit Ausnahme seiner langen Freundschaft mit Laura fühlte sich sein Leben an, als sei es fast bewegungslos.

«Laura», sagte er in plötzlicher Erregung, während er versuchte, das nagende Gefühl verlorener Zeit, vergessener Zeiten wegzuschieben.

«Ich bin hier, mein Lieber», erwiderte sie sofort und lächelte ihn mit außergewöhnlicher Zärtlichkeit an, als ob sie seinen Kummer spüre und wünsche, ihn zu lindern. Doch war es wirklich sein Kummer, der ihr diese hinreißend vorgebrachten Worte der Zuneigung entlockt hatte? Er war nicht getröstet, er war beunruhigt. Lag der Grund dafür nicht in der Tatsache, daß er einen Moment lang ein echtes Gefühl gezeigt, die Pose ihres gemäßigten Widersachers aufgegeben hatte? Und wenn es das war, was sie erkannt hatte, was machte es für einen Unterschied, ob sie ihn «Scheißkerl» nannte oder «mein Lieber»?

«Also gut! Werden wir je etwas über diese Reise erfahren?» fragte er distanziert. Es funktionierte nicht; er spürte den schwachen Kern seiner eigenen Stimme, und sie tat es ebenfalls. Ihr Blick war wissend, amüsiert.

«Aber ja», sagte sie. «Wenn ihr etwas davon hören wollt...»

Die glänzenden Namen uralter Städte flammten auf zwischen prosaischen Details von Hotels und Reiserouten. Mit einer besonderen, untypischen Gründlichkeit schien Laura eifrig darauf bedacht, ihnen eine Odyssee von Fahrplänen vorzutragen.

Clara trank ihren Kaffee und rauchte Peters Zigaretten. Der Kellner kam zurück, um ihre Tassen aufzufüllen, sobald sie leer waren, und wenn er nicht mit seinen anderen Tischen beschäftigt war, stand er in der Nähe und blickte verstohlen zu Laura.

Unbeteiligt an dem Gespräch zwischen Peter und Laura, das sie in keiner Weise einbezog, geschützt vor den vagen Annäherungsversuchen Desmonds – der neben ihr saß, halb eingeschlafen, während ein schwaches, ruckweise auftretendes Lächeln seinen Mund von Zeit zu Zeit auseinanderzog –, beschloß sie, über Harry Dana nachzudenken. Sie zitierte ihn herbei. Er wollte nicht kommen. Schweigend zählte sie bestimmte Züge des Körpers ihres Liebhabers auf, die straffe weiße Haut über seinen Wangenknochen, seine Brustwarzen wie Korallenstückchen, eine kleine, blaue Narbe auf dem Spann seines rechten Fußes, seine großen, sauberen, eher charakterlosen Hände. Doch diese Talismane beschworen nichts von Harry herauf. Statt dessen – und ungefragt – ging eine Gestalt langsam einen langen Korridor entlang und erreichte endlich das Licht ihres Erkennens. Es war ihre Großmutter, die mit einer Hand das Geländer umfaßte, das durch alle Säle des Altersheim führte, als Hilfe für die Gebrechlichkeit des Alters, als eisernes Bestehen darauf. Clara sah über den Tisch zu Laura. «Mit dem Zug, und dann nehmen wir einen speziellen Bus ...», sagte sie gerade.

Die leidenschaftlichen Anklagen Lauras gegen ihre Brüder, weil sie Alma vernachlässigt hatten, konnten ebensogut nie geäußert worden sein. Außerdem – mit welchem Recht hatte sie diese Anklagen vorgebracht? Jahrelang war sie fort gewesen; es war, als ob sie tot gewesen sei. Was konnte sie von jener Straße wissen, in der Clara und Alma gewohnt hatten? Läden, die einer nach dem anderen wegen der Überfälle schlossen, der einzige Markt acht Blocks weit weg, die Autos, die nicht an den Ampeln hielten, als ob die Gegend unter einem Fluch stehe, der durchdringende Gestank ausgesetzter Katzen, die oft im Hauseingang Schutz suchten, die Eingangstüren immer halb offenstehend, sogar bei kaltem Wetter und im Sommer, wodurch eine von Autoabgasen angesengte matte Brise eindringen konnte, die eine schwache, schale, nach nasser Asche riechende Feuchtigkeit mitbrachte. Die Leute zogen weg; die Heizung ging nicht, der Strom fiel immer wieder aus; unförmige Menschen, gescheiterte Existenzen tauchten auf und verkündeten, sie seien der neue Hausmeister, dann verschwanden auch sie. Aber es gab andere; die Holzverkleidung des Aufzugs war immer mehr von ihren Proklamationen zerkratzt – Drohungen, sexuelle Angebote, Namen, Nummern. Und doch war in Claras letztem Jahr dort Eugenio der einzige Mensch gewesen, den sie je in den langen gefliesten Gängen gesehen hatte. Er hatte immer eine Aktentasche bei sich getragen; er hatte sich vor ihr verbeugt und war eilig weggegangen.

An Sonntagen kamen Carlos und Eugenio zum Mittagessen; nur zu den Zeiten, wenn Eugenio bei ihnen in der Wohnung wohnte, ging er früher aus dem Haus, während Alma noch kochte. Und wenn er doch einmal blieb, ging er oft ganz plötzlich am Ende der Mahlzeit, sagte jedem von ihnen steif auf Wiedersehen und setzte dabei einen kleinen Hut auf.

Sie aßen in der Eßecke, einem Raum, der gerade groß genug war, um einen kleinen runden Tisch und vier Stühle mit geraden Lehnen aufzunehmen. Es gab ein Fenster dort, doch eine mit einer dicken Rostschicht bedeckte Feuertreppe hielt den größten Teil des Lichts ab. Der Küchenbereich war ein enger Durchgang zwischen Holzschränken, die wie Kisten aufeinandergestapelt waren. Die oberen waren nie benutzt, nicht einmal geöffnet worden. Hier ging Alma arthritisch hin und her, sang dabei mitunter ganz für sich und war manchmal so voll von enttäuschten Hoffnungen, daß ihre verkrüppelten Hände auch die geringe Kraft verloren, die sie noch hatten, um Töpfe zu heben und niederzusetzen.

In der stickigen, engen Eßecke saßen ihre beiden Söhne aufrecht wie Gefangene vor dem Verhör. Sie sprachen selten. Clara verbrachte soviel Zeit in der winzigen Küche, wie sie konnte, um der furchtbaren Spannung am Tisch zu entgehen, dem finsteren Blick der beiden über ihr Essen gebeugten alternden Söhne, während Alma von Nachbarn plauderte, die niemand je gesehen hatte, von Geschichten in illustrierten Zeitschriften, die niemanden interessierten, von irgendwelchen Nachrichten aus dem Radio, die niemand hören wollte. Vielleicht war es nicht einfach Spannung gewesen, die Clara in die Küche getrieben hatte, vielleicht war es die unerträgliche, ängstliche Erwartung gewesen, die Pein jedes Sonntags, die Frage, ob Alma endlich die Aufmerksamkeit der beiden gewinnen konnte, ob sie sich noch einmal retten konnte vor der Erkenntnis, daß sie nur gehorsam waren, daß aber auch die Erfüllung ihrer Kindespflicht die Empörung nicht besänftigen konnte, die Alma so zutiefst verwirrte. Deshalb verdoppelte sie ihre Anstrengungen, ihnen zu gefallen, während sie gleichzeitig zuließ, daß man ihr die Anstrengungen ansah; es war ein Vorwurf gegen die Härte ihrer Herzen, die sich im Gegenzug nur noch mehr verhärteten. Söhne und Mutter, ein Puzzle des Seelenschmerzes, dessen Teile perfekt zusammenpaßten. Und doch forderte sie ihre Anwesenheit, erzwang sie mit einem Dutzend indirekter Mittel, kämpfte gegen sie mit ihrem Lächeln, ihren Späßen, ihrer Hilflosigkeit. Sie wußte von Carlos' ernsthaftem, doch etwas ironischem Interesse an Affen. Sie schnitt Fotos von Affen aus und schenkte sie ihm mit kokettem Lächeln.

Alma wußte nicht – soweit Clara wußte –, daß Carlos einmal festgenommen worden war, als er, wie er behauptet hatte, die Eskapaden der Affen im Zoo des Central Park beobachtete. Aber ein riesengroßer dicker halbwüchsiger Junge hatte geschworen, daß Carlos «an meinem Hintern herumfummelte». Der Fall war niedergeschlagen worden; der Junge hatte sich, wie Ed Hansen Clara erzählte, vor Gericht anstößig benommen, der

Richter hatte die Klage abgewiesen. Tatsächlich ließen sich alle Maldonadas gern von Affen unterhalten, weil Affen schließlich in ihren äffischen Possen die menschliche Lächerlichkeit widerspiegelten. Warum sollten sie Leuten nicht anziehend erscheinen, die sogar ihr eigenes Verhalten als zynischen Beweis nahmen für die zutiefst törichte Natur des Menschengeschlechts?

Ab und zu, sehr selten, kam es vor, daß Carlos einen jungen Freund zu einem der Sonntagsessen mitbrachte. «*Pero que sympatico!*», flüsterte Alma Clara zu, und der junge Mann überreichte der alten Frau einen Blumenstrauß, der schwach nach U-Bahn-Kiosken roch, oder eine kleine Schachtel mit kandierten Früchten; später hielt er ihre Hand und zog sie freundlich wegen ihres Akzents auf.

Und manchmal unterbrach Eugenio die eiserne Monotonie der Mahlzeit mit einem Bericht von der Welt, einer Abendgesellschaft, an der er teilgenommen hatte. Immer war das Silber alt, unwahrscheinlich teuer, ein Vermögen wert. «Ein Vermögen!» wiederholte er immer wieder, während er auf den Reis und die schwarzen Bohnen auf seinem Teller hinuntersah oder auf das dicke, plebejische Wasserglas oder das schäbige Besteck. Nachdem sie gegangen waren, zog sich Alma in das Schlafzimmer zurück, löste die Schnürsenkel ihrer schwarzen Schuhe, legte sich hin und starrte an die Decke, und Clara, die sich trotz ihres Widerwillens zu dem Raum hingezogen fühlte durch die klagenden Seufzer der alten Frau, einer wechselvollen Brise des Leids, dem einzigen Geräusch, das das Schweigen jener späten Sonntagnachmittage brach, stand in der Tür und fühlte sich abgestoßen und war bestürzt beim Anblick der langen weißen Haarsträhnen, die sich aus Almas Haarnadeln gelöst hatten und über ihre Wangen und ihren Hals fielen.

Was konnte Laura von diesen Sonntagen wissen, von Almas trübseliger und weicher schmerzvoller Verlassenheit, vom Alltagsleben jener beiden Zimmer, aus denen Clara jeden Montagmorgen in die Klassenräume der Schule entkam? Wie konnte Laura es heute wagen, das exklusive Recht auf Mitleid mit Alma für sich zu beanspruchen?

«Es ist Pech, daß du nicht als Erwachsene geboren wurdest», hatte Ed einmal zu Clara gesagt. «Deine Mutter verachtet natürliche Hilflosigkeit.» Als Ed krank war, hatte er ihr erzählt, daß Laura oft tagelang verschwunden gewesen sei. Er schien davon belustigt, als handle es sich nur um irgendeine merkwürdige Eigenheit. Clara zog es vor, nicht nachzufragen, was er wirklich fühlte. Und Clara hatte gelernt, daß es nicht nur «natürliche Hilflosigkeit» war, die Laura haßte. Ihre Angst vor jeglicher Art von Unzulänglichkeit auf der Welt war so groß, daß sogar das, was sie als schlechten Geschmack bezeichnete, dazu führen konnte, daß sie sich von jemandem abwandte, als ob Schwäche des ästhetischen Urteils oder einfache Ignoranz bei einem anderen *sie* in tödliche Gefahr bringe. Doch wovor fürchtete sie sich eigentlich? Sie hatte sich der alten Mrs. Clapper angenommen, aber noch während ihres Verfalls klang die alte Frau wie eine Tigerin, und schließlich war die Sache für sie von Vorteil gewesen.

«Clara?» Carlos beugte sich über den Tisch. «Auf Wiedersehen, Liebes», sagte er. «Ich überlasse dich deiner Mamá.» Er lächelte. Er sah froh aus.

«Carlos», sagte Clara bittend, «mußt du gehen?»

«Komm mich bald besuchen», sagte er, wandte sich von ihr ab und ging auf die Tür zu. Niemand, dachte sie, nahm mit leichterem Herzen Abschied als Carlos. Ihr war auf einmal kalt. Ihr Beisammensein hatte sich drastisch verändert, stärker verändert, so schien es, als man es durch einen leeren Platz am Tisch hätte erklären können. Herzlicher, geheimnisvoller, verkommener Carlos! Es war immer leicht, ihn zu vermissen; er hinterließ keine schmerzlichen Echos.

Laura rollte ein Stückchen Brot zwischen den Fingern. Peter klopfte mit einem Finger an sein Brandyglas. Der leise Ton war wie das entfernte Geräusch einer Boje. Laura fing an, flüsternd mit Desmond zu sprechen, die Worte waren unhörbar. Bald würde Clara gehen. Wenn sie ihre Tür aufschloß, würde der Abend allmählich unwirklich werden – oder unerklärlich. Wenn sie daran dachte, würde sie sich an das erinnern, woran sie sich immer erinnerte, an ihr Unbehagen, an Lauras ewiges Donnerwetter und an ein Gefühl von Selbstverrat, das noch ein paar Tage andauern würde, eine Woche, bis es vergessen war, und doch würde es weiterbestehen in Träumen voller Peinlichkeit oder in Augenblicken, wenn sie jemandem nicht ins Gesicht sehen konnte. Sie hatte versucht, Harry Dana ihre Mutter zu schildern. Es war ihr nicht in den Sinn gekommen, daß Laura ihm langweilig vorkommen könnte. Er sagte, wenn sie von Laura spreche, gefalle ihm ihr Ton nicht. Wie ihr Ton denn sei, hatte sie gefragt. Er hatte gesagt, er könne es nicht genau definieren, unheilvoll oder künstlich, etwas in dieser Richtung. Als sie jetzt daran dachte, war sie verärgert, unruhig, sie fühlte sich zu Unrecht beschuldigt. Sie hatte nur versucht, ihn abzulenken.

Gestern war Harry am frühen Abend vorbeigekommen. Sie hatten sich besonders zärtlich umarmt, wie bei einer großen Versöhnung. Als sie einander streichelten, waren ihre Hände wie elektrisiert gewesen, so empfindlich, daß ihre Finger vor dem Fleisch des anderen zurückzuschrecken schienen. Clara warf einen verstohlenen Blick auf ihre Mutter, die nichts von Harry Dana wußte.

Allmählich drang das Gemurmel des Gesprächs zwischen Peter und Laura in ihr Bewußtsein. Seine Stimme klang angestrengt; die Aufmerksamkeit ihrer Mutter schien anderswo, obwohl sie ihren Blick starr auf Peter gerichtet hielt. Er sprach von einer japanischen Schriftstellerin, mit der er am Tag zuvor zu Mittag gegessen hatte. Sie hatte ihm einen kleinen, vollendet geformten Apfel geschenkt. «Wie poetisch», sagte Laura. Sie hatten ihren Roman ein paar Monate zuvor veröffentlicht. Es war seit langem der beste gewesen, den er auf den Tisch bekommen hatte.

«Nicht noch so ein Bericht vom universellen Unterleib?» fragte Laura.

«Nein, nein», sagte Peter schnell. «Überhaupt nicht. Sie meint es ernst. Es ist ein gutes Buch.»

«Gut verkäuflich?» fragte Desmond und stieß ein sonderbares kleines Kichern aus. «Ich weiß, was dieses *ernst* heißt, Peter Rice. Unverkäuflich, das heißt es.»

«Sehr richtig», sagte Peter leichthin.

«Es ist nichts falsch daran, Geld zu verdienen», beteuerte Desmond aufgebracht. Laura lachte. «Also – wirklich nicht!» protestierte er. «Diese ganzen *ernsten* Menschen sind die größten Schwindler von allen!»

«Ich weiß», stimmte Peter zu. «Aber diese Frau ist keine Schwindlerin.» Er sprach von anderen Schriftstellern, anderen Büchern, Büchern, die ihn nicht interessierten, Verkaufszahlen, um Desmond zu beruhigen, ein wenig Klatsch, um Laura zu unterhalten.

Doch die wahre Unzufriedenheit mit der Welt, die er so kühl beschrieb, behielt er für sich. Er hätte sich geschämt, irgend jemandem sein Mißvergnügen an der Arbeit zu offenbaren, die er tat und von der er inzwischen das Gefühl hatte, daß sie das war, was er am besten konnte. Er fand kein Vergnügen mehr am Lesen. Der Anblick einer bedruckten Seite erfüllte ihn mit einer schwachen, doch beständigen Übelkeit. Er las nichts, außer den Manuskripten, für die er verantwortlich war. An den Wochenenden fuhr er meilenweit aus der Stadt hinaus, übernachtete in einem Gasthaus, wenn er eines fand, doch öfter in Motels, wo er fernsah oder, wenn es eine Bar gab, stundenlang bei einem Drink saß, oder er wanderte bei jedem Wetter umher, bis er müde genug war, um einzuschlafen. Aber dann war er wenigstens weg vom ständigen Lärm der Verlagswelt, außerhalb der Reichweite der Kulturexperten, deren Manuskripte oft auf seinem Schreibtisch landeten und deren Lebensenergie, wie er allmählich glaubte, durch nichts anderes als die Erregung, ihren Namen gedruckt zu sehen, zu strömen begann; taub für ihre eigenen versagenden Stimmen, die so sehr den Stimmen alternder Sänger glichen, produzierten sie sich, nur damit sie nicht ohnmächtig der Krankheit der Anonymität anheimfielen, und sie konnten niemals still sein, sondern mußten ihr eigenes Geschrei dauernd dem universellen schrillen Getöse der Meinungen hinzufügen; ihre Gegensätze oder Übereinstimmungen waren gleichermaßen bedeutungslos, da beide Haltungen nur ihren Willen bekundeten, sich zu behaupten. Und doch wußte er, daß sie auch demütig und traurig waren, wie ewige Freier. Sie hatten ihr Selbst in die Obhut der Öffentlichkeit gegeben, sie waren abhängig von der unachtsamen, flüchtigen Aufmerksamkeit, die sie erhielten. Wenn ihre Bücher herauskamen, klingelte bei Peter ständig das Telefon, die Autoren riefen immer wieder an – warum waren sie von dem und dem nicht besprochen worden? Warum hatte dieser oder jener sie links liegengelassen? Warum gab es so wenige Anzeigen in Zeitungen und Illustrierten? Warum lagen ihre Bücher nicht in dieser oder jener Buchhandlung aus? Was zum Teufel war mit dem Vertrieb los? Waren die Vertreter angewiesen worden, ihre Bücher zu ignorieren, weil sie unpopuläre Meinungen vertraten? Unpopulär! Das Publikum hatte einen Mund, der so blind und gierig war, daß er alles schluckte, sein Appetit war so beständig, daß der Kiefer offenstand wie erstarrt. Peter konnte diese Autoren beruhigen, ihnen ihre Selbstsicherheit wiedergeben. In seiner Abteilung war er als «der Besänftiger» bekannt. Und in einem Winkel seiner selbst empfand er eine flüchtige Sympathie für sie, wenn auch nur deshalb, weil ihm jegliche Sympathie mit den neueren, gerade aufkommenden Schriftstellern fehlte und er sich ihrer theatralischen Empörung und ihrem cleveren Handhaben von Geschäftspraktiken gegenüber hilflos fühlte.

«Das Mittagessen ist die große Gefahr», sagte er. «Erinnerst du dich, als ich einmal so übergewichtig war, Laura?»

«Das warst du nie, du bist immer schon dünn gewesen», erwiderte sie mit besonderer Betonung auf «dünn», womit sie meinte, dachte er, daß er immer schon vertrocknet gewesen war.

«Ich habe Jahre gebraucht, um zu lernen, nicht das zu bestellen, was die Schriftsteller bestellten», fuhr er fort. «Sie sind wirklich hungrig. Ich muß bescheiden essen, ohne daß es sie beleidigt. Sie sind empfindlich, sie wollen nicht wie Vielfraße erscheinen. Heute nehme ich ein Glas Weißwein, ein Omelett, viel schwarzen Kaffee als Gegengewicht zu ihren Desserts.»

Noch einmal war sein Blick auf Claras Nase gefallen, diesen feinen, schmalen Grat, der Ed Hansens Nase aufs Haar glich. Er fragte sich, ob ihre Augen die gleiche Farbe hatten wie seine, lila und bläulich. Doch ihr großer Kopf, ihre ganz glatten, wie gemeißelten Lippen, ihr langsamer, zögernder Gang hatten nichts von Hansen, sondern waren typisch Maldonada.

Carlos hatte ihn vor dreißig Jahren bei den Hansens eingeführt. Er war mit ihm nach Long Island gefahren, wo Ed zeitweilig ein Haus am Long Island Sound gemietet hatte. Die Arrangements, die er traf, waren immer zeitweilig – wie das Leben, sagte er gern.

Peter und Carlos hatten die Verandatür durchschritten und die Hansens in einem renovierungsbedürftigen, aber komfortablen Wohnzimmer angetroffen. Es war ein Frühlingstag gewesen, das Zimmer roch nach der gefrorenen Erde und dem ersten frischen Grün draußen, nach feuchten Korbmöbeln und Kaffee, nach den Lederhalsbändern der beiden Hunde der Hansens. Kurz nach ihrem Eintreffen war ein Mann aus dem Dorf gekommen, der eine Kiste mit Getränken brachte und eine Weile blieb, um mit Ed zu reden. Ed war im Dorf bereits bekannt. Er konnte es nicht ertragen, in einem Dorf nicht bekannt zu sein. In Europa wie in Amerika fand er immer Dörfer; sie lebten nie in Städten, besichtigten sie nur. Ed und der Lieferant hatten davon gesprochen, daß es nun Frühling werde und welche Fische man in der Bucht fangen könne, deren Wasser sich jenseits des holperigen, vernachlässigten Gartens friedlich kräuselte. Das Licht war so lieblich gewesen, so klar! Ein blasses, jungfräuliches Licht, das auf Peters Wangen fiel und aussah, als komme es von den kühlen Blütenblättern der Krokusse, die hinter der Verandatür schon welkten; doch er sah sie verstreut zwischen den Pfingstrosen, deren dicke, pflaumengleiche Knospen einen geräuschlosen Trommelwirbel schlugen, als der Wind sie berührte. Er hatte Carlos damals nicht gut gekannt, und vor ihm hatte er noch nie einen spanischsprechenden Menschen gekannt. Hier waren Leute mit echtem spanischem Blut. Laura – schlank, damals, in der leichten, klaren Luft wie eine dunkle Wurzel, die ihren Pfingstrosenkopf im Gleichgewicht hielt, während sie still in ihrem chintzbezogenen Sessel saß und das Sonnenlicht auf den Teppich zu ihren Füßen fiel und auf die Beine des weißen Korbtisches, an dessen Ende ihre brennende Zigarette lag. Sie hatte gesagt: «Ich glaube, ich sollte mir mal einen Aschenbecher suchen», und ihn angelächelt. Er dachte immer, wenn er sich diesen Raum, diesen Frühlingsmorgen ins Gedächtnis rief, daß er dort den intensivsten Moment von Freude, von Optimismus in seinem Leben erlebt hatte, wegen Ed Hansen in seinem englischen Jackett, wegen Laura, die ihre langen Arme vor dem Oberteil ihres leichten Kleides gekreuzt hatte, als sie aufstand und in die Küche ging, um einen Aschenbecher zu holen, und ihn anlächelte, wegen des Gefühls endloser Möglichkeiten, auf die Eds Kameras in ihren Lederetuis hinwiesen, die aufgestapelten Illustrierten und Bücher, die noch unausgepackten Koffer neben dem Kamin, weil er geglaubt hatte, daß die Hansens brillant und aufregend und außerordentlich seien, weil die Luft für ihn noch nie so stark nach Frühlingsblumen geduftet hatte.

Ein Jahr später hatte er Barbara geheiratet. Ed hatte sie ihm vorgestellt. Er hatte den Eindruck gehabt, daß er auch die Hansens heiratete; er hatte sie heiraten wollen.

Er hörte sich selbst sprechen, aber seine Stimme fühlte sich an, als ob sie ihm nicht gehöre. Die Luft war furchtbar hier, in dem künstlichen, sentimentalen Restaurantdämmerlicht. Plötzlich fuhr er zusammen. Clara hatte seine Schulter berührt, doch es war Laura, die sprach.

«Ach, Peter, komm doch mit uns!» sagte sie. Sie sprach mit einer sonderbaren, bedrückenden Gewichtigkeit, wie jemand in Trance. Die alte Hoffnung stieg in ihm auf, daß alles noch möglich sei, daß er in seine Wohnung zurückgehen und seine Sachen packen und alles hinter sich zurücklassen könne, die Notwendigkeit, seinen Lebensunterhalt zu verdienen – er hatte nichts geerbt –, die Einsamkeit seines Lebens. Doch diese Hoffnung war ein Messer, das ihn niederstach. Er blickte wütend zu Laura, dann von ihr weg zu seinen eigenen Händen, die die Serviette falteten. Sie versuchte immer, Männer in Schwung zu bringen! Erregte sie mit nichtigen Absichten. Er war zu alt, um in Schwung zu kommen. Dann sagte er sich, daß er sich beruhigen müsse; sie hatte ihn in diesem Moment enttäuscht, aber es war seine Enttäuschung, nicht ihre. Er fand sich fast komisch und wollte Laura schon erklären, wie schwer es inzwischen geworden sei, in Schwung zu kommen, für die Arbeit, für Gespräche, für Gedanken, um zu duschen und seine Mahlzeiten zu essen und Rechnungen zu bezahlen, um sich Tag für Tag in Gang zu halten. Er wollte nur still dasitzen und sich diese kleine Schwäche, das Zusammensein mit Laura, hin und wieder erlauben, eine Art Urlaub, der ihn eine Zeitlang das geregelte, kärgliche Leben vergessen ließ, mit dem er gerechnet und das er bekommen hatte. Der Urlaub konnte heute aber kaum noch Wunder wirken.

«Warum sollte ich das tun?» fragte Peter nicht ohne Gehässigkeit.

Laura sah verärgert aus, wie er wußte, nicht wegen seiner Bosheit, sondern wegen seiner Frage. *Warum* kam in ihrer Weltsicht nicht vor.

«Sei nicht so ein Stück Scheiße!» sagte Desmond mit offensichtlichem Vergnügen an seiner derben Ausdrucksweise. Das Vergnügen war flüchtig. Ein saurer Geschmack schäumte in seiner Kehle. Er würde die halbe Nacht auf sein, zwischen seinem Bett und der Toilette hin und her torkeln. Irgendwann würde Laura das Licht anmachen und im Ton einer ganz bestimmten schrecklichen Geduld sagen: «Soll ich dir irgend etwas holen?» Er sagte sich, daß das besser sei als früher, in den Zeiten, da sie eine Lampe gegen die Wand geworfen oder ein Radio auf dem Boden zerschmettert hatte, als ob ihre Wut ihn daran hätte hindern können, sich über der Toilettenschüssel die Seele aus dem Leib zu kotzen! Ja, es war alles viel besser geworden. Nur noch zwei waren jetzt übrig, einmal dieser lästige Muffel von einem Lektor, dann Clara. Laura und er würden zurückkehren in ihr Zimmer – vielleicht konnte er seine Benommenheit einfach verschlafen. Morgens würde er das Frühstück bestellen, Laura würde ihm in friedlichem Ton ein paar komische Dinge aus der Zeitung vorlesen. Sie würde ihre Zigarette bis auf den letzten Zug rauchen, wie es ein Kind von der Straße tat; er würde packen. Er packte wunderbar! Er hatte ein Geschenk für sie gekauft, das er ihr geben wollte, wenn der Hoteldiener ihr Gepäck abholte, ein kleines Osterei aus Pappmaché, in dessen Inneren sich ein winziges, makelloses Dorf befand, das sie durch ein Loch an einem Ende sehen konnte. Sie würde begeistert sein, Geschenke begeisterten sie. Er fing an zu grinsen. Er sah sie an. Sie war nach vorn gebeugt, die Hand an ihrer Brust zur Faust geballt, das Gesicht verdüstert, finster, völlig anders als die Frau in seiner Träumerei. Warum widersetzte sie sich ihm? Er wollte sie schütteln.

«Ich bin kein Stück Scheiße», sagte Peter Rice freundlich. «Ich bin ein Lohnsklave. Aber das nächste Mal – vielleicht das nächste Mal...»

«Carlos ändert sich nie», sagte Desmond gereizt. Laura straffte sich und schüttelte den Kopf.

«O doch. Er ändert sich», sagte sie. «Wir alle tun das, wir alle sehen irgendwann so verunstaltet und häßlich aus wie die schwarzen Schuhe meiner armen Mutter.»

Sofort sah Clara die Schuhe auf dem Boden des Wandschranks in der Wohnung in Brooklyn vor sich. Bei ihrem einzigen Besuch im Altersheim hatte sie beobachtet, daß Alma Pantoffeln trug. Sie sahen genauso aus wie die ihrer Mitbewohnerin, der alten Mrs. Levy. Mrs. Levys Haut hatte die Beschaffenheit und die Farbe eines Kekses. Mrs. Levy war fast immer im Bett, ihre Pantoffeln standen am Boden, nebeneinander, wie zwei alte gescheckte Katzen. Sie stellte sich vor, wie sie nachts schliefen, zwei weibliche Körper, reglos unter Anstaltsdecken. Sie nahm an, daß all diese alten Leute Pantoffeln trugen. Erlaubte man ihnen, wenigstens ein Paar Straßenschuhe zu behalten? Falls jemand sie zu einem Spaziergang mitnahm? Falls die Welt sich änderte und sie mit anderen zusammenleben konnten? Oder für ihre Beerdigung? Oder waren die Alten so verabscheuungswürdig, daß es desto besser war, je weniger Lärm sie machten?

Clara fürchtete, daß ein neuerliches Gespräch über das Alter zu ihr selbst zurückführen würde. Wenn sie nur schreien könnte: «Ich weiß einfach nicht, warum ich Alma nicht besuche...» Sollte Laura ihr sagen, warum! Oder Desmond! Sie begann, hastig über einen Artikel zu reden, den sie gelesen hatte, über Opossums. Voller Selbstverachtung hörte sie ihre eigene Stimme, die vor geheuchelter Begeisterung anstieg, und tat, was Alma immer getan hatte: setzte ihnen mit Tieren zu und kämpfte dabei gegen die immer stärker werdende Abkühlung an, forderte ihre Aufmerksamkeit, auch wenn sie so künstlich war wie der Anspruch, den sie darauf erhob; doch sie hätte alles getan, um das verwirrte, weiche, mit Selbstvorwürfen beladene tiefste Innere ihrer Gefühle für ihre Großmutter vor Laura zu verbergen. Jetzt, als der Abend fast vorbei war, war sie tiefer beunruhigt und sich selbst mehr entfremdet als zum Zeitpunkt ihres Eintretens in das Zimmer im Hotel, wo die Seltenheit und Besonderheit ihrer Begegnung mit Laura eine Art Hintergrund abgegeben hatte, vor dem sie das Theaterstück gegenseitiger Zuneigung spielen konnten. Doch das Dunkel hatte sich vor Stunden gelichtet, als Laura den Saum ihres Kleides hochgehoben und Claras kraftlose Lüge für sie beide sichtbar gemacht hatte. Es gab ein Bild in ihr von einer öden Landschaft und von ihr selbst, die darin herumhüpfte, ein gekränkter Clown an einem leeren Ort.

Sie griff nach einem Vorlegelöffel. «Wenn Opposums geboren werden, paßt ein ganzer Wurf von ihnen, fünf oder sechs, in so einen Löffel.» Desmond starrte stumpf auf den Löffel. Clara brachte ihn dicht vor ihre Augen. «Da sind sie ja!» sagte sie quiekend. Laura brach in Lachen aus.

«Oh, mach das noch mal», rief sie.

«Da sind sie!» quiekte Clara noch gellender.

Laura lehnte sich in ihrem Stuhl zurück und warf den Kopf nach hinten. Das Gelächter floß aus ihr heraus bis über den Rand des Tisches, große Wellen in ausgelassenem Ton von solcher Lachlust, solcher Genugtuung, daß die Leute von überall um sie herum sich umdrehten, um zu ihnen herzusehen und zu lächeln. Desmond richtete sich aufgeregt auf und nahm Claras Hand, die den Löffel hielt, und küßte sie, und auch er begann zu lachen, hustete dabei und tätschelte Claras Arm. Tränen liefen über Lauras Gesicht, und sie wippte vor und zurück, bis sie schließlich verstummte und sich mit den Handrücken über die Augen wischte. «Ach, Clara ...», sagte sie weich, und ein sonderbarer Ton des Bedauerns schwang in ihrer Stimme mit.

Die unerwartete Wohltat dieses Augenblicks befreite Peter von der Erinnerung, und lächelnd befand er sich wieder im Zustand gewöhnlicher Unbewußtheit. Der Abend war wirklich anstrengend gewesen, aber sie waren so lange in diesem Hotelzimmer zusammengepfercht gewesen, das Stadtwetter war ungemütlich, furchtbar, wirklich, man konnte sich weniger dagegen schützen als gegen das Wetter auf dem Land, und es gab einen bestimmten Punkt im Leben – er hatte ihn schon vor einiger Zeit erreicht –, da waren Tabak und Alkohol und reichhaltiges Essen negative Vergnügungen, die ein trügerisches Feuer in einem entfachten, nur um einen dann dem schmachvollen Bewußtsein seines Alters auszusetzen. Und er hatte zuviel über seine Arbeit gesprochen, nicht nur, um unterhaltend zu sein, sondern aus dem etwas nebelhaften Wunsch heraus, das zu widerlegen, was Laura vorher an diesem Abend gesagt hatte, daß er seine Arbeit hasse, daß die Leute in seinem Büro ihn auf eine bestimmte Weise wahrnähmen. Es hatte ihn gewurmt.

Aber etwas war geschehen.

Peter sah von Laura zu Clara. Die junge Frau war voller Angst; Lauras Mund stand offen, die Zähne waren wie bei einer Schmerzattacke zusammengebissen, ihre Hände umklammerten den Tischrand. Desmonds Hände waren in der Luft, das Mädchen schüttelte heftig den Kopf. Laura stand auf –

«Du hast meine Stimme gestohlen!» rief sie. «Du hast sie gestohlen ... Ich ertrage es keinen Moment länger ...

Ich kann es nicht...» Und sie wandte sich von ihnen ab und schob sich an Kellnern und Tischen und Gästen vorbei zum vorderen Teil des Restaurants, wo sie sich, wie es aussah, gegen die Doppeltüren warf und auf die Straße hinausstürzte.

Am Tisch herrschte fassungsloses Schweigen, dann sagte Desmond matt: «Sie hat ihren Pelzmantel vergessen.»

«Die spanische Sezession», sagte Peter und bedauerte es sofort.

«Aber ich habe überhaupt nichts gesagt», seufzte Clara; sie ballte die Fäuste und drückte sie gegen ihre Wangen.

«Du mußt etwas gesagt haben», knurrte Clapper.

«Aber – nein!» rief das Mädchen durchdringend. «Nur all das über die verdammten Opossums – mein Gott! Was hab' ich bloß gesagt!»

«Sie hat zuviel getrunken», sagte Peter schnell und griff nach Claras Hand, die jetzt kraftlos mit der Tischdecke spielte. «Sie war überreizt. Ein Abschied bedeutet mehr als fröhliches Auf-Wiedersehen-Sagen und gepackte Koffer. Ich habe gesehen, daß sie sich Sorgen machte – es war nicht Ihr Fehler – seien Sie nicht albern –»

«Halt den Mund!» rief Clapper aus und nahm die Zuckerdose in die Hand, als ob er vorhabe, sie jemandem ins Gesicht zu werfen. Clara stand auf, starrte die beiden Männer mit dem Ausdruck unsäglichen Jammers an und ging ohne ein Wort. An der Garderobe blieb sie stehen und wühlte in ihrer Tasche, bis sie ihren Zettel fand. Als die Frau ihren Mantel über den Tresen legte, sah Clara den Pelzmantel ihrer Mutter, prachtvoll, auf einem Bügel. Sie würde ihn Laura bringen. Aber was wäre, wenn Laura nicht zum Hotel zurückging? Clara konnte den Mantel nicht mitnehmen; vielleicht bekam sie ihn nie mehr los. Und als sie mit heftig klopfendem Herzen, in tiefer Hoffnungslosigkeit durch die Tür ging, erinnerte sie sich daran, woher dieser Mantel stammte, von jenem reichen südamerikanischen Verwandten der Maldonadas, der Minen besaß und Orchideen züchtete, dem im Osten New Yorks eine Wohnung gehörte, die er während seiner Geschäftsbesuche benutzte, ein Penthouse, das bis auf ein paar Tage im Jahr leer stand, doch zweimal wöchentlich von einer älteren Finnin geputzt wurde. Sie hatte ihn einmal getroffen, hatte gehört, wie er mit Berlin und London telefonierte. Er hatte ihr einen Teller mit Trockenfrüchten angeboten und hatte unangenehm gelächelt, als sie nichts davon essen wollte. Er war ein kleiner, stämmiger Mann gewesen, mit gefärbtem schwarzem Haar und spitz zulaufenden dünnen Fingern, und er sprach in einem scharfen, prahlerischen Spanisch mit ihr. Jemand hatte ihr letztes Jahr erzählt, daß er irgendwo aus dem Fenster gesprungen sei und sich umgebracht habe. Und Laura war, wie sie in einem ihrer grauenhaften Geständnisse gesagt hatte, mit ihm «ins Bett gegangen». «Ich muß dir erzählen, wie ich diesen Mantel bekam», hatte sie gesagt. Und dann: «Ich bin schrecklich. Nicht? Ich war es so leid, nichts zu haben.» Und sie hatte wie staunend den Kopf geschüttelt. «Ich scheine zu allem fähig zu sein», hatte sie gesagt.

Der Regen hatte nicht nachgelassen. Wenn Laura nicht in ihrem Zimmer wäre, sagte sich Clara, würde sie im Foyer warten, bis sie erschien. Sie wußte nicht, was sie dann tun würde. Vielleicht war wirklich endlich etwas geschehen. Dieses Gefühl einer neuen Wendung, wodurch alles von seinem vertrauten Platz wegrückte, die Andeutung einer anderen Art zu leben, mußte der Grund für die plötzliche Erleichterung sein, die sie empfand, und für eine unheimliche Freude, als ob sie bald von einer Prophezeiung befreit und in der Lage wäre, sich dem Zufall zu öffnen.

Als Clara sechs war, hatte ihr Vater sie bei Alma abgeholt und zu Laura nach New York gebracht, in eine andere Wohnung, in der die Hansens ab und zu wohnen konnten und wo sie gerade wieder ein paar Tage verbrachten. Ed hatte in dem leeren Wohnzimmer gestanden und warnend den Finger an den Mund gelegt, damit sie still war – als ob jemand schliefe. Er hatte sie zu einer Couch geführt, und sie hatte sich hingesetzt. Im gleichen Augenblick war ein riesiger Hund in großen Sätzen aus einem anderen Zimmer herbeigesprungen, war direkt zu ihr gelaufen, auf die Couch gesprungen und saß leicht und gleichmäßig hechelnd neben ihr. Dann hatte sie aufgeblickt und Laura gesehen; sie stand mit einem Glas in der Hand, in dem Eiswürfel schwammen, im Türrahmen und sah sie an. Es war, als blicke ein Stein sie an. Plötzlich hatte Laura das Glas ins Zimmer geschleudert. Es hatte kein lautes Geräusch gegeben – das Glas mußte irgendwo aufgetroffen sein, aber etwas, Teppich oder Vorhang, hatte das Krachen gedämpft. Clara hatte sich neben dem Hund geduckt, und jetzt schien es ihr, als sei sie all die Jahre hindurch geduckt gewesen und habe auf das Geräusch des zerbrechenden Glases gewartet wie jemand, dem durch eine Pantomime bewußt gemacht wird, daß er angeklagt ist, und der eine Erklärung erwartet.

Es war erträglicher, des Stimmenraubs angeklagt zu sein – wie grotesk der Vorwurf auch war –, als der unabänderlichen Tatsache der eigenen Existenz. Doch was konnte sie dagegen machen, wenn ihre Stimme klang wie die ihrer Mutter? Dann dachte sie an Harry Danas Abneigung gegen ihren Tonfall, wenn sie von Laura sprach. Vielleicht gab es ein Körnchen Wahrheit in Lauras Beschuldigung. Clara sprach laut, wie am Telefon: «Hallo? Hallo. Bist du es, Harry?», und als sie in ihrem eigenen Stimmklang Lauras typische Satzmelodie erkannte, war sie so verblüfft, daß sie selbst verächtlich und kummervoll lachen mußte, während gleichzeitig ein sonderbares Triumphgefühl in ihr entstand.

«Hallo, Sie», sagte ein Mann, der stehengeblieben war und sie betrachtete. Sein Mantelkragen wurde von einer riesengroßen Sicherheitsnadel zusammengehalten.

Sie lief hastig weiter zum Hotel, dessen Eingang sie jetzt einen halben Block entfernt sehen konnte. Ein umgestürzter Abfallkorb lag am Bordstein, vielleicht ein Beweis dafür, daß Laura hier vorbeigekommen war. Das Problem ist, dachte Clara, ich glaube niemandem, außer Laura.

Über das Foyer hatte sich eine Stille gesenkt, wie sie nur nach dem Essen entsteht. Ein paar Leute saßen halb eingenickt im Zwielicht. Clara ging nach oben zum Zimmer der Clappers. Sie kam an den jetzt stillen, verschlossenen Räumen vorbei, wo Randy Cunny ihren ersten literarischen Auftritt gehabt hatte. Ein Pappbecher lag auf dem Boden – das war alles, was übriggeblieben war. Auf ihr Klopfen hin kam niemand zur Tür. Sie lauschte lange, das Ohr gegen die Tür gedrückt. Wenn Laura dort drinnen war, stellte sie sich tot. Es war unwahrscheinlich. Sie neigte nicht dazu, die Beleidigte zu spielen. Wahrscheinlicher war, daß sie völlig unbekümmert die regennassen Straßen entlangstürmte, in einem Zustand von exaltierter Empörung, einer Selbstvergessenheit, um die Clara sie fast beneidete, der Selbstvergessenheit einer Tänzerin in der wilden Erregung reiner Bewegung, wenn das Denken im Körper aufgeht.

Im Foyer fand sie einen Sessel, der, geschützt von einer Plastikpflanze, von der Rezeption aus kaum gesehen werden konnte. Ihr gegenüber, am anderen Ende des Raumes, hing ein großer Spiegel an der Wand, dessen Rahmen aus dickem vergoldetem Flechtwerk bestand. Sie sah einen Schatten darin, der sie selbst sein mußte, und andere Schatten, undifferenziert, vieldeutig, in trägem Hin und Her. Und sie dachte an Almas Geschichte darüber, wie sie sich zum erstenmal in ihrem Leben in einem Spiegel gesehen hatte, ein, zwei Wochen nach ihrem sechzehnten Geburtstag, eine Geschichte von solch reiner Unschuld, daß Clara sie kaum hatte glauben können, doch widerhallend von den Echos einer Ära, einer Klasse, einer Lebensweise, die für immer untergegangen waren. Eines Sonntagmorgens, als sie das Sonntagsessen kochte, hatte Alma Clara davon erzählt, und sie war glücklich gewesen zu Beginn dieses Tages, weil sie sich wieder einmal der vergeblichen Einbildung hingab, daß das Ende diesmal auf irgendeine Weise anders wäre.

In Havanna war sie von der Cousine ihres Bräutigams, La Señora Gonzaga, begrüßt worden, die sie nie zuvor getroffen hatte. Die Reise von Spanien, in deren Verlauf ihr sechzehnter Geburtstag mit den Wellen vorbeigezogen war, war beschwerlich gewesen. Sie hatte keine Ahnung, wohin sie fuhr, keine Ahnung von Kuba, von Cousins und Cousinen, von ihrem zukünftigen Ehemann, dessen Ferrotypie sie mit jedem Tag auf See mit mehr Furcht betrachtete. Dann kam die Reise über Land zu der Plantage, in Begleitung dieser kleinen, strengen Frau, die ihr so oft sagte, sie solle «beherrschter» dasitzen und weniger hastig sprechen und vor allem mit mehr Behutsamkeit, weniger aufgeregt atmen – es sollte nicht zu hören sein, wenn man atmete.

Das erste, was ihr auf der Plantage ins Auge fiel, waren die Blöcke, in denen die Sklaven ihre Strafe bekamen, und sie hatte laut ihre Häßlichkeit kommentiert. La Señora hatte sie gewarnt, daß sie solche Dinge nicht bemerken dürfe. Sie hatte erst Monate später herausgefunden, wozu sie dienten. Sie wurde durch hohe, stille Räume geführt, eine breite Wendeltreppe hinauf in ein Zimmer, das größer war als der Salon ihres Elternhauses in Barcelona. Ein seltsamer, bitterer, durchdringender Geruch hing überall – er schien ihr grün, wie die frischen, bitteren, grünen Blätter des Frühlings. Sie sollte sich ausruhen; die Tagesdecke eines riesigen Betts war von einer jungen Dienerin zurückgeschlagen worden, die sie anlächelte, während sie ihr beim Ausziehen half, aber kein Wort sagte. Als man sie allein gelassen hatte, war sie an eines der großen Fenster getreten. Die Zuckerrohrfelder erstreckten sich vor ihren Augen, soweit sie sehen konnte, unbewegt in der windstillen Luft des Spätnachmittags. Die fächerförmigen Blätter der Königspalmen im Garten schienen ihr mißgestaltet, unnatürlich. Nichts regte sich, und doch war der sich violett färbende Himmel von schweigender Gewalt erfüllt, die Dämmerung ein großer Flügel, der sich ausbreitete und alles aussperrte, was ihr im Leben vertraut war, die alten, weit entfernten Himmel ihrer zu Ende gehenden Kindheit.

Als es dunkel geworden war, brachten Diener ihr ein Kleid, das sie behutsam trugen, als sei es ein Invalide. Sie wurde angezogen, das Haar auf ihrem Kopf aufgetürmt, und zuletzt gab man ihr einen Fächer aus Elfenbein, auf dem ein Paradezug prachtvoller Pfauen mit der Bewegung ihrer Hand schmaler oder breiter wurde. An der Zimmertür trennten sich die beiden Dienstmädchen von ihr. Sie sah eine lange Galerie hinunter; an ihrem Ende war das Treppenhaus. Sie hörte das Gemurmel vieler Stimmen, das vom Stockwerk darunter aufstieg. Auch er würde dasein, Señor Maldonada. Was in aller Welt sollte sie zu ihm sagen? Wie würde sie ihn anreden? Doch sie ging auf leichten Sohlen die Galerie entlang, ihrem Schicksal entgegen. Sie war wißbegierig; anders als ihre Schwestern war sie voller Fragen. Am Ende der langen Strecke sah sie ein Mädchen, das ihr entgegenkam; es war so schön, daß sie aus Scheu und Vergnügen unwillkürlich zu lächeln begann. Sie hielt den Fächer an ihre Lippen. Das Mädchen tat dasselbe. Sie erkannte, daß sie selbst es war, zurückgeworfen von einem großen Pfeilerspiegel am Ende des Korridors. So hatte sie also diese unvorstellbare Entfernung zurückgelegt, nachdem ein Heiratsvertrag, an dem sie nicht beteiligt gewesen war, sie auf die Reise geschickt hatte, hatte die ersten Verletzungen ihrer Privatsphäre in der Enge des kleinen Schiffes erlitten, nur um die Wirklichkeit ihres Körpers zu entdecken, den sie am Vorabend ihrer Heirat mit einem unbekannten Mann von achtunddreißig Jahren zum erstenmal in voller Größe sah.

Clara stand auf und beobachtete die verwischte Spur ihrer Bewegung im Spiegel. Sie sah nur einen Moment zu ihrem Spiegelbild, senkte dann den Kopf und verließ das Hotel. Es war sinnlos, auf Laura zu warten. Was konnten sie zueinander sagen? Es war besser, nach Hause zu gehen. Wenn die Clappers von ihrer Reise zurückkehrten, würde sie sie wiedertreffen; über diesen Abend würde man kein Wort verlieren. Es würde sein, als habe er nie existiert. Clara hatte andere Probleme, über die sie nachdenken mußte. Sie hatte vor, sich morgen freizunehmen. Sie fuhr mit Harry nach New Jersey, er hatte dort einen Mandanten. Zum erstenmal hatte sich die Möglichkeit ergeben, daß sie soviel Zeit miteinander verbringen konnten.

Im Restaurant verteidigte sich Peter Rice gegen Desmonds mißmutige Anschuldigungen.

«Ich habe nichts getan», widersprach er wütend. «Das weißt du. Du weißt auch, daß Laura gern für eine Unterbrechung ihrer Langeweile sorgt – selbstverständlich ist ihr alles egal, außer ihrer eigenen Stimmung. Deswegen lieben wir sie so. Du solltest dir über das Mädchen Gedanken machen –»

«Dieses Mädchen kann für sich selbst sorgen!» rief Desmond aus. «Was quatschst du über sie? Sie ist daran gewöhnt. Sie sollte es jedenfalls sein. Aber ich bin es, der sich die ganze Nacht damit herumschlagen muß. Laura wird sich nicht beruhigen, bis ich sie morgen in die Kabine gebracht habe. Ich kümmere mich wirklich um Laura. Ihr anderen sitzt nur herum und schaut sie an.»

«Wer denn? Es lebt kaum noch jemand von uns!» Peter brach in heftiges, lautes Lachen aus. Clapper schüttelte seinen Arm.

«Hör auf. Bitte hör auf!» bat er. «Mein Leben mit Laura macht mich völlig kaputt!»

Ohne Desmond deswegen lieber zu mögen, empfand Peter in diesem Moment einen Anflug von Sympathie für ihn. Dann sah Desmond die Rechnung, die der Kellner liegengelassen hatte. Er ergriff sie und hielt sie nah an sein Gesicht; seine Augen wurden schmal, und die Lippen preßten sich argwöhnisch aufeinander, während er die Zahlen zusammenrechnete.

«Laß mich die Hälfte bezahlen», bot Peter an. Desmond warf ihm einen Blick voll tiefen Hohns zu.

«Schmink dir das ab», knurrte er. «Das ist meine Party.»

Laura war lange zuvor in das Hotel zurückgekehrt. Sie war gerannt, voll von rasender Wut, war sich mit bitterer Freude bewußt, daß die Leute auf dem Gehsteig ihr Platz machten, weil sie Angst vor ihr hatten, Angst vor einer vom Regen durchnäßten Furie ohne Mantel, deren Zähne vor Kälte aufeinanderschlugen.

Dieses Mädchen! Dieses Mädchen mit seinem offenen Mund, seiner idiotischen Furchtsamkeit – und Peter Rice, ein Insektenpanzer, der gottverdammte Vampir saugte ihr das Blut aus den Adern, diese blutleere christliche Nähmaschine mit seiner unerträglichen Geziertheit – was hatte *sie* nur mit solchen Wesen zu tun, was hatte sie mit dem dummen alten Desmond mit seinen dikken Knöcheln zu tun, mit seiner kindischen heimlichen Schnapstrinkerei, oder mit dem verdorbenen Carlos – doch bei dem Gedanken an Carlos begann Laura zu weinen. Sie verstand überhaupt nichts! Das nicht aufzulösende Rätsel ihrer impulsiven Regungen war Strafe genug für was immer sie getan hatte – sie hatte geglaubt, sie habe sie schon vor so langer Zeit eingeschläfert, sie seien verwelkt, genau wie sie selbst langsam verwelkte, aber sie waren wach, die alten Bestien ihres Lebens, so erbarmungslos, so grausam. Sie schluchzte laut und spürte ihre ruinierte Frisur an den Wangen kleben – die Locken waren verschwunden – sie mußte dringend aufs Klo – sie dachte, daß sie mit keinem Menschen mehr sprechen könne, daß sie für immer von der Sprache abgeschnitten sei, daß sie keine Worte mehr habe, wenn sie sprechen würde, nur noch ein wildes Gestammel, daß es keine Sprache gebe für die Qual ihrer Gefühle, für ihre Einsamkeit. Aber sie wollte keinen Menschen! Nur die Gegenwart von Tieren, einen Hund, der sie stumm betrachtete, eine Katze, die plötzlich aufstand, mit den Pfoten auf dem Fenstersims, um den Flug eines Vogels zu verfolgen. Die absolute Stille der tierischen Existenz, dieses langsame Einsinken in die ewige Gegenwart – das war das tierische Empfinden –, und sie erinnerte sich daran, wie sie einmal vor einem Löwenkäfig im Zoo eine verknotete Schnur entwirrt hatte; sie hatte nicht zu dem Löwen hingesehen und war sich völlig seines Interesses bewußt gewesen, als sie langsam die Schnur entknotet hatte, sie und der Löwe, atemlos, im Innern ihrer einträchtigen Aufmerksamkeit, lebendig, in diesem Moment, auf eine solch eigentümliche, elementare Weise. Ed hatte es gefallen, was sie getan hatte; er hatte ihr nicht geglaubt, als sie sagte, sie wisse, daß sie in der Lage sei, die Aufmerksamkeit eines Löwen auf sich zu ziehen.

Löwen! Sie hatte sich auf eine lange Reise nach Afrika begeben!

Ein ungeheuer großer Kummer stieg in ihr auf. Das Wissen um den Tod ihrer Mutter überflutete ihren Blutkreislauf, drang in ihre inneren Organe, ihr Knochenmark ein. Sie hatte das Gefühl, gleich auf die Straße urinieren zu müssen – ihre Blase gab nach –, als stehe jetzt nichts mehr zwischen ihr und dem endgültigen Auslaufen ihres Lebens. Sie versuchte, sich das düster tönende, widerhallende Dröhnen der Glocken von Compostella vorzustellen, dieses Dröhnen aus dem absoluten Nichts. Dann sah sie das blaue Flimmern eines Neonschilds, auf dem stand: *Bar*.

Sie umschloß mit den Armen fest ihre Handtasche vor der Brust und drückte den Griff einer Tür herunter, die in einen dunklen Raum führte, und ohne irgend jemanden anzusehen, ging sie nach hinten, zu der Tür mit der Aufschrift «Kleine Mädchen». Sie hörte das betäubende Geräusch einer Toilettenspülung und schaffte es gerade noch in eine der beiden Kabinen, die leer war. Sie ächzte vor Erleichterung, schlang die Arme um die Knie, und die nasse Tasche glitt auf den gefliesten Boden. Immer noch weinte und hustete sie. Aber sie sagte sich, daß sie wenigstens nicht hatte mitansehen müssen, wie Desmond die Rechnung bezahlte. Es war immer kränkend.

4 Der Bote

Desmond war fast nüchtern. Jetzt fühlte er sich wirklich elend; er würde sich erst wieder wohl fühlen, nachdem er geschlafen hatte. Aber er konnte sich nicht auf sein Bett fallen lassen und sich unter der Decke begraben. Er mußte auf Laura warten. Er mußte das durchmachen, was der Schlaf ihm erspart hätte. Das Zimmermädchen hatte die Betten gemacht und die leeren Flaschen und Gläser hinausgetragen. Das Zimmer roch immer noch nach Tabak. Desmond trank einige Glas Wasser. Einmal würgte er heftig und hörte sich selbst jammern: «Tu's nicht!»

Mehr als einen Spalt ließ sich das Fenster nicht öffnen. Er machte die Tür zum Korridor auf und lehnte sich dagegen, bis das Zimmer sich mit frischer Luft gefüllt hatte.

Er ging zum Schreibtisch und breitete das ganze Zubehör der Reise aus, Pässe, Fahrkarten, Dokumente verschiedener Art. Er las das Kleingedruckte auf den Zugfahrplänen, breitete dann den Aufriß des Schiffs aus, mit leerem Kopf. Auf dem Wabenmuster des Plans hatte er ihre Kabine schon markiert. Er legte den Finger auf das Kreuz, das er gezeichnet hatte, spürte, daß sein Herzschlag plötzlich flatterte und fühlte sich feige und schwach und verwirrt.

Etwa eine halbe Stunde verging. Die Luft im Zimmer war kühl, doch nicht frisch. Er hatte vergessen, das Fenster zu schließen. Auf dem Innendeckel seines Passes gab es eine Zeile, in die man den Namen des nächsten Angehörigen schreiben sollte. Er sagte sich, daß er am besten Carlos eintrage. Seine eigenen Eltern waren tot; er hatte weder Schwestern noch Brüder. Niemanden. Es gab Ellie. Aber Laura würde es gar nicht gern sehen, wenn er den Namen seiner Tochter dort hinschrieb. Und er war nicht wirklich an ihr interessiert – das war vielleicht eine klägliche Tatsache, aber es war die Wahrheit.

Um halb elf zog er sich aus und schlüpfte in einen Bademantel. Wo war seine Taschenflasche? Er durchstöberte einen Handkoffer und erinnerte sich dabei, daß er die Flasche vor zwei Tagen gefüllt hatte, als Laura weggegangen war, um sich von ihrer Mutter zu verabschieden. Es war eine silberne Flasche, auf der seine Initialen eingraviert waren; vor Jahren war sie ihm von einem Mädchen geschenkt worden, dessen Namen und dessen Gesicht er nicht behalten hatte. Er fand die Flasche, schraubte den Verschluß auf und nahm einen großen Schluck. Gott! Welche Erneuerung! Welche Erleichterung! Das Gefühl seines eigenen Gewichts kehrte zurück. Aber er durfte nichts mehr trinken. Ach – er kannte all die subtilen Tricks des Alkohols!

Das Zimmer war wirklich kalt. Er nahm Lauras Morgenmantel aus dem Wandschrank und legte ihn über ihr Bett. Er packte alle Bücher zusammen, die Peter Rice mitgebracht hatte, außer einem, von dem er annahm, sie würde es vielleicht gern anfangen zu lesen, gerade heute nacht. Er kannte sie so gut – sie konnte lesen, auch wenn die größte Katastrophe passiert war, sogar wenn sie sie selbst herbeigeführt hatte. Er hatte einen Krimi ausgewählt. Er öffnete das Buch und schlug die erste Seite auf: «Inspektor Guthorn genoß seine zweite Tasse grünen Tee, als das Telefon –» Er legte das Buch auf ihren Nachttisch.

Laura würde nicht anrufen. Bis sie darüber hinweggekommen war – über was auch immer –, würde sie sich nicht daran erinnern, wozu Telefone dienten. Durch die offene Badezimmertür sah er ihren Pelzmantel, den er an die Stange über der Dusche gehängt hatte. Es hatte ihn wütend gemacht, den Mantel den ganzen Weg vom Restaurant hierher tragen zu müssen. Er hätte ihn gern in den Rinnstein geworfen. Aber immerhin war er einiges wert. Er ging hin und schüttelte ihn. Der Pelz war noch immer feucht vom Regen. Ein leichter Tiergeruch stieg ihm in die Nase. Teuer. Als er den Garderobenzettel für den Mantel auf die Theke geknallt hatte, hatte er das Trinkgeld für die Garderobiere vergessen. Aber er konnte nicht in das Restaurant zurückkehren. Er ging im Regen weiter, hielt diesen gottverdammten Mantel fest und haßte sein Leben.

Die Sache mit dem Mantel, wo sie ihn herhatte, war eine Frage, die mit Schweigen übergangen wurde. Sie hatte ihm gesagt, er sei ihr von einem älteren Verwandten geschenkt worden, dessen Frau gestorben war. Er hatte ihr nicht ganz geglaubt. Aber er wußte nicht, was er sonst glauben sollte. Damals, als sie den Mantel mitgebracht hatte, war sie schon zu alt gewesen, um diese Art von Geschenk von einem Liebhaber zu erhalten.

Er nahm die zusammengefaltete Zeitung auf einem Stuhl wahr. Er sah nach den Abfahrtszeiten der Schiffe und fand den Namen ihres Schiffes und wann es in See stechen sollte.

An der Tür war ein Geräusch. Er ging schnell hin. Es war ein tastendes, raschelndes Geräusch, als würde sich jemand in einem dunklen Raum eine Wand entlangdrücken. Er zog die Tür einen Spaltbreit auf, lehnte sich dann dagegen.

«Laura?»

Er hörte einen leisen Schrei. «Bist du es?» fragte er. Es konnte eine betrunkene Frau sein, oder es waren zwei Leute, Komplizen, die ihn ausrauben wollten.

«Laß mich rein!»

Er öffnete die Tür. Da stand Laura zitternd, mit gesenktem Kopf. Er warf den Arm um ihre hochgezogenen Schultern, und sofort war sein Arm naß. Sie war völlig durchnäßt. Klumpen ihres nassen Haars berührten seinen Hals.

Er brachte sie ins Bad und zog sie aus, dann nahm er ein Handtuch und massierte sie von oben bis unten, als striegele er ein Pferd. Er war glücklich, befreit. Er zog ihr die Schuhe aus, drückte sie sanft auf den Toilettensitz und rieb ihre Füße. Dann ließ er sie kurz allein und holte die Taschenflasche. Doch als er sie ihr an die Lippen hielt, öffneten sich blitzschnell ihre Augen, und sie ergriff die Flasche und schleuderte sie auf den gefliesten Badezimmerboden. Sie begann zu stöhnen. Er hörte Worte. Aber es waren spanische Worte! O Gott! Nicht das!

Er hielt ihren Kopf hoch. Ihre Augen waren geschlossen, ihr Kiefer verkrampfte sich unter seinen Händen.

«Was ist los?» rief er.

«Meine Mutter ist tot», flüsterte sie. «Sie ist tot...»

Ihr Kopf fiel gegen seinen Bauch; ihr Gestöhn war wie ein Grummeln in seinem Magen. Er starrte die Wand an. Er begriff nicht, was sie gesagt hatte. Das Wort *tot* hatte geklappert wie zusammenstoßende Billardkugeln, ein Wort aus Holz, die zwei harten Konsonanten schlugen gegeneinander.

Er zog sie hoch und führte sie ins Zimmer, zum Bett, dann streifte er ihr den Morgenmantel über. Sie saß dort, am Bettrand, zusammengesunken, ihr feuchtes Haar zu Stacheln verdichtet, und stöhnte. Eine Sekunde lang verachtete er sie.

Er fand ihre Pantoffeln und schob ihre Füße hinein. Er bemerkte, daß ihre Zehen rot und geschwollen waren. Das waren die Stadtschuhe. Auf dem Land trug sie weiche Leinenschuhe. Er versuchte, sie herunterzudrücken; wenn sie sich aufrichtete, war sie besonders bedrohlich, wie eine Statue, die dabei war, vornüberzukippen und ihn zu zerschmettern. Aber sie wehrte ihn ab und blieb bedrohlich aufrecht.

«Wir müssen es Eugenio und Carlos sagen», sagte sie. Sie sah ihn von unten an und wiederholte dann, was sie gesagt hatte, sehr langsam.

«Aber – woher weißt du es?»

«Das Altersheim hat angerufen, heute nachmittag, gerade, als wir zurückkamen.»

«Aber Laura! Du hast es ihnen nicht erzählt, Carlos, Clara...»

Sie schwieg.

«Du hast es nicht einmal mir gesagt.»

Sie schlug die Hände vor die Augen.

«Tu das nicht!»

Jetzt fiel sie auf das Bett zurück und starrte an die Decke.

«Warum?» Er stockte, als er das Wort aussprach. Er erinnerte sich daran, wie Laura bei ihrer Rückkehr heute nachmittag zum Aufzug gegangen war und gesagt hatte: «Liebling ... komm schon, komm schon....», und deshalb hatte er nur einen kurzen Blick auf den Zettel geworfen, den der Mann an der Rezeption ihm gegeben hatte, er hatte gesehen, daß es nur das Altersheim war, das angerufen hatte, die alte Alma wahrscheinlich, die noch hundertmal *adios* sagen wollte, und er hatte gedacht, daß er Laura später sagen wolle, sie könne ihre Mutter noch am Morgen anrufen und dann auf Wiedersehen sagen...

«Warum?» fragte er wieder und dachte, daß er seine Taschen durchsuchen, den Zettel finden und ihn wegwerfen müsse.

«Es hat mir gehört», flüsterte sie. Er konnte die Unsinnigkeit dessen, was sie gesagt hatte, nicht aushalten.

«Was hat dir gehört?» fragte er schroff.

«Mir!» sagte sie wieder. «Sie verdienen es nicht – ich wollte Carlos nicht das Vergnügen machen...»

Desmond fuhr auf. Vergnügen! Sie mußte Erleichterung gemeint haben. Er hatte nicht die Absicht, der Sache nachzugehen. Er war nicht dazu verpflichtet, alles zu verstehen, was Laura sagte. Manchmal hatte er das Gefühl, er führe das Leben eines Kellners. In diesem Moment – es war schließlich keine Tragödie, der Tod einer alten Frau – war er derjenige, der sich schon vor langer Zeit um den wesentlichen Teil des Todes gekümmert hatte, indem er das Grab gekauft, den Vertrag mit dem Altersheim geschlossen, Dokumente unterzeichnet hatte. Er hatte Laura vom offiziellen Leben befreit. Vor ein, zwei Jahren, als er vom Altersheim gekommen war, hatte sie gesagt: «Sag mir nicht, was du gemacht hast. Sag kein Wort.»

Etwas, das seine erste Frau vor Jahren zu ihm gesagt hatte, fiel ihm jetzt ein. Seine Eltern waren im gleichen Jahr gestorben. Sie waren beide auf einem Friedhof in der Nähe des Vorortes von Boston, wo sie die letzten Jahre ihres Lebens verbracht hatten, begraben worden. Jedesmal, wenn er nach New York zurückkehrte, hatte er sich außerstande gesehen, seinen Freunden zu erklären, warum er fortgewesen war. Es war die damalige Mrs. Clapper, die den Tod seiner Eltern bekanntgegeben hatte. «Offenbar fühlst du dich erniedrigt, weil deine Eltern von uns gegangen sind», hatte sie zu ihm gesagt. Wie hatte er dieses «von uns gegangen» gehaßt! Doch vielleicht war ein Körnchen Wahrheit in dem, was sie gesagt hatte. Das Wort «Vergnügen» klang in seinem Gedächtnis leise nach. Erleichterung, Vergnügen, Erniedrigung. Aber Verlust und Trauer? Innerlich erschauerte er bei dem Gedanken an diese Gefühlsregionen; einen Augenblick lang empfand er seine eigene hartnäckige Beschränktheit. Er empfand sie, ohne tiefer über sich nachzudenken, wie es bei jemandem der Fall sein mag, der wahrnimmt, daß er lügt; dann aber begann er wie ein Provinzler, den der flüchtige Anblick einer größeren Welt erzürnt, diese Welt herabzusetzen. Die Menschen waren immer nur mit sich selbst beschäftigt. Er war bitter enttäuscht.

«Also – das war's dann wohl mit der Reise», sagte er.

«Die Reise?» fragte sie. Sie fing wieder an zu weinen.

«Na ja, man kann sie verschieben», sagte er beruhigend.

«Ich habe ihnen gesagt, die Beerdigung soll morgen sein», sagte sie. «Soweit ist es also gekommen, sie wird gleich am nächsten Tag begraben, wie ein Jude.»

«Willst du Carlos und Clara und Eugenio nichts sagen?»

Sie stöhnte. «Hilf mir!» rief sie aus. «Hilf mir ... Ich weiß nicht, was ich machen soll.»

Er verlor plötzlich die Fassung. Sie sah so schwer aus, wie sie dort lag. Was wäre, wenn er sie aufheben müßte, anziehen, zum Gehen bringen?

«Du mußt gar nichts machen!» rief er.

«Ich habe es gehaßt!» sagte sie keuchend. «Wie es immer weiterging – sie war immer da und wartete darauf, daß ich etwas tue, wodurch sie, ihr Leben sich änderte. Was hätte ich tun können? O Gott! Erinnerst du dich daran, was ich dir erzählt habe? Wie sie wegging und uns einfach allein ließ? Tagelang verschwand, und die Nachbarn mußten uns zu essen geben?»

Er konnte den verwirrten Ausdruck ihres Gesichts nicht ertragen, doch ihre Augen funkelten ihn an – er spürte, wie sie sich bemühte, etwas zu erreichen, sich so heftig bemühte, daß sie zu platzen drohte.

«Wenn sie heimkam, konnten wir sie in der Küche singen hören. Wußte sie eigentlich nicht, daß sie fortgewesen war? Da gluckste sie und sang und sagte, es sei kein Olivenöl mehr da, und küßte uns, küßte uns, obwohl wir vor ihrem Gesicht, ihren Händen zurückschreckten, und keiner von uns war fähig, sie zu fragen, wo sie gewesen war, und erst Jahre später erfuhren wir, daß sie mit dieser alten Hexe zusammengewesen war, der Gonzaga, in ihrer Suite im Plaza ... Oh, wir wußten immer, daß sie wieder fortgegangen war, wenn wir von der Schule nach Hause kamen, wir konnten die Leere des Hauses spüren, und wir drei saßen dann im Wohnzimmer und versuchten, einen Entschluß zu fassen, wohin wir gehen konnten, um ein Abendessen zu bekommen, und wir haben damals alle spanisch gesprochen, wenn wir allein waren, nie vor den Nachbarn, die uns vielleicht etwas zu essen gaben, die die Köpfe schüttelten, wenn es um uns ging, und uns bedauerten, und wir dachten darüber nach, was sie uns vielleicht zu essen gaben und ob sie diesmal vielleicht nie zurückkam ...»

«Nicht, Laura. Hör auf. Du wirst noch krank davon. Aber ich verstehe nicht, wie du diesen ganzen Abend hinter dich gebracht hast, ohne etwas zu sagen. Ich meine, wenn du wenigstens mir etwas gesagt hättest!»

Sie setzte sich aufrecht, hielt das bis zum Kinn hochgezogene Laken fest umklammert, schniefte und sah mit wilden Blicken um sich. Auch er fühlte sich gefangen zwischen den erbarmungslos dürftigen Möbelstücken des Hotelzimmers.

«Ich konnte nicht», sagte sie voller Verzweiflung. «Ich hätte es nicht ertragen, ihr Entsetzen zu sehen, weil sie etwas hätten *tun* müssen. Und ich wollte, dieses eine Mal, die einzige sein, die einzige, die wußte ...»

«Ich nehme an, es macht nichts ...», sagte er, und seine Stimme verlor sich im Ungewissen.

«Aber Clara hat sie nicht im Stich gelassen», sagte Laura. «Sie hat Clara nie verlassen.» Sie griff plötzlich nach seiner Hand, ließ sie dann fallen, als sei sie davon abgestoßen, als sei es sinnlos. «Meine Mutter war so unschuldig. Ihr ganzes Leben lang weigerte sie sich, wirklich zu erfahren, was das Leben ist.»

«Ich rufe Carlos an», sagte er.

«Nein!» rief sie. «Nicht am Telefon. Ich will es nicht am Telefon hören. Und er wird nicht abnehmen, wenn er mit jemand zusammen ist. Jemand muß zu ihnen beiden hingehen, zu ihm und Eugenio.»

«Ich will dich nicht allein lassen.»

«Du kannst mich nicht allein lassen!»

«Soll ich Clara anrufen? Sie bitten, daß sie zu ihnen geht?»

«Nein!» Ihre Stimme gellte. «Nicht sie! Sie darf nichts erfahren!»

Er war dabei zu widersprechen, doch sie sah ihn mit solcher Feindseligkeit an, daß er von ihr abrückte. Er stand auf und ging zum Fenster, und dabei dachte er: Sie hat den Verstand verloren.

«Ruf Peter Rice an», sagte sie. «Er wird zu ihnen gehen und es ihnen sagen.»

«Ja», sagte er dankbar.

Peter nahm nach dem fünften Klingeln ab. Desmond teilte ihm kurz den Grund seines Anrufs mit. Dann – obwohl er vorgehabt hatte zu sagen, daß sie von Almas Tod gerade erst erfahren hätten – hörte er sich die Wahrheit sagen. Aber es gab keinen Grund zu lügen; es stand niemandem zu, nachzufragen, warum Laura die Nachricht den ganzen Abend lang zurückgehalten hatte. Er hörte, daß Peter scharf den Atem einzog, hörte sein ungläubiges: «Du meinst, sie wußte es schon heute nachmittag?», und sagte schnell: «Das ist nicht der Punkt. Der Punkt ist, ich kann sie gerade jetzt nicht gut allein lassen. Also wenn du zu ihnen hingehen könntest – du weißt, daß Eugenio im Hinterzimmer seines Reisebüros wohnt? Und dann zu Carlos –»

«Was ist mit Clara?» unterbrach Peter.

«Clara darf nicht –», begann Desmond, aber Laura nahm ihm den Hörer aus der Hand und hielt ihn ans Ohr. Sie lauschte eine Minute, dann sagte sie tonlos: «Clara darf nichts erfahren. Es würde sie nicht interessieren.»

Sofort danach gab sie Desmond das Telefon zurück. Er hörte nichts. «Bist du da?» fragte er.

«Ich bin hier», sagte Peter leise.

Desmond gab ihm Eugenios Adresse. Wo Carlos wohnte, wußte Peter.

«Wir sind dir wahnsinnig dankbar», sagte er. «Du kannst dir vorstellen –» Doch Peter hatte schon aufgelegt. Die Sache war erledigt.

«Wir müssen ihre Sachen abholen. Ich weiß nicht, was wir damit machen sollen. Glaubst du, das Altersheim wird sich darum kümmern? Sie hatte nicht viel.»

Er nahm noch einmal ihre Hand, und diesmal ließ sie sie zwischen seinen Händen liegen. Sie schwiegen und sahen einander an. Schließlich sagte sie: «Es tut mir leid wegen der Reise.»

«Sie wird ja nur verschoben.»

«Alles tut mir leid – wie ich heute abend hinausgerannt bin. Ich weiß nicht, was passiert ist. Ich kann mich nicht einmal jetzt daran erinnern, was es war.»

Er führte ihre Hand an seine Lippen und küßte sie.

«Mamá hatte ein furchtbares Leben.»

Er nickte, doch die Bedeutung ihrer Worte berührte ihn kaum. Das Weichwerden ihrer Züge bewegte ihn, die Stille in ihrem Gesicht, die nur ihm gehörte, der Intimität zwischen ihnen.

«Desmond. Sie war so ein hübsches junges Mädchen.»

«Ich weiß.»

«Sie hat es nicht gewußt. Sie hat nie gewußt, wie sie war, zu keiner Zeit ihres Lebens. Sie hatte eine Vorstellung von Ergebenheit, weißt du. Sie war jedem ergeben – das hieß, gut zu sein. Hör zu ... Ich bin froh, daß sie gestorben ist. Ich bin froh, daß es für sie vorbei ist.»

Natürlich verstand er, was sie meinte. Jedermann ist froh, wenn die Alten sterben. Froh ist völlig anders als Vergnügen. Das hatte sie nicht gemeint. Laura sagte die Wahrheit – was immer es war, in diesem Augenblick. Er konnte mit ihr zusammen froh sein. Es war besser für die Alten, alle Alten, die die Gänge des Altersheims entlangschlurften und dort herumirrten wie steinalte Hunde, benommen von Zeit und Gebrechlichkeit, ohne jegliche Erwartung.

«Ich verstehe, was du meinst», sagte er eifrig.

Sie warf ihm einen äußerst finsteren Blick zu.

«Ich glaube, das tust du nicht», sagte sie.

5 Die Brüder

Nachts in der Stadt waren die Dinge nie unsichtbar, immer ein wenig sichtbar, wie auf der Lauer liegend. Es gab keine völlig schwarze Nacht in der Stadt. Der Tag brauchte sich langsam auf; die Dunkelheit, die kam, war abgeschwächt durch ein blasses, doch schonungsloses künstliches Licht. Wenn ein Schlafender plötzlich erwachte, gab es im Sehen keine Unterbrechung. Peter Rice stand in seinem Wohnzimmer, die Hand noch immer auf dem Telefon, dessen Klingeln ihn aus seinem kurzen Schlaf gerissen hatte; die Zipfel seiner Pyjamajacke hatten sich um die Taille verdreht, und seine nackten Fußsohlen auf dem Boden waren kalt geworden. Licht von der Straße ließ die schattigen Formen seiner Besitztümer deutlich werden. Mit zögernden Bewegungen schaltete er seine eigenen Lichter an, eines bei einem Bücherregal, eines neben einem Sessel und eines, das über einem kleinen runden Tisch, an dem er seine Mahlzeiten einnahm, von der Decke hing.

Während das Zimmer sich zu erkennen gab, war es, eins, zwei, drei, auf eine gewisse Weise neu; es gehörte ihm, doch einen Moment lang gehörte er nicht dazu. Es gab nur zwei persönliche Dinge. Eines war eine Skizze von Ed Hansen, die an der Wand neben der Tür zu seinem Arbeitszimmer hing, eine Zeichnung, die Ed einige Monate nach ihrer Heirat von Peter und Barbara angefertigt hatte. Sie hatten am Boden gesessen, an den Stamm eines Apfelbaums gelehnt. Barbaras Hand lag auf seinem Knie. Er sah von ihr weg, aus dem Bild hinaus. Neben einem der Wohnzimmerfenster war ein weißer Schaukelstuhl aus Korbgeflecht, der Peters Großmutter gehört hatte. Das war der einzige Gegenstand, den er aus dem Haus der Rices mitgenommen hatte, als er und seine Schwestern es ausgeräumt hatten, bevor es verkauft worden war. Am dreiundachtzigsten Geburtstag seiner Großmutter hatte sie ihm gezeigt, daß sie immer noch in dem Stuhl sitzen konnte. Oft, wenn sein Blick darauf fiel, erinnerte er sich an die alte Frau, die triumphierend jauchzte, während sie hin und her schaukelte, mit ihren arthritischen Fingern auf den Armlehnen aus Korbgeflecht, und Krümel von ihrem Geburtstagskuchen hatten an ihrer Oberlippe geklebt. Er hatte ihr heraushelfen müssen, und als er sie aufrichtete, war sie gegen ihn gefallen. Nie vergaß er das Gefühl ihres alten Körpers, der so zerbrechlich war wie ein Bündel trockener Zweige. Neben dem Schaukelstuhl stand ein Topf mit einer großen, in die Höhe wuchernden Pflanze auf dem Boden. Er war Peter von seiner unter ihm wohnenden Nachbarin Violet Darcy geschenkt worden. Die Darcys bewohnten die zweite Wohnung des Zweifamilienhauses in der Elften Straße, dessen oberer Stock Peter gehörte. Violet hatte gesagt, er brauche etwas Grünes, Wachsendes in seinem Leben, etwas, um das er sich kümmern konnte. Als die Erde in dem Topf trocken wurde und verkrustete, kam er sich vor wie ein Folterknecht. Er wünschte, die Pflanze würde eingehen. Aber sie hörte nicht auf, Triebe und neue Blätter auszubilden, die in kurzer Zeit gelb wurden, abfielen und den Boden bedeckten. Es war eine häßliche, formlose Pflanze, und er fragte sich, warum er sie nicht zum Absterben brachte. Wenn er die Tür zu seiner Wohnung öffnete, war sie immer das erste, was er sah.

Mitternacht war gerade vorbei. Er hatte etwas mehr als eine Stunde geschlafen. Er trank ein Glas Wasser in seiner kleinen Küche, dann ging er sich anziehen. Als das Telefon klingelte, hatte er gedacht, es sei Violet. Demütig und unter vielen Entschuldigungen hatte sie ihn ein- oder zweimal ziemlich spät in der Nacht angerufen, als ihr älteres Kind, Gina, die gerade achtzehn geworden war, nicht nach Hause gekommen war. «Ihr Liebesleben geht nur sie etwas an», erklärte Violet mit unnatürlicher, doch nachdrücklicher Milde, «aber ich will nicht, daß sie auf der Straße ermordet wird.» In den letzten paar Jahren hatte sie sich an Peter gewandt, wenn sie Beruhigung brauchte. Er sagte nie viel; wenn er nur lang genug zuhörte, befreite sich Violet durch Reden selbst von ihren Befürchtungen. Peter wußte, daß Mr. Darcy, der als leitender Angestellter in der Werbung arbeitete, nichts übrig hatte für Violets Sorgen wegen ihrer Kinder. Er war ein hochgewachsener, muskulöser Mann, der rasch und athletisch Zimmer betrat und verließ, als folge er den Anweisungen eines geheimen Bodybuilding-Programms. Peter kannte sie jetzt seit zehn Jahren. Vielleicht konnte man sagen, daß er und Violet Freunde waren; er und Mr. Darcy waren höflich zueinander. Violet sprach häufig davon, was für ein gutes Herz ihr Mann habe, aber Peter schien es eisig kalt zu sein, lebendig nur durch die böswillige Überzeugung, daß er der einzig vernünftige Mensch sei in einer Welt von Dummköpfen. Er hatte viele Meinungen, und er verkündete sie, als teile er kurze, harte Schläge aus. In dem, was er sagte, schwang keinerlei persönliches Gefühl mit; eine zwanglose Unterhaltung mit ihm war unmöglich. Ihr jüngeres Kind, Roger, ein Junge von vierzehn Jahren, sah eingeschüchtert und mutlos aus. Wenn Mr. Darcy mit seiner starken körperlichen Erregbarkeit wie eine Wespe in ihrer Wohnung herumflitzte, hatte Peter gehört, wie Roger die Namen verschiedener Automarken vor sich hin flüsterte. Eine magische Beschwörung? Doch Peter hatte lange damit aufgehört, sich über das Privatleben der Darcys Gedanken zu machen. Er und Violet mochten einander; sie lenkte ihn von seiner eigenen Verdrießlichkeit ab. Manchmal schämte er sich – es war ja kaum Freundschaft zu nennen, dieses gedankenlose Profitieren von einer anderen Person, doch er war ihr ehrlich dankbar; sie verlangte sehr wenig von ihm.

Er kam oft auf einen Drink, einen Kaffee vorbei. Sie spielte ihm barocke Orgelmusik auf ihrem Plattenspieler vor; sie glaubte, es gefalle ihm. Sie sprachen vom Ende der Welt; womöglich hatten es die Chinesen im Grunde besser. «Die Chinesen sind orientalische Idioten», hatte Mr. Darcy bemerkt. Violet hatte keine Zeit, Romane zu lesen, sagte sie. Sie las philosophische Bücher. Sie begoß sich mit Philosophie, wie sie die Pflanzen goß, die ihr Wohnzimmer durchzogen und belaubten und bewaldeten. Sie winkte Peter mit gekrümmtem Finger. Lächelnd legte sie ihre Hand unter ein schlaffes Blütenblatt – «Heute morgen ist sie aufgeblüht», sagte sie, «ein Wunder!» Doch trotz ihrer Pflege blieben die Gewächse dürr. Zwischen den einfachen roten Töpfen, aus denen sie ihre Ranken und Blätter hinaustrieben, ging Violet mit ihrer langschnäuzigen Gießkanne wie in einem wahnhaften Traum vom Wald gemächlich hin und her.

Als Peter vor zehn Jahren in seine Wohnung gezogen war, war Violets Küche voller Poster gewesen. Zuerst hatte es die Plakate der Black Power gegeben, dann Cartoons voller Grün, die verkündeten, daß Krieg nicht gut für Kinder sei, dann ein großes Foto eines stark behaarten Dichters, der ein Schild trug, auf dem es hieß: «Pot gibt der Wirklichkeit Pep», dann hübsche, langweilige Fotos von Wiesen und Wäldern, deren Überschriften fragten: «Soll unser unschätzbares Erbe zerstört werden? Sollen unsere Wälder verschwinden?»

Diese seichten, vorübergehenden Reflexe soziologischer oder politischer Moden warfen ihr Licht auf Violets blasse Stirn, wie die Scheinwerfer der Autos, wenn sie an der Ampel hielten und dann weiterfuhren, ihr Licht auf Peters Schlafzimmerwand warfen. Die Zeit der Poster war vorbei. Genau wie die Zeit dafür vorbeigegangen war, daß man Peter heiratsfähigen Frauen vorstellte. Doch er nahm an, daß Violet sich immer noch fragte, welche körperlichen Freuden es für ihn gab. Es hatte eine kurze Zeitspanne gegeben, in der sie deutlich zu einer abschließenden Entscheidung über ihn gekommen war. Damals hatte sie über Homosexualität gesprochen, als ob es eine besondere Gnade sei, wenn man so veranlagt war. Um ihn der unbegrenzten Reichweite dessen zu versichern, was tolerante Erwachsene – *sie* jedenfalls – tolerieren konnten, benutzte sie die neuerdings übliche Sprache, geistlos, brutal und sentimental, für sexuelle Dinge. Er spürte, daß sie glaubte, etwas Unerhörtes zu tun; in welchem Maß das ihr eigenes Zartgefühl verletzte, konnte er nur ahnen. Was konnten seine Freuden sein? Welche Freuden hatte er? Er war lange abstinent gewesen. Die Abstinenz war der wesentliche Umstand seines ganzen Lebens. Etwas in ihm hatte einfach aufgehört. Es war nicht mehr da. Wie seine Großmutter war er zu einem Bündel trockener, kalter Zweige geworden. Doch manchmal litt er schrecklich und dachte, der totale Abscheu gegen das Fleisch wäre besser als diese zunehmende Abkühlung, diese sich ausbreitende Blässe des Gefühls.

Violet liebte bestimmte Worte, die sie ständig im Mund führte – *unfaßlich, nebulös, unbeschreiblich.* Es erregte sie, sie zu benutzen; sie lösten vielstimmige Echos aus; es entzückte sie, jede Silbe eindringlich zu betonen. Peter regte ihre Vorliebe für diese Sprache des Mysteriösen nicht mehr auf. Er war zu der Überzeugung gelangt, daß Violet in ihrem eigenen Leben verloren war – daß sie selbst in ihren Augen nebulös und unbeschreiblich war und daß Darcys Erfolg auf seinem Gebiet, der zunehmende Materialismus ihres Lebens, dessen Symbole sie ständig verspottete, das Gefühl ihrer Verletzlichkeit, das Bewußtsein der Gefahren dieser Welt, in die sie ihre Kinder einst würde entlassen müssen, bis zu dem Punkt des absoluten Schreckens vertiefte.

Sie und Peter sprachen nicht von solchen Dingen, und doch erkannte er die Flecken von Angst, die in ihr ausbrachen wie Beulen einer versteckten Pest. Dieses Erkennen und Akzeptieren dessen, was sie an sich selbst nicht akzeptierte, war für ihn eine Art Bezahlung, die er für ihr Interesse an ihm, ihre Besorgnis um ihn leistete.

Als er die Lichter in seinem Wohnzimmer ausschaltete, fragte er sich, ob Violet hörte, wie er so spät noch über ihr hin und her lief. Einmal, als er ihre obsessiven kulturellen Vorlieben satt hatte, hatte er daran gedacht, sie mit Laura zusammenzubringen. Was für ein Gedanke! Welche Bosheit!

Er ging an Violets Tür vorbei und überwand den Impuls, bei ihr zu klingeln, sie zu wecken, ihr von der Botschaft des Todes zu erzählen, die er überbringen mußte, ihr zu erzählen, daß die Enkeltochter der toten Frau nichts erfahren sollte. Es hätte Violet nur angst gemacht. Aber, dachte er, es macht auch mir angst.

Er ging weiter die Treppe hinunter; er trat vorsichtig auf, hatte den Schlüssel der Eingangstür schon in der Hand. Auf der letzten Treppenstufe, die Beine unter dem Tisch im Vorraum ausgestreckt, saß Gina Darcy. Sie war sehr still, vornübergebeugt. Ihr langes braunes Haar hing glatt über die Schultern ihrer Jeansjacke. Sie drehte sich nicht um, als er näher kam, und bemühte sich nicht, ihm Platz zu machen. Er hielt sich am Geländer fest, um nicht zu fallen.

«Gina?»

«Ja.»

Sie hielt das braune Ende von etwas, das wie eine selbstgedrehte Zigarette aussah.

«Ist alles in Ordnung mit dir?» fragte er leichthin. Er nahm an, daß sie schon einige Zeit hier saß und ganz für sich Marihuana rauchte. Sie drehte langsam ihr schmales Gesicht zu ihm hoch.

«In Ordnung? Ja. Alles in Ordnung.»

«Du bist auf dem Weg nach Hause?» fragte er töricht.

Sie lächelte unfroh. «Wo ich bin, ist zu Hause», sagte sie. «Und, wie komisch, ich bin wirklich zu Hause. Das ist zu Hause, oder?»

«Ja.»

«Was ist mit Ihnen? Gehen Sie nach Hause?»

«Ich gehe raus», sagte er kurz angebunden.

«Raus. Rein. Wir gehen alle nach Hause», sagte sie.

Er schloß die Tür auf, zögerte dann. «Na gut – letzten Endes», sagte er.

«Scheiße», sagte sie düster.

«Gute Nacht», sagte er und trat ins Freie.

Eugenios Büro war in der Fifth Avenue, etwa auf der Höhe der Fünfzehnten Straße, vermutete Peter. Er schlug den Kragen hoch und machte sich auf in Richtung Norden. Obwohl es immer noch heftig regnete, waren Leute unterwegs. Aber es waren immer Leute unterwegs. Ein Polizeiwagen überholte ihn. Durch das Fenster sah er einen langen schwarzen Backenbart auf einer totenblassen Wange. Plötzlich fing die Sirene an zu heulen, ihr Ton schraubte sich immer höher. Der Wagen machte eine scharfe Kehre und schoß davon. Drei junge Schwarze kamen auf ihn zu. Sie schienen von den riesengroßen Kugeln ihres Haars herabzuhängen. Einer trug ein Kofferradio, aus dem ein hermaphroditischer schriller Schrei der Klage und der Wut erscholl. Zu diesen Tönen bewegte der junge Mann seine Füße einige Schritte zurück, dann vorwärts. Jedesmal, wenn sein Tanz ihn von seinen Kameraden trennte, warteten sie geduldig, schweigend, bis er wieder zu ihnen aufgeschlossen hatte.

An den Hausnummern der Geschäfte und Wohnhäuser erkannte er, daß er in der Nähe von Eugenios Büro war, und nach einigen Schritten hielt er vor einem Schaufenster, in dem Reisebroschüren und das große Plakat einer Fluglinie zu sehen waren. Von irgendwo im hinteren Teil des schmalen Raums kam schwaches Licht. Die

Tür war verriegelt, und eine Jalousie war halb über das Glasfenster hinuntergezogen. Er klopfte, zuerst leise, dann nachdrücklicher. Der Lichtschein von hinten vergrößerte seinen Umfang. Eine Minute lang passierte nichts, dann wurde, sehr langsam, die Jalousie hochgezogen. Eugenio sah zu Peter hinaus. In einer Hand hielt er eine Nadel mit Faden, in der anderen ein Jackett, auf das sein Daumen einen Knopf drückte. Eugenio sah verwirrt aus, aber dann erinnerte er sich. Er steckte die Nadel in das Jackett, zog sich einen Moment zurück, ließ das Jackett auf einen Tisch fallen und kam dann wieder, um die Tür zu entriegeln.

«Eugenio, ich bin's, Peter Rice.»

«Ja, ach ja. Ich erkenne Sie. Es ist eine Weile her. Ja. Ganz schön lange.»

«Ich muß mit Ihnen sprechen. Darf ich hereinkommen?»

«Natürlich, natürlich», sagte Eugenio mit einem Lächeln und einem Akzent, dessen Peter sich sofort entsann, obwohl er Eugenio einige Jahre nicht gesehen hatte. Das Lächeln hatte etwas Verlegenes, Mißtrauisches. Der Akzent war fast unmerklich, doch er war da, in der merkwürdigen Betonung, die er bestimmten Worten gab, als ob er sie beim Sprechen markieren würde, wie Schaumünzen.

«Ich nehme an, Sie haben gehört, daß ich hier wohne – ich habe dort hinten einen Raum, sehen Sie, hinter diesem Büro», sagte er und ging voran. Es schien ihm Unbehagen zu bereiten, Peter den Rücken zuzukehren, und im Weitergehen drehte er sich halb um. Peter sah, daß nur ein Schreibtisch in dem Büro stand; dazu gab es ein paar Ständer mit Reisebroschüren und ein großes Plakat von einem Schloß, das mit Klebestreifen an der Wand befestigt war.

«Die Mieten sind so horrend», fuhr Eugenio fort, als er zurücktrat, um Peter vor ihm in ein kleines Zimmer eintreten zu lassen. «Diese Vermieter sind so habgierig, so *raubgierig*. Also mache ich das Beste aus dem, was ich habe, verstehen Sie. Aber es ist nicht gerade *grandios*.»

Unvermittelt stürzte er zurück in den Büroteil und kehrte mit dem Jackett in der Hand zurück.

«Ich hab' ein bißchen genäht – heute habe ich einen Knopf verloren, wissen Sie. In der U-Bahn. Und hatte großes Glück, daß ich bei Five-and-Ten fast denselben Knopf gefunden habe. Man kann natürlich nicht erwarten, daß man genau den gleichen findet, jedenfalls nicht bei Five-and-Ten. Wollen Sie sich nicht setzen?»

Das kleine Fenster des Zimmers war vergittert. Ein Waschbecken, gestützt von Rohren mit abgeblätterter Farbe, ragte aus der Wand. Daneben war eine Couch, auf der an einem Ende eine braune gefaltete Wolldecke lag. Ein Stuhl mit gerader Lehne stand neben einer schmiedeeisernen Stehlampe. Ein Kocher mit zwei Platten nahm fast die ganze Fläche eines kleinen Tischs ein. Daneben waren eine Packung Salz und ein Glas, das verschiedene Besteckteile enthielt. Ein Schrankkoffer in einer Ecke diente als weiterer Tisch. Ein paar Bücher waren darauf gestapelt, und es gab einen braunen Aktenordner, der mit mehreren Längen Schnur zusammengebunden war. Ein metallenes Möbelstück, das so aussah wie die Ständer, über die man, wie Peter sich erinnerte, bei Partys die Mäntel hängte, diente der Verwahrung von Eugenios spärlicher Garderobe, einem Mantel, einem Jackett aus irgendeinem dunklen Stoff, einem blauen Anzug und einer grauen Hose, passend zu der Anzugjacke, an die er gerade einen Knopf annähte. Peter setzte sich auf einen zweiten Stuhl, einen Klappstuhl. Dahinter war eine schmale Tür, die, wie Peter annahm, zur Toilette führte.

«Wirklich nicht grandios», murmelte Eugenio erneut. «Aber wer arm ist, darf nicht wählerisch sein.» Er lachte, ein mahlendes, metallisches Kichern.

«Wie geht es Ihnen?» fragte Peter, dessen Stimme durch die zurückgehaltene Nachricht ihre Deutlichkeit verlor; er wußte, daß man das, was er zu sagen hatte, nur klar und deutlich sagen konnte, und er wünschte, es würde wie ein Schrei aus ihm herausbrechen.

«Wie es mir geht? Da muß ich überlegen ... aber – Ihr Mantel. Bitte lassen Sie ihn mich aufhängen. Nicht? Sind Sie sicher? Na gut – ich bin natürlich sehr erfreut, jemanden zu haben, der mir Gesellschaft leistet. Obwohl ich richtig *erschrocken* war, als ich Ihr Klopfen hörte.»

Er fing an, seinen Knopf anzunähen. «Sie entschuldigen, daß ich mit meiner Arbeit weitermache, nicht? Die äußere Erscheinung ist alles. Wenn eine meiner Kundinnen mich mit einem losen Knopf sehen würde, würde sie vielleicht ihren Flug nach Kairo stornieren – ein lukrativer Fahrpreis für die Fluglinie und ein paar Pfennige für mich. Diese reichen alten Frauen! Erschrocken, sagte ich. Wissen Sie, ich glaube, daß die Straßen heutzutage voll sind mit streunenden Hyänen. Hyänen ... Wenn die Polizei kommt, ist man schon eine *Leiche*. Deshalb bin ich ziemlich ängstlich, weil ich fürchte, daß eine dieser Hyänen mir einmal die Tür einreißt. Ich war versucht, ein Schild ins Fenster zu hängen, mit der Aufschrift: *Ich habe nichts.* Aber das würde sie natürlich erst recht *anspornen*. Raubüberfälle interessieren sie nicht wirklich, verstehen Sie. Was sie interessiert, sind Morde. Stellen Sie sich vor, man hat eine Kanone im Haus – eine, die man nachts aufstellen kann. Dann, wenn sie die Tür attackieren – Bumm! Eine ganz schöne Überraschung, glauben Sie nicht?» Er brachte mahlend ein weiteres kurzes Lachen hervor. «Aber sagen Sie, Sie sind ein guter Freund meiner Schwester, nicht? Haben Sie sie in letzter Zeit gesehen?»

«Eugenio. Ich muß Ihnen etwas Ernstes mitteilen. Laura hat mich hergeschickt, um Ihnen zu sagen, daß Ihre Mutter heute nachmittag im Altersheim gestorben ist.»

Das Jackett fiel Eugenio aus der Hand, die Nadel sah aus dem Knopf heraus. Er bewegte sich nicht, die Augen waren halb geschlossen. Dann hob er das Jackett auf und zog die Nadel durch. Er senkte den Kopf über seiner Arbeit und sagte nichts. Draußen schien der Verkehr zum Stillstand gekommen zu sein. Es war kein Geräusch zu hören, außer dem winzigen Klicken von Nadel gegen Knopf.

«Es tut mir leid», sagte Peter.

Eugenio hob den Kopf. «Wollen Sie etwas trinken?» fragte er. «Ich kann Ihnen eine Tasse von diesem entsetzlichen Pulverkaffee oder Tee anbieten. Ich habe nichts Alkoholisches. Ich trinke keinen Alkohol.»

«Nichts, danke.»

«Woran?»

Peter sah ihn verwirrt an.

«Woran ist sie gestorben?»

«Das haben sie mir nicht gesagt.»

«Wo ist meine Schwester?»

«Sie sind in einem Hotel. Sie hatten vor, morgen ein Schiff zu besteigen, eine Reise nach Afrika.»

«So? Und wann fahren sie?»

«Sie haben die Reise verschoben, oder sie werden sie noch verschieben. Ich bin ganz sicher. Weil die Beerdigung –»

«Ich verstehe. Ich möchte wissen, ob sie in einem Reisebüro waren. Ich hätte mich darum kümmern können, um die Buchungen. Ich hätte es billiger machen können. Natürlich braucht sich der Mann meiner Schwester um Geld keine Sorgen zu machen. Wissen Sie, um wieviel Uhr heute nachmittag?»

«Um wieviel Uhr sie starb?» fragte Peter voller Verachtung für Eugenio. «Nein. Ich weiß es nicht. Wenn Sie morgen früh anrufen, wegen der Beerdigung, können Sie fragen, was die genauen Umstände gewesen sind.»

«Ja, die genauen Umstände. Wissen Sie, daß meine Schwester diese Reise mir gegenüber nie *erwähnte*? Ich wußte nicht einmal, daß sie das Land verlassen.» Er zog den Faden durch den Stoff, biß ihn dann mit den Zähnen ab.

«Meine Mutter hat mich immer davor gewarnt, einen Faden abzubeißen», sagte er. «Sie dachte, es sei schlecht für die Zähne. Kannten Sie meine Mutter?»

«Ich habe sie einmal vor Jahren kennengelernt, als Laura noch mit Ed Hansen verheiratet war.»

«Edward Hansen. Ein *bemerkenswerter* Mann. Was für ein bezaubernder Mann! Er konnte *jeden* bezaubern.» Eugenio kniff die Augen zusammen, seine Stirn legte sich in Falten, das sonderbare, mißtrauische Lächeln erschien auf seinen Lippen, er schüttelte den Kopf. «Niemand konnte sich solch einen Zauber *vorstellen,* wenn er ihn nicht kennengelernt hatte», sagte er. Er sah so gierig aus, so seltsam frohlockend in seiner Würdigung Hansens.

«Ich erinnere mich», sagte Peter ohne Begeisterung. Er war bestürzt von der Art, wie Eugenio die Nachricht aufgenommen hatte. Er wußte nicht, was er von Eugenios Abschweifungen halten sollte. Nach so vielen Jahren überraschte ihn das ungewöhnliche Verhalten der Maldonadas immer wieder und zwang ihn dazu anzuerkennen, daß Brauch und Sitte instabile Gegebenheiten waren. Diese Leute hatten keinerlei Gesellschaftsvertrag unterzeichnet. Doch wenn Lauras Unvorhersehbarkeit immerhin die Macht hatte, ihn zu beflügeln, so riefen Eugenios Richtungswechsel nur den verzweifelten Wunsch in ihm hervor, aus dem Zimmer zu flüchten. Er hatte jetzt angefangen, von seiner Mutter zu sprechen.

«Sie hätten sie sehen sollen, als sie noch eine junge Frau war. Sie ließ sich so gehen. Weil es da eine schreckliche Schwäche gab, verstehen Sie, solch eine schreckliche Schwäche ... Natürlich war sie nicht *hart.* Nein ... ihr *Naturell* war sanft. Romantisch. Dieser gräßliche Hang zum Romantischen! Und mein Bruder, Carlos, hat sie noch dazu *ermutigt* – sie waren beide so unrealistisch. Sie hatte dieses Geld, alles, was übrigblieb, nachdem mein Vater gestorben war. Nach dem Krieg kamen die Schwindelbankiers. Und sie haben sie *ausgenutzt*. Alles lag in Schutt und Asche, außer dem großen Haus, und sie hat es einfach für *nichts* verkauft. Und sie ist hierhergekommen, obwohl sie hätte zurückkehren können nach Spanien. Ihre Eltern haben ihr Geld angeboten, damit sie zurückkäme und uns alle *dorthin* mitnähme.» Er sah zu Peter auf. «Mein Gott!» rief er aus. Dann hielt er sein Jackett hoch, zog an dem Knopf, den er angenäht hatte, und hängte das Jackett dann neben der grauen Hose auf.

«Carlos überredete sie, das Haus auf Long Island zu kaufen. Er war noch ein Junge – aber er hatte einen solchen *Einfluß* auf sie. Das Haus war ein böser Schmarotzer ... es hat unser ganzes Geld aufgebraucht. Es war nichts mehr da. Und wenn La Señora Gonzaga nicht gewesen wäre –» Er ging zu seinem Stuhl zurück und setzte sich ungelenk.

«– wenn diese Frau nicht gewesen wäre, wären wir verhungert, in unserem Haus. Meine Mutter wollte die *Härte* der Welt nicht zugeben. Wissen Sie, was sie getan hat? Während der Weltwirtschaftskrise? Sie versuchte, Stickereien zu verkaufen. Es war das einzige, das sie konnte!» Und er stieß einen merkwürdigen, durchdringenden Schrei aus, als ob er keine Worte finden könne für das, was er angesichts der Verrücktheit seiner Mutter empfand.

«So wurde sie die *Gesellschafterin* von Señora Gonzaga. Und erhielt einen Lohn – eine monatliche Summe, klein, aber wir konnten davon leben. Aber in diesen letzten Jahren, nachdem La Señora gestorben war, nachdem ihr Sohn die Plantage an ein paar Amerikaner verkauft hatte, gab es nichts mehr. Sie war sehr *clever*, ganz anders als meine Mutter. Sie behielt ihren Besitz bis zur Sekunde ihres Todes, verstehen Sie, den ganzen Krieg über, danach ... Und jetzt ist Fidel Castro da. Und nichts von irgend jemandem von uns ist in Kuba übrig. Verstehen Sie, wir haben einen furchtbaren Fehler gemacht. Wir glaubten wirklich, es sei *unehrenhaft*, schlau und gerissen zu sein ...»

«Na ja – das ist es ja auch, oder?»

«Ach – wenn Sie sie hätten sehen können, als sie noch *sie selbst* war. Wie *anspruchsvoll* sie war, solch eine *Dame*. Ich frage mich, ob Sie verstehen, was ich meine? Damals erinnerte sie sich noch an die Vergangenheit. Wenn man die Vergangenheit vergißt, gibt es nichts mehr, nicht wahr?»

«Ich glaube, ich muß gehen. Ich muß Carlos benachrichtigen. Es ist schon ziemlich spät. Es wäre besser –»

«Wissen Sie, daß ich tatsächlich aus den Häusern von Leuten *hinausgeworfen* wurde? Zur Tür geführt und gebeten wurde zu gehen? Verstehen Sie, uns war nicht beigebracht worden, wie man *irgend etwas* tut. Am Anfang, als wir in diesem Land in die Schule gingen, war meine Mutter *amüsiert*, als wäre das Ganze nur so eine Laune. Mamá hat nicht verstanden, daß man *irgend etwas* lernen muß, um zu überleben. Als ich achtzehn oder neunzehn war, blieb ich manchmal länger bei Freunden, damit ich etwas zu essen bekam, ein *Obdach* hatte. Und ich blieb so lange, bis sie gezwungen waren, mich zum Gehen aufzufordern. Und zu Hause redeten Mamá und Carlos endlos über irgendeine neue Idee – da saßen sie beide und planten – was? Nichts!»

«Aber Eugenio – Carlos war ein ziemlich guter Musikkritiker. Vor nicht allzu langer Zeit habe ich seinen Namen überall gesehen. Er muß gelernt haben –»

«Nein, nein ... Sie verstehen nicht. Carlos *hat sich alles ausgedacht!* Er hat ein paar Bücher gelesen. Wir hatten *tatsächlich* lesen gelernt. Und er konnte andere sehr gut nachmachen, verstehen Sie, und seine Freunde waren

Musiker. Wir haben alle gelernt, indem wir andere nachmachten.»

«Auf diese Weise lernt jedermann am Anfang», sagte Peter.

«Ja, ja, am Anfang. Aber dann ändert man sich. Irgendwie ahmt man nicht mehr nach. Man fängt an zu *wissen*. Aber in meiner Familie – wir konnten nie etwas tun, außer nachmachen. Wir haben nie etwas *gewußt*.»

Er brach ab und schwieg; er war so still, daß Peter sich vorbeugte und sich anstrengte, das Geräusch seines Atems zu hören, als ob Eugenio hier vor seinen Augen sterben könne. Die dunklen, tiefliegenden Augen starrten ihn an, doch er sah kein Erkennen. Dann, allmählich, streifte ein finsteres Lächeln Eugenios Lippen.

«Ich glaube, Sie haben mich nicht verstanden, als ich sagte, daß ich aus Häusern *hinausgeworfen* wurde, oder?»

Er konnte nicht antworten; er hatte es nicht verstanden. Doch er hatte den Schrecken in Eugenios Stimme gehört, den Schrecken einer unauslöschlichen Erinnerung.

«Vielleicht können Sie sich vorstellen – nicht zu wissen, was man als nächstes tun soll. Ich meine, mit seinem ganzen Leben. Ich glaube nicht, daß ich je die angenehme Erfahrung hatte zu denken, kleine Entscheidungen seien unwichtig. Was ich meine, ist, daß man lebt, als ob man über einer Grube aufgehängt wäre, daß man, wenn man zu begierig in Richtung Eßzimmer schaut, sofort in diese Grube gestoßen werden kann. Also ist man jede Sekunde des Lebens in Gefahr – oder in Sicherheit. Gefahr oder Sicherheit – habe ich die korrekte Gabel genommen? Sollte ich um noch eine Portion bitten? Hängt mein Mantel vielleicht an dem Platz, der für den Herrn des Hauses reserviert ist? Dreht sich der Streit im Schlafzimmer zwischen meinem Freund und seiner Mutter um meine ständige, ärgerliche, *unerträgliche* Anwesenheit? Ich wußte nicht, wie ich Arbeit finden sollte.

Können Sie sich das vorstellen? Also, einmal ging ich in ein Kleidergeschäft in Brooklyn, weil ich als Verkäufer arbeiten wollte. Vor Angst hat es mir die Sprache verschlagen! Ich konnte nicht sprechen. Wissen Sie, daß ich jetzt zum erstenmal im Leben ein Sparkonto habe? Wollen Sie vielleicht mein kleines Heftchen sehen?» Er stand auf und ging zu dem Koffer, wo er den Aktenordner nahm und die Schnur aufzubinden begann, die ihn zusammenhielt.

«Bitte», sagte Peter. «Ich verstehe wirklich, wie furchtbar das alles gewesen ist. Aber ich muß gehen, die anderen –», und hielt inne, als er «die anderen» hörte. Es gab ja nur noch Carlos.

«Sagen Sie mir, Eugenio», sagte er und versuchte, neutral zu klingen. «Ihre Schwester verlangte, daß Clara nicht vom Tod Ihrer Mutter unterrichtet wird. Ich verstehe nicht, was ich –»

«Hier ist es», sagte Eugenio; er hielt das blaue Sparbuch in der Hand. «Es ist *grotesk,* nicht? Daß ein Mensch in meinem Alter – aber es ist keine große Summe. Und doch hatte ich bis vor kurzem *überhaupt* keine Summe. Glauben Sie, die Banken sind sicher?»

«Wegen Clara –»

«Clara? Sie ist ziemlich flatterhaft, nicht? Ich habe sie lange nicht gesehen. Ich nehme an, Sie wissen, daß meine Mutter sich um sie kümmerte? Señora Gonzaga erlaubte meiner Mutter, Clara mitzunehmen nach Kuba, als sie die Señora dorthin begleitete. Wie Sie sicher schon bemerkt haben, bestand meine Mutter nie auf etwas, aber es gab eine Ausnahme. Clara. Sie bestand hartnäckig darauf, Clara mitzunehmen.»

«Ich dachte, daß Laura heute abend einfach außer sich war – daß sie das nicht so gemeint hat, mit Clara», sagte Peter.

«Was hat sie nicht so gemeint?»

«Daß man Clara nichts sagen soll, daß sie nicht zur Beerdigung kommen soll.»

«Ich weiß nichts von diesen Dingen zwischen Clara und meiner Schwester», sagte Eugenio teilnahmslos. Er steckte das Sparbuch wieder in die Hülle. «Die ganzen Frauen in der Familie haben irgendwelche Probleme, Laura, Mamá, Clara, mit Männern.»

«Ich habe nicht von Männern gesprochen.»

«Als meine Mutter hier in dieses Land kam, wollte ein sehr *anständiger*, sehr reicher Mann sie heiraten, trotz der Kinder – aber Carlos *erlaubte* es nicht. Er hatte schreckliche Wutanfälle. Ich denke, das würde man bei meinem Bruder nicht vermuten. Und natürlich gab meine Mutter immer nach. Sie willigte in alles ein. Mir wurde klar, daß sie die Dinge nicht mehr unter Kontrolle hatte, als sie anfing, ihr Haar zu vernachlässigen. Ihre Kleider waren oft so *schmutzig*. Aber als sie sich noch im Griff hatte –»

Peter stand auf. «Ich muß gehen», sagte er. Er hatte beschlossen, mit dem Taxi zu Carlos zu fahren. Seine Knochen taten weh. Er war erschöpft.

«Sie hat sogar ihren Schmuck verkauft und nichts dafür bekommen. Es war einiges an Schmuck da. Sie hätte ihn genausogut verschenken können. Sie hat alles verschenkt. Ich habe versucht, sie bestimmten Leuten vorzustellen – gut erzogenen, sehr *kultivierten* Leuten, die sie geschätzt hätten, verstanden hätten, woher sie kam. Aber es war *unmöglich*. Sie steckte schon zu tief drin. Sie hatte keine *Disziplin*.» Dann rief er in gequältem Ton aus: «Und sie ist so alt geworden!»

Peter ging schon in Richtung Büro.

«Oh, ich muß Ihnen danken», sagte Eugenio mit einer sonderbaren, unterwürfigen Verbeugung. «Ich weiß es zu schätzen, daß Sie so spät noch hierhergekommen sind.»

Peter schrieb die Telefonnumer des Hotels der Clappers auf ein Blatt seines Notizbuches. «Hier ist Lauras Nummer», sagte er und streckte es Eugenio hin. «Wenn Sie morgen früh anrufen ...»

«Ja. Denken Sie, es ist zu spät, jetzt noch anzurufen? Wahrscheinlich ist es das. Aber – gibt es noch etwas? Noch etwas, das Sie vom Tod meiner Mutter wissen? Glauben Sie, sie war allein, als sie starb?»

«Ich wünschte, ich könnte Ihnen mehr sagen. Aber ich habe Ihnen schon alles gesagt, was ich weiß.»

«Wenn Sie sie hätten *sehen* können, damals, bevor...» Er stand einen oder zwei Meter von Peter entfernt und sah in das Zimmer, in dem er lebte; sein Blick fiel auf die Couch, die Lampe, seine Kleider, das vergitterte Fenster. Peter spürte, daß er oft so dastehen mußte und die Wahrzeichen seines Überlebens betrachtete, den spärlichen Raum abmaß, den er für sich selbst ausgeschabt hatte.

«Es tut mir leid, daß ich Ihnen diese Nachricht überbringen mußte», sagte Peter und lief rasch zu der Tür, die zur Straße führte. Eine nervöse Furcht hatte ihn befallen, daß Eugenio ihn vielleicht nicht hinausließ, doch Eugenio schlüpfte an ihm vorbei und entriegelte die Tür.

«Also», sagte er, «wenn Sie je vorhaben, eine Reise zu machen – ich kann das alles ganz gut. Es wird Sie womöglich überraschen, wie gut ich bin.»

Er verspricht Überraschungen, er wartet immer noch darauf, hinausgeworfen zu werden, dachte Peter, als er zitternd an der Bordsteinkante stand und die Straße nach einem Taxi absuchte. Als nach kurzer Zeit eines kam, fuhr es in einem gewagten Bogen auf ihn zu, und die Räder ließen einen Sprühregen aus dem Rinnstein hochschießen, der seine Hose und seine Socken durchnäßte. Im Auto fing der halslose, mützentragende Fahrer sofort an, heiser und wie blödsinnig zu fragen: «Wohin? Wohin? Wohin?» Peter gab mit eisiger Stimme Carlos' Adresse an und faltete seinen feuchten Körper auf dem Rücksitz zusammen. Der Fahrer schrie: «Ich hab's gerade in den Nachrichten gehört, wie sie diese Frau aus dem East River gezogen haben, in den sie gesprungen ist. Laßt sie sterben, sage ich. Sie wollen sich umbringen, laßt sie!»

«Ich möchte lieber nicht reden», erklärte Peter. Er sah ein Stück fahler Haut, eine große Warze, ein graues Fleckchen Haar, als der Fahrer zu ihm nach hinten sah. Vor Peters innerem Auge formierte sich der Trupp, hob seine Waffen, feuerte. Der Taxifahrer wurde zu Asche, zerstob. Diese Hinrichtungen in seinem Kopf fanden mit zunehmender Regelmäßigkeit statt. Konnte man geistig nach Schlachthof stinken? fragte sich Peter. Dann, als sie sich der östlichen Sechzigsten Straße näherten, brach es aus dem Fahrer heraus: «Wissen Sie, wie man mit dem schwarzen Verbrechen Schluß macht? Man stellt sie in einer Reihe auf, jeden Tag ein Dutzend, und dann erschießt man sie. So macht man es.» Er fuhr an den Rand und schaltete das Taxameter aus. «Verstehen Sie?»

«Warum nur ein Dutzend?» fragte Peter, als er ihm das Fahrgeld gab. «Warum nicht Tausende?» Und er schlug die Tür zu.

Am Tor des alten Mietshauses, in dem Carlos wohnte, drückte er auf Carlos' Klingel. Als ihm nicht gleich geöffnet wurde, hielt er entnervt und plötzlich wütend, durchgefroren und mit dem abgestandenen Geruch von Staub und altem Metallpoliermittel in der Nase, seinen Daumen auf den Klingelknopf. Eine düstere Stimme sprach durch ein Gitter an der Seite der Briefkästen.

«Wer ist da?»

«Peter Rice», schrie er in das Gitter und packte, als der elektrische Summton ertönte, den Türknauf. Es gab keinen Pförtner in diesem Haus, nur einen schmutzigen Spiegel neben dem Aufzug, in dem er einen Blick auf seine eigene tropfnasse Gestalt erhaschte, als er zur Treppe lief. Über ihm, auf dem Treppenabsatz des zweiten Stocks, sah Carlos hinunter.

«Peter! Um Gottes willen! Was führt dich so spät noch hierher?» Er lächelte und streckte die Hand aus. Peter schüttelte sie, ließ sie fallen.

«Ich muß mit dir reden –»

«Komm rein, komm rein ... Hör mal, ich habe einen jungen Freund hier – einen jungen Mann ...»

Vom Eingang ging es direkt in eine kleine Küche. Ein Becken voll schmutzigem Geschirr war überzogen von gelbem Neonlicht. Auf der Küchentheke lag eine halbe ausgedrückte Zitrone.

Carlos versuchte, seinen Mantel zu nehmen, doch Peter hüllte sich störrisch in ihn ein. Einen Augenblick gab es eine wilde Verwirrung, Hände fuchtelten, Hände griffen, und plötzlich machte sich Peter los und war im Wohnzimmer, wo er mit dem Rücken gegen die Wand dastand wie in die Enge getrieben. Eine große, magere Gestalt bewegte sich träge von den Fenstern weg, die auf die Straße hinausgingen.

«Das ist Lance», sagte Carlos in bestürztem Ton, als der gutaussehende, junge dunkelbraune Mann zu einer Couch schlenderte und sich mit weichem Aufprall zwischen die dort liegenden Kissen fallen ließ. «Lance, das ist ein alter Freund, Peter Rice.» Der junge Mann nickte, ohne zu lächeln, gleichmütig.

Auf dem Boden, vor einem Kamin, war ein Stilleben – zwei Kissen, ein leeres Glas, ein Aschenbecher, überquellend von Zigarettenkippen –, von dem Peter schnell die Augen abwandte.

«Ich bleibe nur eine Minute», sagte er, während er sich vage bewußt wurde, daß er irgendeine Erklärung dafür finden mußte, warum er seinen nassen Regenmantel nicht auszog, den Carlos immer noch neugierig ansah. Peter sah Carlos ins Gesicht, dann blickte er zu dem jungen Mann, der jetzt zu dösen schien. Eine schwere Kette lag um seinen Hals; von ihr hing, gut sichtbar auf der im offenen Hemd entblößten Brust, ein steinbesetzer, entfernt orientalisch aussehender Anhänger herab.

«Aber ja, unbedingt, Peter. Möchtest du etwas trinken? Bitte, setz dich. Kann ich nicht den Mantel nehmen? Du siehst aus wie ein Regenwald. Kümmere dich nicht um Lance. Fang einfach an.» Carlos nickte ermunternd.

«Laura schickt mich. Sie wollten dich nicht anrufen wegen ...»

Carlos' Lippen spannten sich an. Er sah erschrocken aus.

«Was ist los?» fragte er leise.

«Deine Mutter ist gestorben.»

Carlos sah zur Decke hinauf und brach dann in geräuschvolles, wildes Schluchzen aus. Sein Mund klappte auf, riesengroße Tränen flossen seine Wangen hinunter, seine Hände droschen die Luft. Lance stürzte zu ihm und warf die Arme um seine massigen Schultern. «Armes altes Ding ...», murmelte er. «Armes altes Ding hat seine Mama verloren ...» Er streichelte Carlos' kahlen Kopf, seinen Hals, sein nasses Gesicht, und Carlos beugte den Kopf, bis er auf Lance' schmaler Schulter ruhte.

«O Gott! O Gott!» rief er aus.

«Es tut mir leid. Es tut mir so –»

Carlos schnappte nach Luft, seine Hand streckte sich aus und schien die Luft umklammern zu wollen. «Ach, sag mir –», fing er an und brach dann erneut in krampfhaftes Weinen aus.

«Still, still, mein lieber Mann», sagte Lance und führte ihn zu der Couch, wo er ihn niedersetzte; es machte seinem langen Rücken sichtbar Mühe, Carlos' Gewicht zu halten. Er ließ sich neben ihn fallen, streichelte ihn unablässig. «Ach, wie viele Tränen!» sagte er weich.

Peter zog sich in die kleine Küche zurück, wo er sich gegen das Spülbecken lehnte. Es schien ihm in diesem Augenblick unmöglich, ohne Hilfe aufrecht zu stehen. Die Klagelaute in dem anderen Zimmer verfolgten ihn; dieses aufbrausende, hitzige Schluchzen schien opernhaft und lasterhaft, als ob Carlos verzweifelt Trauer simuliere, um sie abzuwehren. Doch was hatte er erwartet? Gleichgültigkeit? Ironie? Zeremoniellen Ernst?

Er hatte seine eigene Hilflosigkeit nicht vorhergesehen, diese plötzliche, schockierende, wenn auch nur durch die Umstände bedingte Vertraulichkeit mit den Brüdern Maldonada, sein eigenes Verstricktsein in den Schlingen einer wirklichen, unendlichen komplexen Geschichte, die bis heute abend nur Erzählung gewesen war, aus Lauras Mund, bei der er immer nur Zuhörer hatte sein wollen.

Was für ein übler Gestank nach Verwahrlosung hier im Zimmer hing! Er klaubte die Zitrone von der Küchentheke und hielt sie an die Nase. Aus dem Wohnzimmer kam Schweigen. Jetzt würde er sehr bald gehen können. Dann dachte er an Clara. Sein Herz wurde schwer; etwas, was er so lange von sich ferngehalten hatte, war ihm nahegerückt, er konnte spüren, wie es atmete. Lauras Erzählung war in einem Gewirr von losen Enden, einem Haufen eingestürzter Kulissen zu einem jähen Ende gekommen. Er fühlte sich nackt, und er war sich selbst fremd. Als er sich vom Spülbecken löste, überlief ihn ein leichter Schauder.

«Bitte, Peter. Komm rein und setz dich», rief Carlos demütig aus dem anderen Zimmer.

Er sah benommen aus, doch die Tränen hatten aufgehört. Lance hielt seine Hand mit festem Griff. Peter setzte sich in einen Sessel gegenüber der Couch.

«Wann ist sie gestorben?»

«Ich glaube – ich weiß, es war heute nachmittag.»

Carlos fuhr auf. «Aber sie haben es gerade erst erfahren?»

«Laura wußte es. Sie hatte es heute nachmittag schon erfahren.»

«Ich halte das nicht aus!» rief Carlos, entriß Lance seine Hand und schlug sie sich an die Stirn. «Wie konnte sie – aber ich habe gleich gedacht, daß sie heute abend verrückter war als sonst. Gott! Wie konnte sie nur so ein scheußliches Miststück sein!»

«Nachdem du gegangen warst, ist sie aufgestanden und hinausgerannt. Ich weiß nicht, warum. Clara hat ihr etwas über irgendwelche Tiere erzählt. Ich glaube, sie war den ganzen Abend sehr mitgenommen», sagte Peter müde.

«Also wußte sie es die ganze Zeit. Sie saß da und wußte es. Ich bin fertig mit ihr. Fertig!»

«Du wirst sie morgen früh im Hotel anrufen müssen. Ich weiß nicht, was wegen der Beerdigung vorgesehen ist.»

«Was ist mit meinem Bruder Eugenio?»

«Ich komme gerade von ihm.»

Carlos warf ihm einen ironisch-verständnisvollen Blick zu. «Er war – wie gewohnt?»

«Ich kenne ihn nicht so gut.»

«Da gibt es nichts zu kennen. Lance, machst du mir bitte einen Wodka mit Tonic? Und wenn eine Zitrone da ist ...»

«Ich glaube, wir haben deine letzte Zitrone schon verbraucht», entgegnete Lance in leichtem, schleppendem Tonfall. «Kann ich Ihnen etwas zu trinken bringen?» fragte er Peter höflich.

«Danke, nein. Nichts.»

«Ich nehme an, du weißt nicht, wie –»

«Nur das, was ich dir gesagt habe.»

«Aber kannst du dir vorstellen, daß sie es die ganze Zeit gewußt hat?» Er schüttelte den Kopf. «Verstehst du so etwas? Natürlich ist sie selbst unfähig, es zu erklären, sie wird es nie können. Ich nehme an, soviel weißt du von Laura. Du kennst sie lang genug. Aber hast du jemals gehört –»

«Carlos. Sie sagte mir, daß Clara vom Tod deiner Mutter nichts erfahren darf. Sie sagte, es würde sie nicht interessieren.»

«Das ist es, was sie gesagt hat? *Interessieren*?»

«Genau das.»

Lance kam zurück und reichte Carlos ein Glas mit Wodka und Tonic. «Du hast keine Eiswürfel mehr», sagte er.

«Danke, Liebling», sagte Carlos zärtlich.

Lance lächelte schwach und setzte sich wieder neben ihn auf die Couch.

«Carlos. Glaubst du nicht, daß man es Clara sagen sollte?»

Carlos sah beunruhigt aus. Er nahm einen Schluck aus seinem Glas.

«Ich weiß nicht», sagte er. «Meine Mutter mochte Clara sehr gern. Ich denke nicht – was meinst du? –, daß Laura versucht, Clara zu schützen, ihr das Begräbnis zu ersparen. Ich nehme an, sie ist ihr böse – böse, weil Clara ihre Mutter nicht im Altersheim besuchen wollte. Aber Laura! Um Gottes willen! Sie waren *jahrelang* weg, sie und Ed, schipperten um die Welt. Sie hat nie auch nur eine Postkarte geschickt! Glaubst du, daß Laura das so gemeint hat? Sie sagt ziemlich viel, was sie eigentlich nicht so meint.»

«Ich glaube, sie meinte es so.»

«Dann – ich weiß nicht, was ich sagen soll.»

«Aber was ist mit dir? Willst du nicht, daß sie dabei ist? Bei der Beerdigung?»

«Na ja – weißt du, Desmond hat sich wirklich um eine Menge gekümmert. Das muß ich zugeben. Ich nehme an, sie haben das Recht – schließlich macht es für meine Mutter kaum einen Unterschied, ob Clara dabei ist oder nicht.»

«Sei nicht so beschränkt», sagte Peter scharf. «Du weißt, daß Beerdigungen nicht für die Toten sind!»

«Wir werden wiedergeboren», sagte Lance ehrfurchtsvoll. «Der Tod ist nur eine Tür.»

«Ich glaube, das ist nicht ganz fair», sagte Carlos. «Ich glaube, ich bin überhaupt nicht beschränkt – aber diese Rituale –»

«Carlos!» sagte Peter mit Nachdruck. «Ich habe dich nach deiner Meinung gefragt. Ob du glaubst, daß sie dabeisein sollte.»

«Ich halte nicht viel von ‹sollte›», sagte Carlos ausweichend.

«Dann soll ich ihr nichts sagen? Du wirst es ihr nicht sagen?»

«Aber, das meinte ich gerade – mit Desmond und meiner Schwester. Sie haben sich fast immer um alles gekümmert. Ich nehme an, es hängt von ihnen ab, nicht? Wie man diese Dinge regelt.»

«Du hast keine Meinung?»

«Niemand geht gern auf Beerdigungen, das steht fest!»

«Geht es darum, ob man es gern tut?»

«Ich weiß nicht, worauf du hinauswillst. Wirklich.»

«Aber Clara ist ihr einziges Enkelkind!»

«Das weiß ich! Gott weiß, daß sie von Eugenio und mir keins bekommen konnte!»

«Ich glaube, ich gehe jetzt besser.»

«Es war großartig von dir, hierherzukommen und es mir zu sagen. Wahrscheinlich haben sie dich geweckt? Ich verstehe nicht, warum sie mich nicht morgen früh anrufen konnten.» Er hielt inne, dann fuhr er fort: «Ich werde es Ed sagen. Er würde es sicher gern erfahren. Sie kamen gut miteinander aus, weißt du. Es war merkwürdig, sie zusammen zu sehen. Für sie war er ein Engel. Wenn er mit ihr zusammen war, zeigte er sich von seiner besten Seite. Seine beste Seite war sehr, sehr gut. Er hat ihr wirklich seine volle Aufmerksamkeit gewidmet. Er konnte sie wunderbar nachmachen.» Er sah Peter grüblerisch an. «Aber du weißt das alles, nicht? Du weißt alles über uns.»

«Ich weiß nicht, was mit Clara ist», sagte Peter. «Ich weiß wirklich nicht, was ich tun soll. Ich denke, sie sollte morgen dort sein, Carlos, willst du sie nicht anrufen?»

Carlos stand auf und fing an, im Zimmer auf- und abzugehen. Lance beobachtete ihn; er beugte sich vor, als sei er bereit, zu ihm zu eilen, wenn es Anzeichen dafür gab, daß er zusammenbrach.

«Meinst du nicht, daß du diese Sache größer machst, als sie ist, Peter?» fragte Carlos. Er stand neben einem großen, alten Klavier, hob den Deckel und ließ ihn wieder sinken. «Und überhaupt, wenn Clara wüßte, daß Laura sie nicht dabeihaben will, würde sie bestimmt nicht hingehen. Sie hat Angst vor ihr, was nicht erstaunlich ist. Haben wir nicht alle Angst vor ihr?» Carlos lächelte schwach. Dann sagte er: «Ich kann es ihr jedenfalls nicht sagen. Es ist nicht meine Entscheidung. Es wird kein richtiges Begräbnis sein. Wir müssen meine arme Mutter unter die Erde bringen, das ist alles.»

«War sie nicht katholisch?» fragte Peter.

Carlos lachte laut. «Mamá? Natürlich war sie katholisch. Alle Spanier sind katholisch.» Mit einem Knall schloß er unvermittelt den Klavierdeckel. «Hat Laura dir je von meinem Großvater erzählt? Er war ein Philosoph, sozusagen. Er schrieb ein Buch, eine antiklerikale Abhandlung, und hatte damals ständig mordsmäßig Streit mit der Kirche. Er haßte Priester, wie nur römische Katholiken sie hassen können. Mamá ging nie zur Messe. Das wurde auch abgeschafft, wie alles übrige. Die Priester und Nonnen brachten sie zum Lachen, sie machte sich über sie lustig. Ich erinnere mich natürlich nicht daran, aber ich bin sicher, wir wurden getauft. Allerdings nicht gefirmt, glaube ich. Es gab eine Kapelle auf der Plantage, hat man mir erzählt. Aber mein Vater starb, und das war das Ende. Obwohl – wenn ich jetzt überlege, ging sie einmal in eine Synagoge und zu etlichen protestantischen Gottesdiensten. Sie sagte immer, sie wüßte gern über alles Bescheid.» Ein Anflug von Spott war in seiner Stimme. «*Me gusta saber de todo*», wiederholte er auf spanisch. «Ich zog sie wegen der Synagoge auf. Ich sagte ihr, sie kehre in Abrahams Schoß zurück. Vielleicht, sagte sie.»

«Ich *liebe* es, wenn du spanisch sprichst», sagte Lance.

Carlos schlug plötzlich die Hand vor die Augen. «Was für ein schreckliches Leben», sagte er todunglücklich.

«Hör zu!» bat Peter. «Ich kenne dich fast mein ganzes Leben lang. Ich weiß nicht, was mit Clara passiert ist, wirklich. Ich habe nicht darüber nachgedacht. Sie ist geboren worden, dann war sie jemand, von dem ich fast nie hörte. Ich habe nicht gefragt. Aber deine Mutter ist dazu gebracht worden, die Verantwortung für sie zu übernehmen. Es scheint mir völlig verkehrt zu sein, daß Clara nicht erfahren soll, daß sie tot ist. Wie wird sie es herausfinden? In drei Monaten, wenn sie zufällig bei dir vorbeikommt? Wenn sie Laura wiedertrifft? Was wird Laura sagen? ‹Übrigens, meine Mutter ist tot›? Man sollte von einem Tod in der Familie erfahren. Wie wird sie also davon erfahren? Carlos! Um Gottes willen, versteck dich nicht hinter deinem eigenen *Charakter* – nutze nicht deine Untugenden aus, um da herauszukommen! Ich kenne das alles! Ich tue es, ich tue das ja selbst. Antworte mir! Sag mir, was ich tun soll! Laß mich nicht allein mit dieser – dieser Last!»

«Laura hat dir gesagt, was du tun sollst», schrie Carlos, während er steifbeinig quer durch das Zimmer auf Peter zukam, sich dann abrupt einer schattigen Ecke zuwandte. «Du tust gern das, was Laura will, nicht?» Er grummelte etwas zu sich selbst, schüttelte dann hart den Kopf wie ein Stier, der seine Hörner zurückwirft. «Das hast du immer getan», fuhr er bitter fort. «Wie gut ich mich an diesen ersten Tag erinnere, vor Jahren, als du sie kennengelernt hast – in diesem Haus, das sie draußen auf der Insel hatten. Aber, erinnerst du dich? Keiner ihrer liebeskranken Freier war so treu wie du. All diese Jahre bist du so einer gewesen, nicht?»

«Es ist nicht wichtig, was ich gewesen bin!» rief Peter.

«Die Braut deines Herzens!» höhnte Carlos. «Sogar Ed hat sie vor Jahren aufgegeben, vor *Jahren* schon! Aber du! Ich habe gesehen, wie du dich gekrümmt hast, wenn sie die Hand hob, und wenn sie sie ausstreckte, habe ich gesehen, wie du sie geleckt hast. Und du fragst ausgerechnet mich, was man mit Clara tun soll? Ich weiß nicht, was ich mit mir selbst machen soll, mit meinem Bruder, mit Laura – und meiner Mutter. Ich habe mich abgewandt und immer wieder abgewandt, und immer wieder waren sie da und haben gewartet. Laura geduckt, um sich auf mich zu stürzen, meine Mutter, immer auf mich wartend, dieses gotterbärmliche tapfere Lächeln, auf mich wartend, als ob ich die Hoffnung auf alles wäre, auf Veränderung, auf Möglichkeiten. Welche Möglichkeiten? Was hätte ich für Eugenio tun können? Für jeden von ihnen? Wir waren von Anfang an ruiniert!»

«Es ist Karma», bemerkte Lance.

«Arme Clara», sagte Carlos in erschöpftem Ton. «Sie war die letzte, für die ich etwas hätte tun können. Aber sie hat ihr Leben vor sich – sie ist fein raus. Sag ihr, sie soll nicht zurücksehen, es nicht so machen wie wir, Lots Frauen. Schließlich», sagte er mit einem traurigen Lächeln, «ist sie ein amerikanisches Mädchen. Beneidenswert, so jemand zu sein. Verstehst du? Es ist mir egal, ob sie zur Beerdigung meiner Mutter kommt oder nicht. Es macht überhaupt keinen Unterschied.»

Peter stand auf. In der Stille starrte Carlos ihn ausdruckslos an; seine Arme hingen locker an den Seiten herab. Peter wartete. Carlos trat aus dem Schatten heraus. «Wie ich schon sagte, ich bin dir dankbar. Du hast eine undankbare Aufgabe übernommen. Aber ich danke dir.»

«Dann gehe ich jetzt.»

«Ich rufe sie morgen früh an. Vielleicht können wir in den nächsten Tagen einmal zusammen zu Mittag essen? Vielleicht möchtest du Ed einmal sehen? Er ist nicht immer total betrunken. Wenn du vom Büro aus zu mir heraufkommen könntest – Ed fürchtet sich vor den vielen Leuten in der Innenstadt. Es gibt ein ruhiges italienisches Restaurant nicht weit von hier. Ich bin sicher, Ed würde sich gern mit dir treffen.»

Peter nickte. Als er an der Tür war und schon die Hand auf der Klinke hatte, um sie zu öffnen, sagte Carlos: «Grüße bitte deine Schwestern von mir, wenn du sie siehst.»

Am Fuß der Treppe setzte sich Peter hin. Er hörte das Klicken der sich schließenden Tür. Es war kurz vor drei Uhr nachts. Er dachte an Gina, wie sie dort auf der anderen Treppe saß. Er fühlte sich außerordentlich allein. Seine Schwestern standen sich nah wie ein verheiratetes Paar; fest in ihrer Hingabe füreinander lächelten sie ihm zu und schlossen ihn aus, wie sie ihn immer ausgeschlossen hatten. Aber wenn er jetzt starb, hier auf der Treppe, wenn dieser Schmerz in seinem linken Arm das erste Beben seines versagenden Herzens war, würden seine Schwestern dafür sorgen, daß er ein angemessenes Begräbnis bekam. Und eine Sekunde lang, als er sich ihrer Stimmen aus einem anderen Raum entsann, ihrer Füße, die durch das alte Haus stampften, wenn sie zum Spielen hinausliefen und ihn zurückließen, dachte er: Wie kann ich so alt geworden sein? Wie haben sie so lange leben können? Ist das alles? Dieses Welken und Weichwerden und Sich-Erschöpfen in der Zeit?

Es war gefährlich spät, um noch auf der Straße zu sein. Er hatte oft mit seinen Ängsten geprahlt. Wie jeder andere, den er kannte, neigte er dazu, mit Angst anzugeben. Ein weiterer Trick. Vielleicht hatte Laura nichts über diesen Tod gesagt, hatte Stillschweigen bewahrt, um das Wissen darum auch vor sich selbst immer weiter hinauszuschieben. War es nicht das? Ed Hansen hatte ihm einmal eine Geschichte von einem Mann erzählt, der, nachdem er auf einem Bahnübergang von einem

Zug angefahren worden war, eine ganze Meile gelaufen war, bevor er hinfiel, alle Knochen im Körper gebrochen.

All diese Jahre waren Carlos und er von der Strömung getragen worden, die eine jugendliche und bedingungslose Freundschaft einst in Bewegung gesetzt hatte. Doch die ganze Zeit hatte Carlos ihn beurteilt, ihn beobachtet, Rechnungen aufgestellt. Und wie sehr er sich irrte! Peter hatte nie die Schmerzen einer Liebe um Laura gefühlt. Es war etwas anderes.

In der Lexington Avenue fand er eine Telefonzelle, aber es gab kein Telefonbuch. Nach zwei Versuchen gelang es ihm, der Vermittlung Claras Adresse zu entlokken, indem er eine erfundene Adresse angab. Sie wohnte zwölf Blocks entfernt. Er blieb auf der Lexington Avenue und ging in nördliche Richtung. Er dachte nicht an das, was er tun würde. Er erinnerte sich daran, wie ungeschützt er in der Telefonzelle gewesen war, und daß er keine Angst gehabt hatte. Sollten sie ihn umbringen! Aber kaum hatte er unbekannten Angreifern freie Hand gegeben, wurde er von fürchterlichen Vorahnungen überwältigt. Es war, als ob seine Nerven mit einemmal an einen elektrisierenden Pulsschlag unheilvoller Energie angekoppelt worden seien. Er zitterte; in den Taschen seines Regenmantels wurden seine Hände feucht; seine Augenlider zuckten. Er trottete seiner Zerstörung entgegen und befand sich dabei in einem so elementaren Stadium des Schreckens, daß sein sonst von Worten überfließender Geist zu einer Leinwand wurde, auf der Licht und Dunkel nicht länger sichtbar waren.

Irgendein rein körperlicher Reflex zwang ihn, vor einem Schaufenster anzuhalten, und er legte seine Stirn an das kalte Glas. Er hechelte wie ein Hund. Allmählich konnte er wieder klar sehen. Er sah im Fenster, schimmernd im Licht eines kleinen Scheinwerfers, ein Schiffsmodell. Es war ein Schoner mit aufgezogenen Segeln. Auf dem Deck sah man winzige Matrosenfiguren über ihre Arbeit gebeugt. Einer war auf dem Achterschiff in der Takelage beschäftigt; sie bestand aus flachsfarbenen Seilen, kompliziert, straff gespannt und vollkommen. Es war ein Ding, das er immerzu hätte betrachten können, dieses Werk der Geschicklichkeit und der Geduld, eine Imitation der Wirklichkeit und eine Offenbarung. Sein Atem normalisierte sich. Die verschwommenen Symbole in seinem Kopf nahmen Gestalt an, wurden zu Befehlen. Er würde Clara sagen, daß ihre Großmutter an diesem Tag gestorben war. Er wußte nicht, was er ihr sonst sagen würde. Er würde schon sehen. Er ging weiter. Ein Paar in Abendgarderobe kam näher, ging dann an ihm vorbei. Angesteckt am Pelzmantel der Frau sah er einen großen weißen Button, auf dem mit schwarzen Buchstaben stand: «Scheiß auf Hausarbeit.»

Er dachte an andere Aufrufe, andere Zeiten. Er lebte in einer Epoche des Widerwillens, Widerwillen sich selbst gegenüber, Widerwillen gegen alle anderen, einer ungesunden, infantilen, sentimentalen Verabscheuung des Denkens, die ohne Umweg zu der Lösung des Verbrechens, wie sie der Taxifahrer vorgestellt hatte, und zu seinem eigenen schweigenden Exekutionskommando führte.

Er fror furchtbar. Es nieselte immer noch. Er hatte etwas erlebt, was Violet eine Angstattacke genannt und worüber sie sofort hinweggegangen wäre. Jenes überirdische Entsetzen, das sich ihm mit solcher Gewalt aufgedrängt hatte, konnte mit der versöhnlichen Sprache der Psychologie nicht erfaßt werden. Benennungen waren von dürftigem Zauber, wenn ein echter Zauber am Werk war. Doch während er erschöpft auf Claras Wohnung zupatschte, empfand er eine Spur von Glück, als ob der Entschluß, der ihn zu ihr führte, etwas anderes betraf als den Tod.

6 Clara

«Ja, es ist schön. Ich zahle mehr Miete, als ich mir eigentlich leisten kann. Aber als ich diesen großen Raum sah – ich dachte, wenn ich so einen Raum habe, ist mir alles andere egal. Die Küche dort ist ein Witz. In das Schlafzimmer paßt gerade mal ein Bett. Und diese Straße ist nicht schlecht. Haben Sie das kleine Haus neben diesem bemerkt? Es soll von Stanford White sein. War der Pförtner unfreundlich zu Ihnen? Er war Starreporter bei einer Zeitung, dann ging sie ein, und er war zu alt, um noch eine anständige Arbeit zu bekommen, wie er es bezeichnet. Er war ziemlich bösartig, als ich einzog, machte sich über mich lustig, weil ich so wenige Möbel hatte. Aber das machte er nur, um mein Interesse zu wecken, damit er mir dann erzählen konnte, daß er kein gewöhnlicher Pförtner ist, daß er einmal wichtig gewesen war. Ich hatte keine Ahnung, wer es sein könnte, als es klingelte. Geben Sie mir Ihren Mantel. Regnet es immer noch so stark?»

«Ich bin schon eine Weile unterwegs», sagte Peter und gab ihr seinen Mantel. Sie habe nur einen kleinen Schrank in der Wohnung, sagte sie, deshalb werde sie den Mantel ins Badezimmer hängen.

Das Zimmer war schlicht, sauber und geräumig. Es war spärlich möbliert, eine Schlafcouch, mit Segeltuch bezogen, drei Rohrsessel, zwei kleine Tische, ein langer Tisch mit einer Decke aus glänzendem grünem Wachstuch. Er nahm ein kleines Buch in die Hand, das auf der Couch lag. *Der Geist des Jahrhunderts,* von William Hazlitt. Es gab keine anderen Bücher, keine Zeitschriften. An einer Wand hingen zwei Zeichnungen nebeneinander.

Eine trug die Signatur Edward Hansens. Sie zeigte eine Gruppe von Häusern mit flachen Dächern an einer Strandbiegung. Die andere war eine unsignierte Skizze eines kahlen Baums mit dichtem Geäst und einem verkrümmten Stamm wie der eines Olivenbaums.

«Das ist ein Ort, wo sie eine Zeitlang gelebt haben», sagte Clara, als sie in das Wohnzimmer zurückkehrte und sah, daß er die Zeichnungen betrachtete. «Ich glaube, es war Italien.»

«Der Baum ist sehr schön.»

«Das ist von mir.»

«Sie haben es nicht signiert.»

«Nein.»

«Zeichnen Sie viel?»

«Nein, gar nicht. Ich habe das eines Abends aus dem Gedächtnis gemacht. Es war der einzige Baum, der so aussah, auf der Plantage in Kuba, wo ich mit meiner Großmutter lebte. Alle anderen Bäume sahen aus wie Giraffen oder Igel. Er hatte eigentlich auch Blätter, aber ich konnte mich an ihre Form nicht mehr erinnern.»

«Sie sollten damit weitermachen. Ich wollte immer zeichnen.»

«Nein. Ich mache mir eigentlich nichts aus dem Zeichnen», sagte sie und setzte sich in einen der Sessel. «Es war nur eine private Sache.»

Sie hatte das Kleid ausgezogen und trug nun eine graue Hose und einen grauen Pullover und Sommersandalen an ihren nackten Füßen. Er bemerkte, daß ihre Füße schmal und knochig waren und, wie der Raum, äußerst sauber. Sie betrachtete ihn unverwandt, aber er hatte das Gefühl, daß sie sich der Intensität ihres eigenen Blicks nicht bewußt war, daß sie nur entschlossen war, keine Überraschung darüber zu zeigen, daß er zu dieser Zeit hier war.

«Mögen Sie Hazlitt?» fing er an, als er sich auf die Couch setzte und sich fragte, wie lange er die Erklärung für seine Anwesenheit noch hinausschieben werde. Es war nicht nur Höflichkeit, dachte er, was sie davon abhielt, ihm Fragen zu stellen. Sie sah gefaßt aus; ihre Ruhe schien Ergebnis eines Willensakts zu sein. Sie war jetzt ohne Make-up und sah älter aus, als sie in dem Hotelzimmer und im Restaurant gewirkt hatte. Er war in Verlegenheit. War die ganze angsterfüllte Entschlossenheit, die ihn hierhergeführt hatte, unangebracht, diente sie nur ihm selbst? In ihrer leibhaftigen Gegenwart wurde ihm bewußt, daß er sie als ein Kind betrachtet hatte. Sie sah ihn ernst an, aufrecht in dem Sessel sitzend. Sie war blaß, ohne Schmuck, wie ihr Zimmer. Ihre Stimme war anders, als er sie erinnerte. Wie eigenartig, zu denken, daß Laura den Ton, in dem man sprach, beeinflussen konnte. Sie hatte während des Essens hastig und leise gesprochen, wie auf der Flucht. Wenn er ihrer Stimme jetzt lauschte, war sie kühl und ein wenig hohl.

«Hazlitt ist ganz gut», sagte sie. «Ich habe keine Bücher. Solange es eine Bücherei in der Nähe gibt, kann ich bekommen, was ich will. Alle meine Freunde haben sich mit Büchern beladen, und wenn sie umziehen müssen, verfluchen sie sie nur noch. Aber sie kaufen sie immer weiter.»

«Sie lesen keine Romane?»

Sie sah auf einmal unruhig aus. Schnell sagte er: «Ich bin wirklich froh, daß ich Sie nicht geweckt habe. Ich hatte befürchtet, daß ich es müßte, und es war eine Erleichterung –»

«Wissen Sie, ich hatte Hunger und habe mir ein paar Toastbrote gemacht, gerade bevor Sie kamen. Wollen Sie eine Scheibe?» Sie lächelte unbehaglich. Er hatte das Gefühl, sie zu quälen. Und doch konnte er nicht sagen, was er sagen mußte.

«Nein, nein. Aber essen Sie nur. Lassen Sie mich nicht –»

Das Lächeln verschwand. Sie sah ihn einfach wartend an.

«Ich weiß nicht, wie ich es anstellen soll –», sagte er. Warum half sie ihm nicht? Konnte sie ihn nicht fragen, warum er gekommen war?

«Sie machen mir ein wenig angst.»

«Es ist wegen Ihrer Großmutter.»

Sie sah zu Hansens Zeichnung, dann wieder zu Peter. Ihre Hände drückten sich flach gegen die Oberschenkel.

«Etwas ist passiert», sagte sie unvermittelt, mit ansteigender Stimme.

«Sie ist heute nachmittag gestorben.»

Sie stand im gleichen Augenblick auf und ging zu dem langen Tisch, wo sie mit dem Rücken zu ihm stehenblieb. Sie war mager, dachte er, viel zu mager. Sie drehte sich langsam um, bis er ihr Gesicht sehen konnte. Sie weinte nicht. Ihr Gesicht schien gefroren. Er dachte: Ich darf keine Überraschung zeigen, falls sie lacht. Manchmal lachen Leute tatsächlich, wenn sie erfahren, daß jemand gestorben ist – ich darf nicht –

«Hat meine Mutter Sie geschickt, damit Sie es mir sagen?»

Es war die Frage, die er befürchtet hatte, die er die ganze Zeit weggeschoben hatte, um sich selbst gegenüber behaupten zu können, er brauche ja nur die Todesnachricht zu überbringen. Er hörte sie die Frage wiederholen, während sie sich anschickte, auf ihn zuzugehen, die Hände vor dem Körper verschränkt. Ihm kam der erschreckende Gedanke, daß sie sich vor ihn hinknien und ihn anflehen könnte zu antworten. Jetzt stand sie direkt vor ihm. Ohne genau wahrzunehmen, was er tat, fing er an, in dem Hazlitt zu blättern. Ein gefaltetes Stück Papier fiel aus dem Buch auf sein Knie. Clara beugte sich vor, hob es vorsichtig mit zwei Fingern auf und schob es in ihre Hosentasche. Nur ein paar Sekunden waren vergangen.

«Nein», sagte er.

Sie sank in einen Sessel.

«Ich verstehe nicht», sagte sie mit bebender Stimme.

«Ich meine – sie sagte, daß Sie *nichts* davon erfahren sollten.»

Sie wurde tiefrot; Röte überzog ihre blasse Haut wie ein Ausschlag. Ihre Lippen teilten sich. Er konnte den Schimmer eines Zahns sehen. Dann blickte sie zu verschiedenen Gegenständen im Zimmer, ihr Kopf drehte sich rasch, aber ihr Blick blieb nur eine Sekunde an diesem oder jenem Ding hängen. Zu ihm sah sie nicht. Sie sah unbeholfen aus, hilflos, als ob etwas Schweres auf sie gefallen sei und sie niederhielt. Er wußte nicht, was er tun sollte, wie er es ihr erklären, wie er ihr helfen sollte.

«Ich weiß, wie schockiert Sie sind», sagte er, etwas lauter als flüsternd, weil er sie nicht grob daran erinnern wollte, daß er anwesend war, daß er Zeuge dessen war, was, wie er erkannte, Demütigung war, nicht Trauer.

«Ich bin nicht schockiert», sagte sie. «Sie war so alt und traurig. Was konnte sie sonst tun an diesem furchtbaren Ort? Und ich habe mir schon gedacht, daß Laura –» Aber sie hörte auf zu sprechen.

Es war viel schmerzhafter, als er sich vorgestellt hatte. Da er sich gezwungen sah, etwas zu sagen, wiederholte er ihr «gedacht» in schwachem Ton, wie um ihr ihr eigenes Wort anzubieten, damit sie weitermachen könne.

«Ich lüge», sagte sie. Sie zog die Beine hoch und verschränkte die Arme über ihrer Brust. «Das habe ich mir ganz und gar nicht gedacht. Wie hätte irgend jemand – wie hätte ich nur darauf kommen sollen, daß Laura mir nichts davon sagt? Es ist meine Art – keine Überraschung zu zeigen.»

Sie sah ihn mit ärgerlicher, wütender Miene an. «Außerdem schere ich mich einen Dreck darum», sagte sie, «aber ich nehme an, wenn Laura hierherkäme mit einer Pistole und sie auf meinen Kopf richtete, würde ich sie fragen, ob sie etwas zu trinken will, bevor sie schießt.»

Er sagte: «Ich weiß nicht, was Laura sich vielleicht dabei gedacht hat. Es ist sicher möglich, daß sie zu erschüttert war, um zu wissen, was sie sagte.»

«Laura weiß immer, was sie tut und sagt», sagte Clara heftig. «Das Bewußtsein ihrer selbst macht sie nicht befangen wie so viele Menschen. Es ist ihr egal, *warum* sie Dinge tut. Haben Sie je irgend jemand anderen gekannt, für den Ursache und Wirkung dasselbe sind? Sie fand meine Anstrengungen, ihre eigenen Taten vor ihr zu rechtfertigen, immer ganz *bezaubernd*.»

Sie hatte ohne Nachdruck, doch schonungslos gesprochen, und er hörte, wie sehr ihre Stimme in dieser Minute tatsächlich wie die ihrer Mutter klang.

«Aber sie muß verzweifelt gewesen sein – der Tod eines Elternteils –», fing er an.

«Lassen Sie das weg!» sagte sie rauh. «Ich weiß das alles! Aber können Sie mir nicht irgend etwas berichten?»

«Von Laura –», fing er an, doch sie schüttelte ihren Kopf von einer Seite zur anderen, und er brach ab und beobachtete sie besorgt. Er hatte geglaubt, daß er nur das Richtige tun wolle, daß er das Richtige tue. Aber er hatte sie dabei nicht mitbedacht.

Sie beugte sich zu ihm. «Ist es, weil ich Alma fast nie besucht habe? Zahlt sie mir das heim? Laura glaubt an Rache – wenn man hier von Glauben sprechen kann. Was ich von Ihnen will, ist – erklären Sie, sagen Sie mir etwas!» bat sie ihn mit flehender Stimme. «Warum darf ich nichts wissen? Bitte. Ich will keine allgemeingültigen Wahrheiten. Das ist kein Problem. Meine Großmutter starb ganz allein. Hätten Sie in *ihr* Ohr geflüstert, daß jeder einmal stirbt? Hören Sie mir zu!» Sie hielt inne und sah auf ihre verkrampften Hände hinab. «Der Unterschied ist es, der so schwer ist – das eigene Leben ist der Unterschied.»

«Das weiß ich», sagte er.

«Wie würden Sie sich fühlen? Wenn Sie es wären? Wenn man Sie ausgeschlossen hätte?»

«Ich weiß nicht», antwortete er.

«Nein, das tun Sie nicht», stimmte sie zu.

«Ich kann es mir vorstellen», sagte er schnell.

«Warum fühle ich mich so beschämt?» rief sie ihm zu. «Woher diese furchtbare Scham ...?»

«Es tut mir leid. Es tut mir wirklich leid. Ich hasse Laura dafür.»

«Tun Sie das?» fragte sie. «Können Sie sie hassen?»

Der Raum war kalt. Ein leichter Schauder überlief ihn, dann sah er auf seine Uhr. Er war seit Jahren nicht mehr so lange aufgewesen. Clara zündete sich eine Zigarette an.

«Ich sagte, ich kann mir vorstellen, wie Sie sich fühlen», sagte er. «Ist das gar kein Trost?»

«Ist es einer?» fragte sie.

«Sie war eifersüchtig auf Sie, vielleicht», sagte er. «Ihre Mutter kümmerte sich um Sie. Mein Eindruck war, daß Sie der einzige Mensch waren, um den sich je jemand kümmerte in dieser Familie.»

«Eifersucht? Ist es das?»

«Ich weiß nicht.»

Clara sah ganz plötzlich ruhiger aus; sie hatte sich damit abgefunden, daß es jetzt dieses Problem gab.

«Selbst wenn es Eifersucht ist, was für einen Unterschied macht das?» fragte sie ohne Interesse. «Laura ist eine Terroristin. Sie nimmt sich nur wahr, wenn die Bombe, die sie wirft, explodiert. Das ist eine Selbstwahrnehmung, die ich nicht nachvollziehen kann.»

«Warum besuchen Sie sie?»

«Ich weiß nicht, wie ich es machen soll, sie *nicht* zu besuchen.»

«Aber sie versucht nicht, Sie zu sehen, oder?»

«Sie hat hin und wieder so eine Anwandlung.»

«Gehen Sie nicht hin. Sie müssen nicht.»

«Wenn es eine Frage des Willens wäre...»

«Können Sie eine daraus machen?»

«Bis jetzt war ich noch nicht dazu fähig. Aber nach dem hier wird es vielleicht leichter sein.»

«Ich kenne Ihre Mutter schon lange», sagte er. «Mein Instinkt sagt mir, daß sie heute abend todunglücklich war.»

«Ich behaupte nicht, daß sie gar nichts empfunden hat. Aber, lieber Himmel! Sie ist eiskalt im Innern, nur halb geboren. Sie weiß nicht wirklich, daß irgend jemand anders auch lebt. Die Welt – sie ist nur eine ausgedehnte Seifenblase ihrer selbst – was sie haßt, ist Teil ihrer selbst. Die Juden, wissen Sie, wie sie es mit Juden hält? Und doch sind diese hebräischen Vorfahren keine von Eds Phantasien. Sie kommt nie soweit, daß sie *außerhalb* von etwas ist. Haben Sie es heute abend nicht gespürt, im Restaurant, als sie Sie wegen Ihrer Arbeit aufgezogen hat? Und als sie über Carlos' Unmäßigkeit geredet hat? Wie sie alles so sieht, als wäre es für sie oder gegen sie bestimmt?»

«Ich kann verstehen, warum Sie so empfinden», sagte er.

«Wie ich empfinde!» rief sie aus. «Ich spreche von Ihnen! Können Sie nicht irgend etwas sagen – mir sagen über das, was sie getan hat? Verstehen Sie nicht? Ich weiß nicht einmal, ob sie nicht recht hat! Aber, verdammt soll sie sein! *Ich* habe mit ihrer Mutter zusammengelebt. O Gott! Ich habe die Nase voll davon, über sie nachzudenken. Ich bin auf die Welt gekommen und dachte schon über sie nach.»

«Und Ihre Großmutter?» fragte er. «Was ist mit ihr?»

Sie gab lange Zeit keine Antwort. Sie saß da und rauchte, mit geschlossenen Augen. Dann drückte sie ihre Zigarette in einem Aschenbecher auf dem Tisch neben dem Sessel aus.

«Auch davon weiß ich nichts», sagte sie endlich. «Ich habe Angst. Aber Trauer?» Sie sah ihn eine Minute lang unverwandt an. «Ich haßte sie, als ich klein war», fuhr sie fort. «Ich weiß nicht, warum. Sie war nie unmenschlich zu mir. Wir waren wie zwei Schiffbrüchige in einem Rettungsboot. Die Vorräte gingen immer zur Neige. Ich *fühlte* das. Für mich war der Alltag nie gesichert. Sie war so unterwürfig, und doch schaffte sie es, diese beiden, meine Onkel, dazu zu zwingen, daß sie Sonntag für Sonntag zu diesen entsetzlichen Mittagessen kamen. Es war wie ein Gemetzel, diese Mahlzeiten, Carlos, der seine Augen nach oben drehte wie ein Märtyrer mit den Füßen im Feuer, Eugenio, der giftigen Zorn absonderte, während sie so tat, als würde sie lachen, so tat, als ob da ein wirkliches, lebendiges Gespräch stattfinden würde. Meine Großmutter herrschte über sie durch die Tyrannei ihres Pathos. Niemand schien in der Lage, mit irgend etwas aufzuhören, es anders zu machen.»

«Sie müssen ziemlich durcheinander gewesen sein.»

«Nein», sagte sie energisch. «Das Leben mit ihr war alles, was ich kannte. Es drang einfach in mich ein. Ich habe mir keine Gedanken darüber gemacht.»

«Aber sie hat Sie sehr gemocht. Das habe ich immer gehört.»

«Ich möchte wetten, daß Sie das gehört haben», sagte sie mit einer gewissen Härte.

«Aber stimmt es nicht?» fuhr er beharrlich fort.

«Na ja, ich denke schon. Aber ich haßte es, wie ich mich fühlte, durch sie. Sie umgab mich wie ein Nebel. Sie bat mich immer, sie zu küssen. Mein Gesicht streifte ihres, meine Lippen zogen sich ein, und ich hielt den Atem an. Einmal habe ich ihr gesagt, daß sie schlecht roch. Sie hat gelacht – ein kleines, schwermütiges Lachen. Ich wußte, wie grausam ich war – und ich empfand eine Art von Vergnügen dabei, bei dieser Grausamkeit. Wenn sie mich geschlagen hätte – aber ich sah sie nie zornig. Immer wenn ich glaubte, jetzt würde sie böse, kamen ihr die Tränen. Und doch hatten wir einander in dieser Wohnung, in der wir lebten. Einmal ist sie in meine Schule gekommen, als die Eltern eingeladen worden waren, sich den Unterricht anzusehen. Sie lief wie ein Krüppel – ihre Füße taten ihr so weh, und der Schmerz muß sie aus dem Gleichgewicht gebracht haben –, aber sie war so anders angezogen als die anderen Eltern, mit ihren wallenden Lumpen, und ihre Frisur drohte sich während der ganzen Unterrichtsstunde aufzulösen. Ich drehte mich immer wieder auf meiner Bank herum, sah nach, ob das Haar inzwischen nicht einfach herunterhing. Und dann ihr Akzent – aber Sie haben sie kennengelernt, nicht? Sie hatte einen so *eigensinnigen* Akzent – wie ein komischer Latino auf der Bühne. Sie lächelte mir immer wieder von dort hinten im Klassenraum zu, als ob an der Tatsache, daß sie da war, oder an uns beiden gar nichts Seltsames sei. Mir war es peinlich. Im Zentrum meines Lebens war eine schreckliche Verlegenheit.»

«Immer?» fragte er.

«Sie sprachen von Willen», sagte Clara traurig. «Als ich erwachsen wurde, habe ich meine Schmach mit Willenskraft weggedrückt. Ach – ich wußte, es war falsch, *menschlich* ungerecht. Und ich ging sie besuchen, als sie noch in der Wohnung lebte. Ich brachte ihr Geschenke mit. Aber ich habe immer Abneigung empfunden, Abstand von ihr, und sie wollte *alles* von mir, nicht nur Geschenke. Es war ein schwaches kleines Rinnsal der Pflicht, das mich dorthin trug, und als sie ins Altersheim ging, ist es gänzlich ausgetrocknet. Sie war wie ein verschlossener Raum, aus dem ich entkommen war. Und die ganze Zeit fühlte ich mich häßlich vor Undankbarkeit und wußte, wie ich hätte empfinden *sollen.*»

«Was in aller Welt haben diese beiden, Ed und Laura, am Anfang mit Ihnen gemacht?» fragte er. Doch er sprach mit seiner Geschichtenerzählerstimme; er hatte die Frage in gedehntem Tonfall gestellt, wie er es manchmal bei einem beruflichen Treffen mit einem Schriftsteller tat, dessen glühende Selbstüberschätzung ihn zu haarsträubender Behutsamkeit zwang.

Sie begriff, was der Ton bedeutete, und sah ihn spöttisch an.

«Na – ich wurde geboren und gleich in Almas Arme gedrückt», sagte sie.

«Also sie kümmerte sich um Sie. Um diese Tatsache kommen Sie nicht herum», sagte er, während er im stillen wünschte, sie würde sagen, was er hören wollte, daß sie zu der Beerdigung gehen werde, und damit seine Einmischung rechtfertigte und ihn von der Verpflichtung freisprach, ihr weiter zuzuhören.

«Ich weiß!» brach es aus ihr heraus. «O Gott! Ich *weiß* doch, daß sie sich um mich kümmerte. Wer wäre sonst dagewesen?»

«Man hätte Sie wegschicken können – zu Fremden.»

«Ich fand sie weniger fremd», sagte sie.

«Und sie nahm Sie mit nach Kuba – das konnte nicht einfach für sie gewesen sein, nach dem, was ich gehört habe. Das war etwas, oder?»

«Was haben Sie vor? Was wollen Sie?» fragte sie gebieterisch.

«Sie machen es sich furchtbar einfach. Sie wissen nicht, was hätte passieren können – mit Fremden.»

«Ich behaupte nicht, daß ich es wüßte. Ich weiß nur, was tatsächlich passiert ist.»

«Ich weiß nicht soviel davon, aber ich habe das Gefühl, ihr Leben war eine lange Enttäuschung. Ich habe Eugenio heute nacht gesehen. Ich mußte bei ihm vorbeigehen, um ihm zu sagen –»

«Eugenio!» unterbrach sie. «Dieser Wahnsinnige!»

«Er erzählte mir, wie Ihre Großmutter während der Weltwirtschaftskrise versucht hat, Stickereien zu verkaufen. Die Zeiten waren immer hart für sie. Sie war allein mit den dreien. Er erzählte mir ein paar Dinge von sich selbst – daß er wie ein Bettler gelebt hat, ein Schnorrer...»

«Verstehen Sie nicht?» setzte sie ihm zu. «Ich habe das alles auch gehört. Ich habe es *gelebt.*»

Ärgerlich sagte er: «Sie haben nicht *ihr* Leben gelebt. Sie scheinen nicht anerkennen zu können, daß sie da war, Ihnen Schutz gab.»

Sie ignorierte, was er gesagt hatte, und begann, von Kuba zu sprechen. «Ich habe sie dort fast nie gesehen, ein- oder zweimal im Monat vielleicht. Sie tanzte nach der Pfeife dieser alten Hexe Gonzaga, die im letzten Jahr ihres Lebens absolut den Verstand verlor. Alles für zweihundert Dollar im Monat. Alles kam von der Gonzaga – sie hatte sogar die Heirat meiner Großmutter mit Maldonada arrangiert. Ach – wie gut ich mich daran erinnere! Als wir diese elende Wohnung verlassen haben und den Bus in der Myrtle Avenue nahmen, mit unserem Gepäck, und ungefähr eine Stunde später bestiegen wir den Privatzug der Gonzaga, in dem die Diener wie Flöhe herumhüpften. Ein privater Zug! Und die Plantage wie ein industrialisiertes Dorf aus der Feudalzeit, wo die Leute sich vor der alten Frau verbeugten. Sie haben mich in einem Zimmer neben dem Dienstbotenflügel untergebracht. Tag und Nacht konnte ich die Klingeln hören, die sie irgendwohin riefen. Der Geruch nach Zuckerrohr, so ein dunkler, trüber Geruch, meilenweit, es wuchs sechs Meter hoch um das ganze Dorf herum, mit seinen Hütten auf Pfählen, und darunter Schweine und Hühner, gackernd und grunzend. Es lag dort ein solcher Geruch nach tropischer Fäulnis über allem, aber die Diener vertrieben ihn von dem großen Haus, hielten ihn in Schach. Und trotzdem liefen streunende Hunde zwischen den Grapefruitbäumen herum, sie hatten die Ohren voller geschwollener Zecken, wie weiße Trauben, und sie liefen sogar in den Privatgarten der Gonzaga, wo ein Kammerdiener sie an den Nachmittagen, an denen sie nicht halluzinierte, im Rollstuhl herumschob ... Die Diener gaben mir schnapsgetränkte Lumpen für die Affen der Gonzaga – um sie betrunken zu machen. Sie hatte Käfige mit Affen und tropischen Vögeln im Garten. Und die Diener erlaubten mir, sie in ihren kleinen Zimmern zu besuchen. Aber sie faßten mich nicht an. Und ich hatte ein anderes Leben, von dem niemand in dem großen Haus etwas wußte.» Sie lächelte in der Erinnerung. «Ich habe den Weg gefunden, der aus den Gärten herausführte. Ich habe die Lehrerin des Dorfes getroffen, Maria Garcia war ihr Name ... Nachmittags sorgte sie dafür, daß ich badete, zusammen mit ihren eigenen Kindern, in einer eisernen Badewanne in ihrer Küche, dann rollte sie mein glattes Haar auf braune Papierwickel, daß es sich lockte, und danach nahm sie uns alle auf den *paseo* mit, den Nachmittagsspaziergang. Als ich zu dem großen Haus zurückkam, hat mich keiner gefragt, wo ich gewesen sei. Ich glaube nicht, daß sie wußten, daß ich woanders gewesen war.»

«Also gab es auch gute Zeiten?» fragte er.

Sie ignorierte die Frage. Sie sagte: «Die Gonzaga war reich auf die alte Art. Die Familie Gonzaga war sehr schlau gewesen – so viele dieser alten Familien verloren ihre Anwesen nach dem Krieg mit Amerika, aber die Gonzaga hatte gehandelt und Kompromisse gemacht und nicht lockergelassen und bezahlt. Eines Nachts fing ein Schwarm Perlhühner draußen vor meinem Fenster an zu schreien, und ich hatte Angst und lief auf den Korridor hinaus in Richtung des mittleren Teils des Hauses. Dort durfte ich nie hin, aber ich wagte es nicht, jemanden von den Dienern aufzuwecken. Und ich lief direkt in eine Gruppe von Musikanten hinein, die gerade Pause machten, nehme ich an, draußen vor dem Hauptsalon. Sie wandten mir den Rücken zu, und jeder von ihnen hielt eine dunkle Zigarre in der Hand, und der Rauch ist in die Höhe gestiegen wie ein Schirm. Die Gonzaga hatte sie aus Havanna herkommen lassen. Und sie hatte ihren eigenen privaten Doktor, der bei ihr wohnte, und ihren Priester und diesen privaten Zug und eine Yacht, die immer für sie bereitgehalten wurde, obwohl sie zu schwach war, um sie je zu benutzen. Verstehen Sie? Es war diese Art von Reichtum.»

«Ihre Großmutter hatte keine Wahl», sagte er. «Sie tat, was sie konnte.»

«Ich mache niemandem Vorwürfe.»

«Haben Sie gedacht, jeder andere hätte es besser als Sie?»

«Damals. Ich habe das damals gedacht», sagte sie scharf.

«Das hat Schaden angerichtet, diese Idee von Glück, was das wäre, was Leute einem schuldig wären.»

«Ja, wahrscheinlich», sagte sie. «Aber ich wünschte –» Und sie hielt inne und schien darauf zu warten, daß er ihr sagte, was sie wünschte.

«Vielleicht hingen Sie mehr an Ihrer Großmutter, als Sie denken», sagte er.

Sie lachte ihn an. «Ich hätte nicht gedacht, daß Sie so einfältig sind», sagte sie.

«*Sie* sind es!» gab er gekränkt zurück.

«Jetzt habe ich Sie dazu gebracht, daß Sie böse sind», sagte sie. «Aber vielleicht haben Sie recht. Vielleicht ist es das, was ich wünschte – daß ich sie hätte gernhaben können. Aber das tat ich nicht. Carlos hatte ich gern. Er ist lieb, wissen Sie, wirklich lieb. Ich glaube, ich träumte früher, daß er mit mir fortginge. Ich wußte, daß er es nicht tun würde. Ich wußte, daß er für niemanden viel tun konnte. Aber er war nie bitter – wie die anderen. Ich nehme an, auch meine Großmutter war lieb, als sie ein Mädchen war, bevor alles anfing, diese lange Reise nach Kuba, zu dem Mann, den sie nicht kannte und den sie heiraten mußte. Sie war erst sechzehn, wissen Sie. Er war achtunddreißig. Aber, ja ... Ich erinnere mich an Zeiten, als sie nicht unterwürfig und wehleidig war, als sie Spaß hatte, als etwas sie zum Lachen brachte. Sie konnte andere gut nachmachen. Sie machte Eugenio perfekt nach. Man braucht eine gewisse Hartherzigkeit, um andere gut nachahmen zu können. Wenn sie so war, hatte ich das Gefühl, eine Last sei von unserem gemeinsamen Leben genommen worden. Aber sie hatte eine andere Seite, eine düstere Seite. Sie erzählte mir schauerliche Geschichten, von Leuten, die abgeschnittene Hände in jemandes Bett legten, Geschichten von Flüchen, die Krankheit und Tod brachten. Kubanisches Voodoo.»

Peter fühlte sich aller Kraft beraubt; er war nicht mehr davon überzeugt, daß er sein sollte, wo er war. Er sagte: «Ich bin schon seit zehn Jahren nicht mehr so spät auf den Beinen gewesen.»

«Ich werde unten anrufen und den alten Starreporter dazu bringen, daß er Ihnen ein Taxi ruft», sagte sie. «Ich habe Sie zu lange aufgehalten.»

«Sie haben mich nicht aufgehalten», sagte er. «Aber warten Sie – warten Sie nur eine Minute.»

Sie betrachtete ihn zurückhaltend. Er dachte: Ich kann jetzt gehen, aber er sagte: «Ich glaube, Sie müssen zu ihrer Beerdigung gehen.»

«Nein!» rief sie. «Ganz bestimmt nicht!»

«Werden Sie sich Laura fügen?»

«Es ist mir egal, was Laura gesagt hat. Ich werde nicht hingehen. Und sagen Sie mir nicht, wozu Beerdigungen da sind. Ich weiß das alles. Das hier ist anders.»

«Es ist nicht anders», sagte er. «Es ist ein Tod, der Tod Ihrer Großmutter. Sie haben kein Recht, wegzubleiben.»

«Rechte haben nichts damit zu tun. Ich glaube nicht an solche Rechte. Und wer gibt Ihnen das Recht, mir vorzuschreiben, was ich tun soll?»

«Niemand. Und ich bitte Sie und schreibe Ihnen nichts vor.»

«Ich habe morgen etwas zu tun – heute. Es ist fast Tag. Und es ist wichtig für mich.»

Sie sah gefaßt aus, kalt. Sie hatte das Problem hinter sich gelassen. Er mochte sie plötzlich nicht mehr; ihre Herzlosigkeit ließ ihn erschauern. Sollte sie sich nur tot stellen! Für ihn gab es nichts mehr zu tun – es war nicht seine Sache. Laura würde ihn in ein paar Tagen anrufen. Es würde sein, wie es immer gewesen war. Er hatte sich mit genug Maldonada-Problemen herumgeschlagen. Eugenio allein hätte ihm gereicht!

Clara schwieg. Er hatte plötzlich ein Bild von sich selbst vor Augen, wie er seinen Fuß hob und ihn auf ihre bloßen Füße niedersetzte. Sie war ein harter Mensch. Sie war dabei, ihr Gesicht so zu ordnen, daß es Gleichgültigkeit an den Tag legte.

«Was ist so wichtig für Sie?» fragte er mit einer Stimme, die spröde war vor Zorn.

Sie streckte ihren Rücken. Sie sah erstaunt aus.

«Und erzählen Sie mir nicht, daß es mich nichts angeht», sagte er. «Werden Sie zulassen, daß das immer so weitergeht, das mit Laura? Werden Sie zulassen, daß sie bis in alle Ewigkeit die Entscheidungen trifft? Beenden Sie es! Stellen Sie sich auf die eigenen Füße!»

«Ich würde auch nicht zu *ihrer* Beerdigung gehen», sagte sie einfältig. Sie sah mit halb geschlossenen Augen auf ihren Schoß hinunter.

Er ließ sich gegen die Rückwand der Couch fallen. Er wollte nach Hause gehen, schlafen, sein stilles Leben wiederaufnehmen, wissen, wo alles war.

«Ich sage Ihnen, was es ist», sagte sie zögernd.

«Es ist mir egal.»

«Es ist ein Tag geplant – mit einem Mann. Wir hatten bis heute keine Möglichkeit, einen ganzen Tag zusammen zu verbringen. Die Chance kehrt vielleicht nie wieder.»

«Wessen Mann?»

Sie lachte verächtlich. «Um Gottes willen! Nicht das! Werden Sie mir jetzt erzählen –»

«Ich werde Ihnen gar nichts erzählen», erwiderte er. «Es war eine Folgerung, eine Beobachtung, was Sie wollen. Es ist sowieso kein Grund für irgend etwas.»

«Wahrscheinlich nicht», gab sie zu. Sie sah ihn offen an. «Mir hat der Gedanke gefallen, daß er es planen mußte, die Gelegenheit schnell beim Schopf packen mußte, alles arrangieren mußte, nur um ein paar Stunden mit mir zu verbringen.»

«Und Sie?»

«Ich fühle das Vergnügen, das er dabei hat.»

«Ist das alles?»

«Ist es nicht genug?»

«Ich weiß nicht.»

«Aber wie kann ich überhaupt hingehen, wenn sie nicht will, daß ich dabei bin?»

«Indem Sie herausfinden, wo die Beerdigung stattfinden soll – indem Sie herausfinden, wie Sie dort hinkommen – indem Sie sich anziehen und hingehen.»

«Ich kann es nicht tun», sagte sie und stand auf und begann, im Zimmer umherzugehen. «Es ist kühl, nicht? Zu dieser Jahreszeit bringen sie nicht mehr genug Wärme in die oberen Stockwerke. Es ist fast Frühling, nicht?» Sie hielt bei einem Fenster inne und sah hinaus. «Auf der Straße ist niemand. Sie ist nicht oft leer.»

«Ich bringe Sie hin», sagte er. Sein Herz wurde schwer, und doch hatte er die ganze Zeit gewußt, daß er das Angebot machen würde. «Ich habe ein Auto. Ich kann morgen früh herausfinden, wo sie beerdigt wird, und das Auto aus der Garage holen und Sie hinbringen.»

«Es ist mir scheißegal, daß sie tot ist!» sagte sie und drehte sich zu ihm um. «Es ist mir einfach scheißegal!»

«Mir auch», sagte er. «Aber wenn ich Sie fahre, werden Sie dann hingehen?»

«Gehen Sie doch selbst!» fauchte sie. Dann sagte sie mit einem boshaften Lächeln: «Stellen Sie sich vor, wie Laura das gefallen würde! Das tun Sie gern, nicht? Vogelrufe und gemeine Geschichten, alles, um ihr zu gefallen!»

Er war verärgert und wollte doch lachen. Der Impuls zu lachen war machtvoll, wie ein beginnender Niesreiz. Erst Carlos und jetzt Clara, die sich über seine Abhängigkeit lustig machten. Sie rasselten nur mit ihren eigenen Ketten. Er fing an zu lachen. Aus einem unerfindlichen Grund hatte er sich plötzlich daran erinnert, wie seine Schwester Kitty – damals mußte sie beinahe neunzehn gewesen sein – das Tablett mit dem wertvollsten Teeservice seiner Mutter genommen und zu Boden geschleudert hatte, so daß jedes einzelne Teil zerbrochen war.

«Was ist so komisch?» hörte er Clara mitten in seinem Gelächter fragen, dann, in besorgtem Ton: «Hören Sie – geht es Ihnen gut?»

«Mir geht's gut», stieß er hervor. «Ich habe mich nur an etwas erinnert ... Als es passierte, habe ich nicht gelacht, aber – es war etwas, das meine Schwester einmal getan hat. Sie hat eine ganze Ladung schönes Porzellan zerschmettert. Soweit ich mich erinnere, war es das einzige Mal, daß Kitty so die Beherrschung verlor. Meine Mutter hatte ein Teeservice auf einem Tablett im Eßzimmer. Damit die Leute es bewunderten. Wir haben das Zeug nie benutzt. Die Anrichte war wackelig, und wir mußten im Eßzimmer immer auf Zehenspitzen gehen. ‹Paßt auf mein Porzellan auf!› rief meine Mutter immer, wenn sie hörte, daß einer von uns in diesem Zimmer war. Aber sie stellte es nicht woanders hin. Sie gaffte es ziemlich oft an –» Er brach ab und fing wieder an zu lachen. Claras verständnisloses Gesicht reizte ihn zu noch lauterem Gelächter. «Ich meine», sagte er hustend, «ich meine – meine Mutter betrachtete es mit solcher Sturheit.» Er räusperte sich, kicherte leise. «Damals habe ich bestimmt gedacht, daß uns ein Erdbeben getroffen hat – danach mußte sich alles ändern. Nichts änderte sich. Und jetzt wirkt es komisch.»

«Es tut mir leid. Ich hätte das nicht sagen sollen ... daß Sie Laura gefallen wollen.»

Eine neue Welle von Gelächter riß ihn mit. Sie versuchten beide, es zu ignorieren, als sei es ein unkontrollierbares Aufstoßen, das ihn heimsuchte. Dann sagte er: «Es ist wahr, was Sie gesagt haben. Sagen Sie es. Sagen Sie alles, was Sie wollen. Aber gleichgültig, auf welche Weise Alma sich um Sie gekümmert hat, sie tat es jedenfalls.»

«Sie können nicht wissen, wie es für mich war», sagte sie.

«Ich kann es erraten», sagte er. «Der Kummer ist nie zu Ende. Meine Mutter war eine gute Managerin. Sie sorgte für uns. Aber sie war eine Brunnenvergifterin. Auf eine furchtbare Weise verzauberte sie uns drei Kinder. Selbst als wir klein waren, meldete sie uns immer, was die anderen zwei sagten. Es war so ein sorgloses Geflüster; es füllte das ganze Haus; sie schien sich von dem Klatsch ihrer Kinder zu nähren. Abends, wenn sie kam, um mich zuzudecken, sagte sie: ‹Martha sagt, daß du dich in Staatsbürgerkunde sehr töricht benimmst – dein kleiner Farmerfreund, Robert, hat es ihr erzählt. Glaubst du nicht, es ist besser, daß du damit aufhörst?›, und als ich älter war: ‹Kitty erzählt mir, daß du ein paar Freunde hier hattest, als ich gestern in Trenton war, und daß ihr herumgesessen und über Gedichte gesprochen habt und euch ach so wichtig dabei vorkamt! Also – ihr habt also gewartet, bis eure alte ungebildete Mutter weg war!› Und sie verstand immer, warum ein Junge mir auf den Kopf gehauen hatte oder ein Lehrer mich desinteressiert fand. Sie verstand jeden, außer sich selbst. Und ich wußte schon damals, daß nicht Klugheit am Werk war und kein

Gefühl, außer Rachsucht mir gegenüber, weil ich *ihr* gehörte. Mit meinen Schwestern machte sie dasselbe. Aber es gab einige Solidarität zwischen ihnen, etwas, das mich ausschloß. Wenn ich ein Zimmer betrat, wo die drei miteinander sprachen, hörten sie auf zu reden, und ich fühlte mich peinlich berührt und groß, zu groß, um wieder zur Tür hinauszugehen. Und doch konnte sie mich nicht einmal kritisieren, ohne es zu bemänteln. ‹Du und ich, wir sind so selbstzerstörerisch, Petey›, sagte sie. Ich wußte natürlich, daß sie nur mich meinte. Als Kitty heiratete, ein Jahr vor Mutters Tod, hörte ich sie immer sagen: ‹Du kannst nichts von Männern erwarten – wundere dich nicht, wenn er nicht da ist, wenn du ihn wirklich brauchst – so sind Männer.› Die Ehe hielt nicht lange – obwohl das nicht gänzlich auf das Konto meiner Mutter ging. Und manchmal, nicht oft, wenn ich rebellierte, wütend wurde wegen irgendeiner verworrenen Sache, die sie gesagt hatte, rannte sie zu den Mädchen und rief vor mir: ‹Ach, seht ihn euch an! Ich habe seine Gefühle verletzt. Er ist so ungewöhnlich sensibel! Ich habe so ein schlechtes Gewissen!› Als sie starb –» Er zögerte. Clara beugte sich in ihrem Sessel vor und sah ihn unverwandt an. «Als sie tatsächlich starb, war ich froh, wie man froh ist, wenn ein Schmerz aufhört. Aber ich war auch außer mir, eine Zeitlang.»

«Sie haben sie nicht geliebt?»

«Liebe!» rief er aus. «Hinter einer Liebe steckt mehr als Liebe.»

«Was denn?»

«Na ja», sagte er. «Zum Beispiel Gedanken.»

«Und Ihr Vater?»

«David Clarey Rice», sagte er, als ob er seinen eigenen Namen ansage. «Mein Vater. ‹Unser niedergeschlagener *pater familias*›, nannte ihn meine Mutter. Dieser Onkel, von dem ich Ihnen erzählte, der, mit dem ich den Kuchen machte, er war der Bruder meines Vaters, ziemlich einfach, wie er, ein einfacher Mensch, nicht langweilig, aber schlicht ohne Temperament. Mein Vater hat nie viel über sich selbst gesagt. Im Lauf der Zeit habe ich sie, glaube ich, langsam beide begriffen, aus meinem eigenen Leben heraus. Ich verstehe jetzt, wie außer sich sie gewesen sein muß. Und er war enttäuscht. Er hatte nicht die Sprache für seine Enttäuschung, wußte nicht, wie er es sagen sollte. Er war freundlich, aber tonlos, selbst die normalsten Dinge schienen bei ihm wie weggefegt – etwa Gereiztheit. Er war wie ein Schutzraum, in dem man sich bei einem Sturm unterstellen konnte. Ein stiller Ort.»

«Sie waren oft zornig?»

«Nein. Das war ich nicht. Es gab Zuneigung ... etwas in der Art jedenfalls.»

«Aber Sie sind lebendig da herausgekommen!» sagte sie; offensichtlich verfolgte sie ihre eigenen Gedanken, die sich auf sie selbst bezogen. «Es ist heute nicht mehr groß vorhanden in Ihrem Leben.»

«Es gibt kein Entkommen.»

«Ich habe dieses Problem», sagte sie mit einer gewissen Demut. «Ich sehe die Dinge nicht einfach. Ich kann nicht einfach sein.»

Er lachte. «*Sie* haben dieses Problem ...»

«Ich weiß nicht, was Sie tatsächlich vorhaben», sagte sie ungehalten. «Es geht nicht nur um diesen – diesen Schlamassel, der nicht Ihre Sache ist. Sie kommen hier mitten in der Nacht hereingestolpert, verströmen Anständigkeit aus jeder Pore – und Sie scheinen nicht die leiseste Ahnung davon zu haben, worauf Sie herumtrampeln und was Sie verletzen. Glauben Sie, ich werde tun, was Sie mir sagen? Was irgend jemand mir sagt?»

«Außer Laura ...»

«Nicht Laura!» rief sie wütend aus. «Ich bin gekommen, als alles zu Ende war – als Folge davon, daß Ed Hansen kurzzeitig darauf bestand. Die Maldonadas hätten aussterben sollen – ohne Frage. Diese drei sind wie Dinosaurier, die in die Teergruben sinken und dabei um sich schlagen –»

«Als sie jung waren –», versuchte er zu unterbrechen.

«Oh, ja! Und damals waren sie so anders? Sie waren es nicht! Sie waren einfach nur jung –»

«Sie sind so dumm!» rief er. «Sie müssen sich nicht auf dieselbe Weise den Hals brechen wie ich – Sie müssen nicht erst herausfinden – zu spät –, daß nichts für Sie vorbereitet wurde!»

Sie lächelte, als habe sie ihn hereingelegt.

«Was ist mit Ihnen?» fragte sie triumphierend. «Was ist zwischen Ihnen und Laura? Warum *bedrängen* Sie mich? Was wollen Sie, daß ich für *Sie* tue? Sie hätten sie mit ihren eigenen Toten allein lassen können. Wenn es Ihren Sinn für Anstand so sehr beleidigt, hätten sie sich weigern können, als sie Ihnen aufgetragen hat, mir nichts zu sagen. Sie Feigling!» Sie war laut geworden; sie schleuderte Worte gegen ihn wie Steine.

«Ich will, daß Sie –», begann er, indem er seine Hände hochhob, wie um sein Gesicht zu schützen –, «ich will, daß Sie es *brechen*, das Unabwendbare brechen und an diesem Grab stehen!»

«Für mich?» rief sie. «Um meinetwillen? Für Sie! Ist es nicht das?»

«Ja. Für all das!»

«Sie Idiot!»

«Na gut!»

«Es spielt sich alles zwischen Ihnen und dieser *Gesetzlosen* ab! Es hat nichts mit mir zu tun!»

«Ja», sagte er und gab sich geschlagen. «Vielleicht ist es etwas zwischen Laura und mir. Sie steht wirklich außerhalb des Gesetzes. Darum habe ich sie geliebt, deshalb hing ich an ihr in all diesen Jahren.»

«Dann gehen Sie! Lassen Sie mich aus dem Spiel!» verlangte sie.

«Nein. Ich kann nicht», sagte er. «Ich bin wegen Ihnen hier.» Er fühlte sich betäubt. Sein Kiefer schmerzte. Kaum hörbar sagte er: «Sie müssen hingehen und Sie erschrecken.»

«Treiben Sie Ihre eigenen Geister aus», sagte sie.

Er schob die Hazlitt-Essays zu Boden, legte sich in voller Länge auf die Couch und schloß die Augen. Er sagte: «Gehen Sie nicht. Warten Sie auf jemanden, der Sie von etwas überzeugt, irgend etwas. Darauf warten Sie, nicht? Schließlich sind Sie ein amerikanisches Mädchen ... Gehen Sie nicht. Es ist mir scheißegal, genauso wie Ihnen. Ich bin zu erschöpft, um Sie anzusehen, Ihr ausdrucksloses Gesicht anzusehen. Sie können es vergessen!» Er öffnete die Augen. Das Zimmer war leer.

Er empfand die Müdigkeit als einen Segen. Er wußte, er konnte nicht aufstehen, und er war dankbar, daß es so war. Er brauchte nur den Kopf zu drehen, weg vom Licht zur Wand, und er würde einschlafen. Dann hörte er das leise Klirren von Porzellan.

«Hier», sagte Clara. Sie hielt ein Tablett in einer Hand. Darauf waren eine Tasse Tee, ein Zitronenschnitz, einige Zuckerwürfel, Toastscheiben. Sie zog einen kleinen Tisch an die Couch. «Er ist eiskalt, wie englischer Toast», sagte sie.

Sie verließ das Zimmer und kehrte gleich darauf mit einer Decke und einem Kopfkissen zurück.

«Man kann gut schlafen auf dieser Couch», sagte sie.

«Gefällt Ihnen Hazlitt wirklich?» fragte er.

«Nicht sehr. Aber er beruhigt mich; Langeweile beruhigt mich.»

«Der Tee ist ein Trost, genauso, wie es immer heißt.»

«Ich habe den Wecker auf acht Uhr gestellt», sagte sie. «Wir werden ein paar Stunden schlafen können, wenn wir Glück haben. Sie können sie dann anrufen, im Hotel. Werden Sie es ihr dann sagen? Daß Sie es mir gesagt haben?»

«Nein», sagte er. «Es hat keinen Sinn ... Sie werden einfach dasein.»

Sie breitete die Decke über ihn, wartete dann, bis er die Tasse abgesetzt und sich das Kissen unter den Kopf geschoben hatte.

«Soll ich Ihnen die Brille abnehmen?» fragte sie.

Er liebte das Gewicht der Decke. «Ich glaube, ich küsse diese Decke», sagte er. Sie nahm ihm sanft die Brille ab und legte sie auf den Tisch.

«Sie kommen mit mir?» fragte sie.

«Ja», sagte er, während seine Augen sich schlossen.

7 Das Begräbnis

Violet beugte sich mit einem Staubwedel in der Hand zur Fußleiste des Treppenabsatzes im zweiten Stock, als Peter die Treppe heraufkam. Sie richtete sich mit Schwung auf und drehte sich zu ihm, hielt dabei den Staubwedel in die Luft wie ein Blumenbukett. Er hielt inne. Ihre Blicke trafen sich. Ihr Gesicht drückte selbstzufriedene Barmherzigkeit aus; sie zeigte ganz offen, was sie von ihm dachte, und sie war sicher, daß sie recht hatte. Er war ausgegangen – erstaunlicherweise mit einer Frau. Doch er sah eine Spur von Kampf in ihrem Lächeln. Er nahm an, sie hatte halb bewußt auf die Geräusche seiner morgendlichen Anwesenheit über ihr gewartet und sie nicht gehört. Zorn gehörte nicht zu den Emotionen, die sie sich erlaubte. Er stand da und sah den Kern ihrer Beziehung, bloßgelegt wie das Innere eines halbierten Apfels. Violet war freundlich, süffisant, eifersüchtig; er erkannte die Eifersucht, sie freute ihn ein wenig, und er wußte, daß sie bis in den Tod hinein leugnen würde, daß sie sie empfand. Auf ihrem Floß aus Zahnstochern saß Violet und verkündete, daß die grenzenlose Wasserwüste, auf der sie trieb, nur ein Flußarm sei.

«Aha!» sagte sie fröhlich, «also da sind Sie!» Aber er sah sofort, daß sie ihre Worte bereute. Hastig fragte sie: «Regnet es immer noch so stark? Roger hat sich absolut geweigert, heute morgen, als er in die Schule ging, seinen Regenmantel anzuziehen. Ach – diese Kinder! Ich nehme an, es ist notwendig, daß sie rebellieren.»

«Guten Morgen, Violet. Es regnet, und es ist windig geworden. Später wird es vielleicht ruhiger.»

«Sie sehen aus, als könnten Sie eine gute Tasse Kaffee gebrauchen», regte sie an.

«Das könnte ich, aber ich kann nicht», sagte er.

Sie zupfte zerstreut an den Federn des Staubwedels. Er konnte sehen, wie sehr sie wünschte, ihn zu fragen, wo er gewesen sei, doch sie hatte das Gefühl, kein Recht dazu zu haben. Sie entschied sich für eine Art von flotter Mütterlichkeit.

«Sie sehen ziemlich mitgenommen aus», sagte sie. «Fühlen Sie sich wohl?»

«Ich bin müde. Ich bin fast die ganze Nacht auf den Beinen gewesen. Ich muß heute zu einer Beerdigung.»

«Ach, du liebe Güte! Nicht jemand, der Ihnen nahestand, hoffe ich?»

«Nein. Nur jemand, den ich kannte. Eine alte Dame.»

«Na, dann ist gut. Es ist eine ganz natürliche Sache.» Sie war spürbar erleichtert.

«Ich erzähle Ihnen später, wie es gewesen ist», sagte er. «Ich komme vorbei.»

Taktvoll machte sie ihm Platz. Er ging weiter nach oben zu seinem Stockwerk und fragte sich währenddessen, ob Gina zu Hause sei und ihre Mutter mit ihrer mißmutigen Ausstrahlung erschrecke. Er konnte sich nicht erinnern, ob es ein Tag war, an dem sie normalerweise ihre Kurse an der Universität besuchte.

Clara, deren Augen vor Erschöpfung schwarz umringt waren, hatte ihm Frühstück gemacht. Dann hatte er im Hotel angerufen. Desmond war am Telefon gewesen und hatte gesagt, daß er das Altersheim noch nicht erreicht habe, doch er werde um etwa neun Uhr anrufen. Peter war dankbar für Desmonds charakteristischen Mangel an Neugier. Es war nicht nötig gewesen, die Entschuldigung vorzubringen, daß er anrufe, weil er Blumen zum Friedhof schicken wolle. Er sagte Desmond, daß er bei beiden Brüdern gewesen sei. Desmond fragte nicht nach, wie sie auf die Nachricht reagiert hatten. Wie es Laura gehe, fragte Peter. Desmond sagte, sie nehme gerade ein Bad und habe ein wenig geschlafen. Es gehe ihr gut, sagte er, den Umständen entsprechend.

Clara hatte zugehört, hatte nervös dabeigestanden und ihren Kaffee getrunken, als sei sie auf der Flucht. Er hatte sie gefragt, ob sie ihr Büro nicht anrufen müsse. «Sie vergessen», hatte sie gesagt, «daß ich das schon geregelt hatte.»

«Wollen Sie, daß ich gehe?» fragte er. «Ich kann Sie später anrufen, sobald ich es herausgefunden habe.»

«Wenn es Ihnen nichts ausmacht», hatte sie erwidert. «Mein Freund kommt nämlich um neun hierher, um mich abzuholen.» Sie lächelte ihn unvermittelt mit einer gewissen Feinheit an. «Dann würde ich Ihre Anwesenheit hier erklären müssen.»

Sein onkelhaftes Lachen klang völlig falsch in seinen Ohren, aber er sagte: «Danke, daß Sie sich Gedanken darum machen.»

Er schloß die Tür seiner Wohnung auf. Die Pflanze schien einen weiteren Hutvoll Blätter abgeworfen zu haben, während er nicht dagewesen war. Sein unbenutztes Bett sah fremd aus. Er zog seine zerknitterten Kleider aus, schlüpfte in seinen Bademantel und rief noch einmal im Hotel an. Diesmal hob Laura ab, und als er ihre Stimme hörte, stockte die seine.

«Laura ... wie geht es dir? Es tut mir so leid ...»

«Peter, es war so lieb von dir, daß du die ganze Nacht herumgezogen bist, um die beiden zu fassen zu kriegen. Sie haben gerade angerufen, einer nach dem anderen. Du mußt völlig fertig sein.»

«Mir geht's gut. Ist schon alles organisiert?»

«Organisiert ... ja. Desmond hat gerade mit ihnen geredet. Es ist alles erledigt. Ich kann jetzt nicht so richtig plaudern, Peter. Wir müssen noch eine Menge Anrufe tätigen – die Reise stornieren ...»

«Wo soll das Begräbnis stattfinden?»

«Es wird keine Feier geben. Desmond hat vor Jahren ein Grab gekauft. Wir hatten ein paar Probleme, weißt du. Die Friedhöfe auf Long Island sind alle, fast alle, israelisches Territorium. Aber er fand dann doch eine Stelle für die konfessionslosen Toten.» Sie lachte, wartete einen Atemzug lang auf seine Antwort, und als keine kam, sagte sie: «Es heißt Mount Laurel Rest, am Rand von Queens, glaube ich.»

«Heute morgen?»

«Nicht so schnell», sagte sie. «Selbst Desmond bewirkt kein solches Wunder. Um zwei Uhr. Desmond sagt, das Altersheim ist ziemlich empört über uns. Ich nehme an, sie denken, wir sind sehr gewöhnliche Leute. Beamte sind immer gehässig, nicht?»

Er wollte plötzlich das Gespräch beenden. «Ich lasse euch eure Anrufe machen», sagte er.

«Peter, wir können dir nicht genug danken», sagte sie sehr förmlich.

Er rief Clara an. Da die Beerdigung irgendwo am Rand von Queens stattfinden sollte, wäre es vielleicht besser, wenn sie sich in der Innenstadt trafen, hier im Village bei der Garage, wo sein Auto stand. Er sagte, ungefähr um halb eins. Vielleicht könne sie noch etwas schlafen. Sie wolle nicht schlafen, sagte sie in besorgtem Ton.

«Haben Sie Angst?» fragte er. «Weil Sie mit Laura dort auf dem Friedhof stehen werden?»

«Mein Gott, ja!» sagte sie, und ihre Stimme explodierte in seinem Ohr. «Ich hasse es! Ich hasse das Gefühl, das ich dabei habe! Na ja – ich sagte, ich würde hingehen. Also gehe ich. Aber ich weiß nicht, was ich tun werde, wenn sie bei meinem Anblick einen Anfall bekommt.»

«Begraben Sie sie!» sagte er.

Ihr Lachen war bekümmert, furchtsam.

«Wie haben Sie das geschafft?» fragte sie. «Mit ihr zu reden und dabei zu wissen, daß Sie bei mir gewesen sind, es mir gesagt haben ... Sie legt mich immer herein. Ich bin ihr nie entkommen.»

Er wollte nicht darüber sprechen, wie er sich gefühlt hatte, deshalb log er Clara an. «Ich habe nicht daran gedacht», sagte er. «Und sie ist nicht meine Mutter.»

Er legte auf und bemerkte, daß seine Hände leicht zitterten. Er und Clara waren Verschwörer bei einer gemeinsamen Sache geworden. Laura zuliebe hatte er immer wieder seine schwachen Verbindungen mit anderen Menschen gelockert; sein Verrat an ihnen war sein Geschenk an sie. Doch sprach er zu anderen selten von ihr – als sei sie ein Geheimnis, ein heiliger Gegenstand, den er um den Hals trug. Sie war so einmalig für ihn gewesen, so einzigartig, so unmitteilbar, der eigentliche Rohstoff einer essentiellen Menschennatur, bevor sie verfeinert und geformt wurde durch Versöhnung. Es war keine Spur von Heiligkeit an ihr gewesen, nichts von dem widerwärtig süßen Geruch des Familienlebens. Jetzt war er dabei, sich gegen sie zu verschwören, um ihn ihr aufzuzwingen, am Rand des Grabes ihrer Mutter.

Mit Rückenschmerzen war er auf Claras Couch erwacht, sein Kopf war angefüllt gewesen mit den Resten banger Träume. Was er zu Clara über Lauras Gesetzlosigkeit gesagt hatte, hallte in ihm wider, als er den Kaffee trank, den sie ihm gekocht hatte. Was war die Bedeutung dieser Worte? Sie waren ihm zu später Stunde entrissen worden, er hatte sie voller Erbitterung ausgesprochen. Sie hatten seiner Beziehung zu Laura keine endgültige Definition gegeben. Doch sie hatten sie hervorbrechen lassen. Er wußte, wie vergänglich solche dramatischen Resümees sein konnten, die als das, was die ganze Wahrheit einer Sache zu sein schien, aufbrandeten und wie eine große Welle wieder abfielen ins Tal des Alltags und seiner gedankenlosen Bewegung.

Während er badete und sich umzog, während er in seinem Büro anrief, um zu sagen, daß er an diesem Tag nicht kommen werde, und der Garage Bescheid sagte, daß er sein Auto abholen werde, dachte er pausenlos über sich selbst nach. Das Beben seiner Finger war ihm äußerst unangenehm. Er fand seine Wohnung eng. Gerade die Schlichtheit der Möblierung schien ihm anmaßend. Wenn er Violet heimlich anklagte, weil sie behauptete, alles, was sie besaß, sei aus Gottes Schoß gefallen, unbefleckt von menschlichen Geschäften, wie konnte er seine eigene vorgegebene Einfachheit nicht verurteilen? Er dachte daran, wie Eugenios ärmliche, triste Kleider an dem Metallgestell gehangen hatten. Er betrachtete mit Verachtung seine eigenen marineblauen Anzüge. Die lispelnde, übertrieben mitfühlende Stimme seiner Sekretärin am Telefon implizierte Jahre ungerechtfertigter und vermessener Nachsicht ihm gegenüber. Als sie sagte, sie hoffe, er werde sich bald besser fühlen – er hatte aus irgendeinem Grund gesagt, er habe eine leichte Grippe –, dachte er einen Moment mit buchstäblich geteiltem Bewußtsein, sie habe gesagt, sie hoffe, er werde sich bald schlechter fühlen.

Er trank große Mengen Wasser; kaum hatte er ein Glas ausgetrunken, fühlte er sich wieder ausgetrocknet und nahm sich noch eines.

Er würde versuchen zu arbeiten. Doch als er ein Manuskript in die Hand nahm, das auf seinem Schreibtisch lag, glitt es ihm aus der Hand und fiel zu Boden, die Seiten verteilten sich über den ganzen Teppich. Er verfluchte das Manuskript und sich selbst, und als sein Blick verzweifelt über die Wände seines Wohnzimmers schweifte, als ob sie die Wände einer Zelle seien, fiel ihm Hansens Zeichnung von ihm selbst und Barbara ins Auge.

Sie hatte jetzt zwei erwachsene Kinder. Sie lebte mit ihrem Mann in Chicago. Manchmal traf er zufällig Leute, die sie beide gekannt hatten, und sie erzählten ihm von ihren Lebensumständen. Sie hatte fast sofort nach ihrer

Scheidung wieder geheiratet. Wenn er versuchte, sie sich vorzustellen, war sie immer die junge Frau, die er geheiratet hatte. Doch sie war genauso alt wie er, ihre Geburtstage lagen nur einen Monat auseinander. Er hatte vergessen, wessen Geburtstag zuerst kam. Wie war sie wirklich gewesen? «Die arme Barby», hatte Laura sie genannt. War sie die arme Barby gewesen? Warum hatte sie ihn geheiratet? Sie war so sicher gewesen, daß sie die Scheidung wollte – genauso wie er. Und sie hatte gelitten. Aber sie mußte gewußt haben, daß etwas Hoffnungsloses wie ein Stein im Herzen ihrer Ehe steckte. Etwas, das mit ihm zu tun hatte.

Er goß Whisky in ein Glas und setzte sich hin und trank langsam, und allmählich fühlte er, wie er ruhig wurde. Er saß eine Zeitlang dort, dann ging er und hob die Seiten des Manuskripts auf und brachte sie in die richtige Reihenfolge. Es war immer noch zu früh, um sich auf den Weg zu der Garage zu machen, aber er mußte aus der Wohnung hinaus. In dem Buchladen um die Ecke konnte er eine Weile halt machen. Als er hinunterging, hörte er das Geräusch von Violets Staubsauger.

In dem Buchladen waren einige junge Verkäufer um einen Arbeiter versammelt, der in einer Ecke der Wand einen Spiegel anbrachte. Der Besitzer, ein älterer Mann mit struppigem Bart, dessen umfangreicher Rumpf von weinrotem Kord umhüllt war, sagte: «Sehen Sie, Mr. Rice, was ich notgedrungen tun muß? Sie haben mir den Laden leergestohlen, kommen hier herein und rauben mich aus. Gott weiß, wie das alles noch endet. Es wird mehr geklaut als gekauft. Also, wer soll die ganze Zeit diesen Spiegel im Auge behalten?»

Peter sah in den Spiegel. «Sehen Sie?» fragte der Besitzer. «Sie können sehen, was dort drinnen vor sich geht.» Peter sah sich selbst, verzerrt, winzig, hauptsächlich aus Kopf und grauem Haar bestehend, ein Glitzern der Brille.

«Ich schaue mich ein bißchen um», sagte er.

In der Abteilung der neuesten Literatur sah er drei Romane seines eigenen Verlags. Einer war von der japanischen Schriftstellerin. Hinten war ein großes Foto von ihr im Kimono. Sie sah direkt in die Kamera, in seine Augen. Er hatte kaum auf das Bild geachtet, als es auf seinem Schreibtisch lag. Jetzt starrte er es an. Alles, was rätselhaft an ihr war, war von der Kamera vernichtet worden. Sie sah einfach nur orientalisch aus. Als sie ihn zum erstenmal besucht hatte, hatte sie ein graues Kostüm getragen und eine Tasche mit Schulterriemen. Es war lächerlich und reine Verschwendung, daß er den Roman kaufte, aber er wollte es tun, um ihn Clara zu schenken.

Der Besitzer sah auf das Buch hinunter. «Es steht überall schlecht, nicht wahr, Mr. Rice? Jetzt müssen Sie sich schon Ihre eigenen Bücher kaufen?»

Peter sagte: «Ich wollte sehen, wie es sich anfühlt, ein Kunde zu sein. Packen Sie es nicht ein.»

Er traf Clara, die auf dem Gehsteig vor dem Eingang der Garage auf ihn wartete. Sie trug ein dunkelbraunes Kostüm und einen weißen Regenmantel.

«Ist es weit?» fragte sie.

«Die Strecke ist nicht weit, aber es könnte sein, daß ziemlich viel Verkehr ist.»

Ein Angestellter fuhr das Auto aus der Garage und übergab ihm die Schlüssel.

«Dauert es lang, bis wir dort sind?» fragte sie.

«Es kommt darauf an», sagte er. «Man kann nicht mehr voraussehen, wie der Verkehr sein wird. Hier ist ein Buch für Sie.»

«Danke», sagte sie. «Ist das nicht die Frau, von der Sie gestern abend beim Essen gesprochen haben?» Er nickte. «Wie fremd die Japaner sind», sagte sie. «Fremder als irgend jemand sonst. Sie ist sehr hübsch.»

«Die Vertreter haben es nicht so gesehen. Das Buch hat sie auch nicht interessiert.»

«Ich habe zwei linke Handschuhe dabei», sagte sie. «Ich habe sie mitgenommen, ohne sie näher anzusehen.»

«Das macht nichts.»

«Ich würde mich besser fühlen, wenn mein ganzer Körper bedeckt wäre», sagte sie. «Sollte man einen Hut tragen bei einem Begräbnis?»

«Ich glaube nicht, daß heutzutage noch irgend jemand darauf achtet.»

«Lieber Gott! Ich wünschte, es würde aufhören zu regnen!»

Sie fuhren an den Straßen vorbei, die den unteren Broadway kreuzten; Clara sprach von den Speichern, die einige ihrer Freunde in alten Lagerhäusern oder aufgegebenen Fabriken entdeckt und in Wohnungen verwandelt hatten, er erwähnte die Vielfalt und die Kostspieligkeit der Aufzucht von Hunden, die von jungen Paaren auf den engen Straßen ausgeführt wurden, dort, wo es schien, als würden die staubbedeckten Fenster und Mauern in der stumpfgrünen oder grauen Farbe von Gefängnissen nie von Sonnenlicht berührt. Es war weniger ein Gespräch, als das Halten eines Tons. Sie fürchteten sich beide, doch Peter fühlte sich auch beschämt, gedemütigt von Tageslicht und Müdigkeit; die Aufklärung, das Vorhaben der Nacht, war jetzt fast ohne Bedeutung.

Bald verstummten sie beide. Nachdem sie die Williamsburg-Brücke überquert hatten, holten sie Zeit auf. Schließlich war doch nicht soviel Verkehr. Als sie sich einem Tunnel näherten, sagte Clara: «Sehen Sie! Da oben!»

Auf der Brücke über ihnen sah Peter kurz eine Reihe bärtiger Männer, die sich vorwärtsbewegten und deren große, schwarze, flache Hüte sich alle in die gleiche Richtung zu neigen schienen.

«Chassidim», sagte er.

«Wie erstaunlich sie aussehen!» sagte sie. «Wie Märchenwesen.»

«Wissen Sie etwas über sie?» fragte er.

«Nein. Nur daß sie eine jüdische Sekte sind, oder? Aber es ist wie ein Omen, sie so zu sehen.»

Er blickte zu ihr hinüber. Sie schien in Gedanken vertieft, vielleicht war sie sogar zufrieden. Er dachte: Sie ist noch jung genug, um die Vielfalt als Verheißung zu sehen und die Verheißung als einen Anspruch an ihr eigenes Leben.

«Ist heute morgen alles gutgegangen?» fragte er. «Mit Ihrem Freund?»

Sie erwiderte etwas abwehrend: «Er ist sehr konventionell. Es gab da einen Moment, wo ich ihm sagen wollte, ich würde trotzdem mit ihm mitkommen. Er wäre entsetzt gewesen.» Sie machte eine Pause und sagte dann: «Es ist seltsam, daran zu denken, daß ich ihm nichts von Almas Tod gesagt hätte, wenn ich mit ihm gegangen wäre. Ich hätte es für mich behalten ... wie Laura.»

Als sie den Namen ihrer Mutter erwähnte, empfand Peter einen angstvollen Stich.

«Das hier wird die Situation zwischen Ihnen und Laura verändern, nicht?» fragte sie und sprach dabei rasch und ohne Betonung, wie um etwas loszuwerden, das wenig Bedeutung für sie hatte, aber mehr Bedeutung bekommen könnte, wenn sie darüber nachdachte.

«Ja», antwortete er rauh.

«Für mich auch», sagte sie. «Obwohl ich mir nicht vorstellen kann, wie es möglich ist, daß die Situation zwischen uns sich verändert. Ich weiß nicht, was es eigentlich ist, was sich verändern soll.»

Als sie das filigrane Gittertor des Friedhofs von Mount Laurel erreichten, schüttete es. Über ihnen schäumten und wogten dicke graue Wolken am Himmel. Der Wind, der aufgekommen war, blies ihre Mäntel gegen sie, blies über die Gräberfelder um sie herum, wirbelte die steifen Klumpen der Plastikblumen hoch, die vor einigen Gräbern aufgestellt waren, und ihr weithin sichtbares Rot und Grün und Blau war wie etwas Beißendes auf der Zunge.

Peter parkte auf einem kreisrunden Platz, von dem Kieswege zu den verschiedenen Abschnitten der nur wenig ansteigenden Anhöhe führten, auf der junge Bäume, die Äste schwarz im Regen, nachlässig in die Erde gesteckt schienen, wie Heugabeln.

Ein paar hundert Meter entfernt sahen sie zwei Männer, die bei einem kleinen Hügel frisch aufgeworfener Erde miteinander sprachen. Sie gingen auf sie zu. Peter nahm seine Brille ab; die Gläser waren naß, man konnte nicht mehr hindurchsehen. Clara knöpfte sich den Mantel zu. Peter näherte sich den beiden Männern. «Ja», sagte der eine als Antwort auf Peters Frage. Er machte eine Handbewegung in Richtung der Grube. «Das ist Maldonada. Sie müssen gleich kommen.»

Nebenan war eine Familiengrabstätte, die massiven Türen standen offen. Einer der Totengräber deutete dorthin. «Sie können da reingehen, da ist es trocken», sagte er.

Clara schien zu zögern. «Kommen Sie», sagte Peter. «Es ist doch jetzt egal.»

Unter dem niedrigen Portal zogen sie die Köpfe ein. Der Boden war aus Erde. Schaufeln, Eimer und eine große hölzerne Kiste waren säuberlich an einer Wand aufgereiht. Sie setzten sich auf eine schmale Steinkante, hinter der drei Reihen von Särgen aufragten. Bald darauf kamen die beiden Totengräber und stellten sich direkt vor den Eingang. Sie sprachen leise miteinander, ohne Peter und Clara zu beachten.

«Ich bin noch nie in einem von diesen Dingern gewesen», flüsterte sie.

«Man kann sich unterstellen», sagte er.

«Ich habe ja nicht widersprochen. Man könnte sogar sagen, es ist gemütlich.»

Peter lächelte. «Könnte man», stimmte er zu.

«Ich habe wirklich Angst», sagte sie. Er berührte ihre Hand.

Einer der Totengräber wandte sich zu ihnen. «Da sind die, auf die Sie warten», teilte er ihnen mit, dann ging er mit dem anderen Mann hinaus, und sie nahmen in einiger Entfernung von dem offenen Grab ihre Plätze ein. Peter stand sofort auf und trat in dem Augenblick ins Freie, als Carlos am Eingang der Grabstätte ankam.

«Peter! Du bist gekommen!» rief er aus. Peter sagte nichts. Carlos spähte ins Innere, wo Clara immer noch zusammengekauert auf der Kante saß. Er starrte sie lange an, ging dann weiter. In der nächsten Minute kam Desmond vorbei, der den Arm um Laura gelegt hatte, dann Eugenio.

Clara ging hinaus. Der Wind peitschte die Zweige der Bäume hin und her. Ein paar Männer, die in ihren schwarzen Kleidern wie Käfer wirkten, trugen einen Sarg in ihre Richtung den Weg hinauf. Nach ein paar Schritten stand sie neben Peter am Grab. In diesem Moment zog Laura mit einem Blick voller Abscheu ihren Fuß von dem Teppich aus künstlichem Gras, den man am Rand der Grube über die nackte Erde geworfen hatte. Dann blickte sie auf und sah Clara und Peter nebeneinander stehen. Clara wollte laut schreien.

Doch Laura sagte nichts, und ihr Gesicht war ohne jeden Ausdruck. Sie wirkte kaum lebendig.

Desmond und Carlos standen rechts und links von ihr. Ein paar Meter weiter starrte Eugenio auf die Erde, die Hände vor dem Körper verschränkt; er trug einen transparenten Schutz über seinem Hut. Carlos trug seine Baskenmütze. Aber Laura war barhäuptig, und ihr Haar, dunkler durch die Nässe, klebte an ihren Wangen und ihrer Stirn.

Der Sarg wurde auf ein Metallgerüst geschoben. Die Männer vom Beerdigungsinstitut traten mit gesenkten Köpfen zurück.

Man hörte nichts, außer dem Geprassel des Regens auf Kies und Erde. Alle warteten. Dann flüsterte Desmond Carlos etwas zu. «Ich weiß nicht so recht», sagte Carlos laut.

Desmond bückte sich rasch, nahm mit der Schaufel eine Handvoll Erde auf und warf sie auf den Sarg. Die Männer vom Beerdigungsinstitut schienen auf einmal vorzuspringen. Die Seile, die den Sarg hielten, hatten sich gelockert und rollten ab, und der Sarg fiel schwerfällig nach unten.

Peter, halb blind ohne Brille, sah zu Laura hinüber. Ihre Blicke trafen sich kurz; dann sah sie über ihn hinweg. Er hätte unsichtbar sein können.

In dem Kasten, der jetzt fast auf dem Grund des Grabes angekommen war, lag eine alte Frau, die Peter kaum gekannt hatte. Ihre drei nicht mehr jungen Kinder schienen sich nach vorn zu lehnen, als ob auch sie zu dem hingezogen würden, was von ihrer Mutter übrig war, einer Frau aus einer anderen Zeit, über die er nie etwas erfahren würde. Überall um ihn herum schienen die grauen Triften der Toten einen Moment lang von den verlorenen Energien unbekannter Leben erschüttert, und Peter fühlte das vernichtende Gewicht, das reine Streben eines einzelnen menschlichen Lebens, seinen Lauf zu vollenden.

Ein, zwei Meter von ihm entfernt stand Clara. Sie starrte zu Boden. Er konnte sich nicht vorstellen, was sie dachte, warum sie ihm nachgegeben hatte und hierhergekommen war, wie sie – wenn sie überhaupt etwas empfand – die Bedeutung der Tatsache empfand, daß sie hier mit den anderen stand. Und wenn ihre Anwesenheit keine Bedeutung für sie hatte, was machte es dann aus, daß sie hier war? War er wirklich um ihretwillen so hartnäckig gewesen?

Die Totengräber sahen jetzt mit unverhohlener Berechnung zu der Gruppe am Grab. Er blickte noch einmal zu Laura. Wie abgezehrt sie wirkte! Wie erbärmlich naß sie aussah! Wie sehr es ihr ähnlich sah, nichts auf dem Kopf zu tragen! Er versuchte mit aller Kraft das junge Mädchen zu sehen, das ihn vor so langer Zeit in jenem unordentlichen, schönen Zimmer an einem Frühlingsmorgen angelächelt hatte.

Dann sah sie ihm plötzlich ins Gesicht. Obwohl er ihre Züge nicht klar erkennen konnte, fühlte er die Kraft von Lauras ganzem Selbst, das sich in dieser stoßenden Bewegung ihres Kopfes zu ihm hin sammelte, und sie riß ihn heraus aus seinem anhaltenden Versuch, sie sich so ins Gedächtnis zu rufen, wie er sie das erste Mal gesehen hatte.

«Was du getan hast, ist nichts ... nichts!» sagte sie.

Desmond legte den Arm um sie, und indem er sie immer wieder aufrichtete und an sich drückte, führte er sie allmählich den Weg hinunter zu der Limousine, die unten auf dem Parkplatz wartete. Hinter ihnen folgten die beiden Brüder. Peter drehte sich um zu Clara. Sie blickte ihn unverwandt an; er wußte nicht, ob sie gehört hatte, was Laura gerade gesagt hatte, aber den Ton dieser Stimme mußte sie erfaßt haben, der wie eine über einem Gewässer jagende Sturmbö auf ihn zugekommen war.

Der Regen flaute ab. Er glaubte, Flieder zu riechen. Aber es konnte noch kein Flieder sein, nicht vor dem späten April. Er beobachtete, wie Laura sich vorbeugte und in das Auto einstieg, dann Desmond, dann Carlos. Eugenio saß vorn neben dem Fahrer.

Die Totengräber kamen auf das Grab zu, sie hielten die Schaufeln bereit. Er blieb noch eine Minute stehen, war sich Claras fragenden Blicks bewußt.

«Warten Sie!» wollte er Clara zurufen, den Totengräbern zurufen. «Warten Sie! Es ist nicht nichts ... Ich habe es fast in der Hand gehabt!»

Doch alles, was ihm gewährt wurde, war das Fragment einer Erinnerung, das wie ein Traum verblaßte, wie sehr er auch darum kämpfte, es zu fassen zu bekommen – noch ein Frühlingsmorgen, als er zwölf Jahre alt war, als er in seinem Bett am Fenster erwacht war, und er sah den eben gefallenen letzten, dünnen Schnee des Jahres, und er hörte, unten in der Küche, die Stimme seiner Mutter und seiner Schwestern, die umherliefen und Frühstück machten, und er wußte, daß die Katze und der Hund hinausgelassen worden waren, weil er die Spuren ihrer Pfoten wie Borten im Schnee sah, und er fühlte, daß er an diesem Tag nur brav sein wollte.

Inhalt

Paula Fox im dtv

»Die beste amerikanische Autorin unserer Zeit.«
Brigitte

Was am Ende bleibt
Roman
Übers. v. Sylvia Höfer
ISBN 978-3-423-**12971**-8
Psychogramm einer Ehe und des amerikanischen Mittelstands. Ein Meisterwerk der klassischen Moderne.

Lauras Schweigen
Roman
Übers. v. Susanne Röckel
ISBN 978-3-423-**14209**-0
Ein einziger Abend und der darauffolgende Tag werden geschildert – und dabei die ganze Geschichte einer Familie erzählt. »Das liest sich spannend wie ein Kriminalroman, hat aber auch die Fallhöhe einer großen Tragödie.« (Berliner Zeitung)

In fremden Kleidern
Geschichte einer Jugend
Übers. v. Susanne Röckel
ISBN 978-3-423-**13346**-3
Paula Fox hat ein Buch der Erinnerungen an ihre Kindheit vorgelegt, ein bewegendes und erschütterndes Werk.
»Eine Sensation, ein Geschenk für Paula-Fox-Leserinnen.« (Brigitte)

Pech für George
Roman
Übers. v. Susanne Röckel
ISBN 978-3-423-**13438**-5
George ist Lehrer und unzufrieden mit seinem Leben und seiner Ehe. Ein Befreiungsversuch führt fast in die Katastrophe.

Luisa
Roman
Übers. v. Alissa Walser
ISBN 978-3-423-**13586**-3
Die Geschichte von Luisa, der Enkelin einer reichen Plantagenbesitzerin und einer Küchenhilfe.

Der kälteste Winter
Erinnerungen an das befreite Europa
Übers. v. Ingo Herzke
ISBN 978-3-423-**13646**-4
1946 reiste Paula Fox auf einem umgebauten Kriegsschiff ins befreite Europa …

Der Gott der Alpträume
Übers. v. Susanne Röckel
ISBN 978-3-423-**13859**-8
Lektionen der Leidenschaft und des Schmerzes – Paula Fox' zärtlichster und vielleicht spannendster Roman.

Charles Simmons im dtv

»Charles Simmons' Sätze sind karg und klar gebaut, voller Raum für Luft und Licht.«
Süddeutsche Zeitung

Salzwasser
Roman
Übers. v. Susanne Hornfeck
ISBN 978-3-423-**12900**-8
»Im Sommer 1963 verliebte ich mich, und mein Vater ertrank.« Meer, Sand, Wind, ein Haus in den Dünen. Feinfühlig erzählt Simmons vom Verlust der Unschuld. »Ein kleines Meisterwerk.« (Frankfurter Rundschau)

Belles Lettres
Roman
Übers. v. Klaus Modick
ISBN 978-3-423-**13363**-0
Intrigen, Chaos und Kämpfe hinter der Fassade einer angesehenen Literaturzeitschrift.

Das Venus-Spiel
Roman
Übers. v. Jörg Trobitius
ISBN 978-3-423-**13414**-9
Eine literarische Komödie über einen seltsamen Zaubertrank, der eine enorme sexuelle Wirkung entfaltet.

Geständnisse eines ungeübten Sünders
Roman
Übers. v. Klaus Modick
ISBN 978-3-423-**13609**-9
Simmons Debüt von 1964. »Dieser Briefroman ist in seiner ganz und gar unprätentiösen Art, in seinem charmant-angeberhaften Tonfall reine Gegenwart.« (Frankfurter Allgemeine Zeitung)

William Trevor im dtv

»William Trevor ist der große, ungewöhnliche Melancholiker der irischen Literatur.«
H. G. Pflaum in der ›Süddeutschen Zeitung‹

Die Geschichte der Lucy Gault
Roman
Übers. v. Brigitte Jakobeit
ISBN 978-3-423-**13472**-9

Irland in den 20er Jahren. Auf Gut Lahardane werden die Koffer gepackt. In dem von Unruhen geschüttelten Land sieht Captain Gault für seine englische Frau und die neunjährige Lucy keine Zukunft. Lucy reißt aus und besiegelt damit für immer ihr Schicksal.

Seitensprung
Erzählungen
Übers. v. Brigitte Jakobeit
ISBN 978-3-423-**13558**-0

Ehebruch, unerwiderte Liebe und gebrochene Liebesversprechen – aus der bodenlosen Tiefe des Alltags heraufgezogene Geschichten, geplatzte Träume, doch ohne Tragik. »William Trevor – der unangefochtene Meister der Short Story.« (Felicitas von Lovenberg in der ›FAZ‹)

Tod des Professors
Erzählungen
Übers. v. Hans-Christian Oeser
ISBN 978-3-423-**13846**-8

Neue sinistre Kammerspiele des großen alten Herrn der irischen Literatur. Klassische Erzählungen von untergründiger Wucht und Tiefe. »In einem klassischen Sinne ist Trevor, dieser vermeintliche Herr Nebenbei, ein literarischer Gigant, ein Meister, ein Zauberer, ein verschmitztes Genie.« (Eva Menasse in ›Die Zeit‹)

Felicias Reise
Roman
Übers. v. Thomas Gunkel
ISBN 978-3-423-**13974**-8

Felicias Reise durch die öde Landschaft des mittelenglischen Industriereviers, durch billige Cafés und schummrige Pubs, ist ein Roadmovie in die Abgründe menschlicher Triebe und Leidenschaften.

Liebe und Sommer
Roman
Übers. v. Hans-Christian Oeser
ISBN 978-3-423-**14106**-2

Ellie und Florian – ein langer warmer Sommer liegt vor ihnen. Aus ersten zufälligen Begegnungen werden heimliche Treffen, aus flüchtigen Berührungen Leidenschaft. Der Sommer geht zu Ende, und alles scheint zu sein wie zuvor …

Bitte besuchen Sie uns im Internet: www.dtv.de